英文精準表現

Polite&Accurate English Expressions

全書MP3一次下載

978986996447.zip

「iOS系統請升級至iOS 13後再行下載，
此為大型檔案，建議使用WIFI連線下載，以免占用流量，
並確認連線狀況，以利下載順暢。」

「你說話太
blunt（不顧對方感受、過於直接）了」

　　這是我在美國生活時最常聽到、與我使用的英文相關的批評，就連能包容我的發音或文法錯誤的朋友也曾這麼對我說過。在英文還不夠好的那段期間，我用英文與人溝通的目的都是為了能夠生存下去。當我用那些我知道的單字來胡亂拼湊、亂說一通時，老師或朋友們會視情況包容並諒解我所說的話。當時雖然英文不好，有時會讓人感到啼笑皆非，卻能非常輕鬆地用英文表達意見或心聲。

　　不過，隨著英文能力逐漸提升、年歲漸長，我邁入了說話語氣會讓別人對我的個人評價有所影響的階段，曾經只單純為了生存下去而使用的溝通表達方式與習慣，讓我成了不考慮他人感受、只顧著自說自話的人。從那時起，我拋棄了以往一定要運用正確的冠詞與介系詞、追求文法完美正確的執著，開始思考要怎麼做，才能說出客氣委婉且得體的英文。同時，我也體認到一件事——得體有禮的英文，並非一定要使用艱深或複雜的單字，其實我們已經會了的那些單字就已經很夠用了。

　　我曾煩惱過一件事，如果我能回到過去，可以將那些讓學生們體會到 aha moment（茅塞頓開）的重要訣竅，分享給十年前，雖然英文能力很好、但說的話卻被批評為很 blunt，因此而感到鬱悶不已的自己的話，有哪些訣竅是一定非提不可的呢？現在我想透過這本書，把得體的英文表達方式中最基礎的用語及句型，以及可輕鬆應用於日常生活之中的實用文法，毫不保留地分享給大家。

曾有人對我說過：「既然我是老闆，那麼在說話時還有必要顧慮對方的感受嗎？」，然而，相較於以傲慢態度下令的上司，那些即使在委派工作、卻仍能讓聽的人心情愉悅，以及就算不耐煩、卻仍不失風度的上司，我認為是更受人尊重的。而且，我在本書中提到的，都是能讓人享受愉悅談話氣氛的得體的英文表達方式，絕非卑躬屈膝或冗長而無意義的請託或命令用語，請不要擔心。

　　使用這些考慮到他人心情的表達方式，對我的語氣甚至表情都帶來了正面的影響。真心盼望這本書能讓各位可以與英文母語者進行愉快的交流，各位的美好也不會再因為 blunt 英文而被掩蓋了。

不一定要從頭開始看，請先從感興趣的部分開始看起！

　　學英文的關鍵在於開心學習，因為只有這樣才能沒有壓力地持續下去。本書並不需要從頭到尾細細閱讀，而是可以直接翻開目錄，找出自己最感興趣的主題，或是立刻就能派上用場的部分開始看起。（當然，如果你是那種習慣從頭開始看起的學習者，那也不會有任何問題），但在看的時候，絕對不能只是用眼睛隨意掃過，必須連例句部分也仔細看完，才能進入下個主題。

Good things take time. 好的事物總是需要時間來沉澱。

　　我花了超過 17 年的時間，才學會並熟悉了本書中收錄的英文表達方式，而且我當時還是身處在全英文的環境之中。當然，若能只花一週或一個月的時間，就把書中所有的英文表達方式都學會，那當然是件好事，可是請不要因為花了比這更多的時間來學習，就覺得難過或鬱悶。請拋棄「英文實力一定要快速提升才行」的想法，即使每天只能記住一個表達方式，也要堅持不懈地持續學習。比起打定主意要「把書中所有表達方式都背下來，一天都不休息，每天一定要學會 20 個表達方式」而使自己備感壓力，請改把目標設定成「輕鬆且能持之以恆的學習」。只要這樣做，實力一定會提升。

請一定要開口大聲唸出來。

　　知道再多再好用的表達方式，如果無法實際運用在生活之中，那麼一切也只是徒勞。本書收錄的英文表達用語，不是讓你「啊～我居然知道這麼屬害的表達方式，我真是太強了」這樣用來自我滿足，而是要讓你得以透過得體的英文表達方式，與他人建立良好的關係。這些讓你面對英文母語者也能充滿自信的表達方式，不能光靠死背，而是必須養成嘴

部的肌肉記憶。尤其是那些你認為自己一定用得到的語句，不要只是單純唸過一遍，請想像一下可能會用到的情境，連表情跟語氣都一起練習。這樣一來，在真的遇到這種情境時，這些表達方式就會自然而然脫口而出。

利用由英文母語者錄製的音檔來反覆練習再練習！

運用瑣碎時間來學英文是很重要的一件事。不用一定要空出很長的一段時間，而是一定要好好利用通勤、做家事或運動的時間，一邊聆聽由英文母語者錄製的音檔，一邊複習這些表達方式。順帶一提，本書音檔在錄製時，沒有為了避免大家聽得太吃力而特意放慢語速，而是採用實際對話時的語速來錄製。因此聽起來可能會有點快，但請抱持著「必須要能聽懂這種速度的英文，才能輕鬆理解對方的發言內容」的心態，一有空就聆聽音檔。行有餘力的話，也可以用音檔的對話速度來跟著唸一遍，若能想像一下自己在聽到對方回應時該如何反應的話，那就更完美了。

用小字補充的內容也要仔細閱讀。

在自己國內學英文時，許多人最苦惱的問題，應該就是「英文母語者真的會這樣說嗎？」吧！要區分「聽起來自然、且真的會用到」的表達方式，以及「雖然文法正確、但聽在英文母語者耳裡卻生硬彆扭」的表達方式，是相當困難的一件事。本書收錄了我在美國生活期間，最常聽到的表達方式，所以各位只要熟記這些語句，就能打好自然且道地的英文會話基礎。書中用比較小的字補充說明了很多資訊，用小字並不代表不重要，這些都是能夠讓學習者重溫重點並加深記憶的內容。我是抱持著「不告訴大家好像很可惜，希望大家都能記住這些內容」的想法來撰寫這些補充資訊的，請仔細閱讀它們的內容。

Ku Seul 老師的信心之作，效果絕佳的學習規劃！

UNIT 1

想簡單問個問題時

(x) Can I ask you a simple question?

(o) Can I ask you a quick question?

　　想表達「我想簡單問個問題」時，很多人都會說「Can I ask you a simple question?」，但其實這句話在不同情境下，可能會讓聽者感到不愉快。因為這句話帶有「這問題連三歲小孩都能回答，不是只有你才能回答」的意味，所以聽在英文母語者的耳裡，可能會有「這問題如果真的那麼簡單，那何必非要問我？」的感覺而心生不悅。在這種情境之下，請用 quick 來替代句中的 simple。雖然只是簡單把 quick 換成 simple，卻能傳達出「不會占用您太多時間，能否問個問題呢？」的體貼感。

Can I ask you a quick question? 我可以簡單問個問題嗎？

1. 在口語上也可直接說「Quick question!」，quick 的語意帶有「用很短的時間來做某事」的意思，因此可以表達出「盡可能不占用您的時間，快速問問題」的意味。原本應該要用「A quick question」，但在情急之下常常會把句中的 A 省略掉。

   Quick questi[on!
   如果想強調自己的
   問，如果只是單

2. 那麼，大家應[
   這個表達方式[

   **Do you love [
   你愛不愛我？這[

UNIT 22

遇到不便回答的問題時

(x) I don't want to answer that.

(o) I'm not comfortable answering that question.

　　遇到詢問宗教、政治傾向等令人不想回答的問題時，比起「I don't want to answer that.（我不想回答這個）」，請改用「I'm not comfortable answering that question.（我不方便回答這個問題）」回應。「I'm not comfortable＋動詞-ing」常用來表達「不方便做某件事」，可以委婉表明自己不願意做某件事的立場。當問題對你來說太敏感時，即便別人已經回答了，你也沒必要一定要回答吧？但為了保持風度，還是用客氣的語氣[

I'm not comfortable g[
（不想去時）我不方便去那裡[

I'm not comfortable r[
（不想現在做決定時）我現在不[

1. 也可改用「I'[

   I'm not com[
   （不想回答時）這[

   I'm not com[
   （想說離目前發生[

   I'm not com[
   （對方說出冒犯[

   I'm not very [
   （不想說明原[
   在《冰雪奇緣[
   「I'm not very [
   此表示自己不想[
   喜歡你的主意[
   very、really、e[

UNIT 4

想淡化聖誕假期的宗教色彩時

(Δ) Merry Christmas!

(o) Happy Holidays!

　　對大多數美國人而言，聖誕節是一年中最盛大的節日，也因為是充滿意義的日子，所以在年末問候時用 Merry Christmas 準沒錯，但近年來也有些人會比較喜歡用 Happy Holidays 來表達。這是因為即使多數美國人都會慶祝聖誕節，但也有人過的是猶太教的光明節，所以基於尊重各種宗教的理由，也會有人認為 Happy Holidays 這個表達方式更為政治正確（politically correct）。雖然很難說清這兩種說法何者才是對的，但對我自己來說，當確定對方會慶祝聖誕節時⋯我會用「Merry Christmas」，而不確定對方是否有過聖誕節、或在商務信件中表達年末祝福時，則會盡量淡化宗教色彩，使用「Happy Holidays」。

1. 除了 Merry Christmas，年末問候語還有許多說法，請看看下面這些表達方式。

   Merry Christmas!
   （有過聖誕節的人最常用的）聖誕快樂！

   Happy Holidays!
   （淡化宗教色彩的）假期愉快！

   Season's Greetings!
   佳節愉快！

   Happy New Year!
   新年快樂！
   順帶一提，農曆新年的英文說法是 Lunar New Year，但對英文母語者來說，更熟悉的「農曆新年」說法是 Chinese New Year。

   情境演練！

   A　Happy Holidays!
   　　假期愉快！
   B　Happy Holidays!
   　　假期愉快！

   A　**Merry Christmas! I got something for you. It's nothing fancy.**
   　　聖誕快樂！我準備了些東西給你。不是什麼貴重的東西就是了。
   B　**Aw, you shouldn't have.**
   　　噢，你不必這麼做的。

利用 QR 碼來聆聽最具代表性的表達方式及情境對話，本書收錄的音檔是特別請英文母語者以平時的講話速度錄製而成，只要好好跟著音檔，以母語人士般的正確發音確實跟讀（Shadowing），就能夠把各種正確表達方式牢牢記住，同時讓發音與語調更進步！

利用設定與自己密切相關的日常生活情境，先描述很多非英文母語人士常常會用錯的錯誤表達方式，或是雖然文法正確、但聽在英文母語者耳裡卻相當生硬彆扭的表達方式，再以相較之下更有禮貌、更考慮到他人感受的得體表達方式相對照，立刻看懂兩者之間的差異！

詳細說明目前使用的表達方式犯了什麼錯誤，以及英文母語者聽到這種應對方式時會作何感想，並提出在該情境下最適切、最能精準表達個人所想的回應方式，彷彿在上一門生動好懂又好記的英文課。

除了按照各情境提供更恰當精準的表達方式，本書更收錄與該表達用語相關的其他常用表達、字彙或句型，這些補充的內容對於理解英文母語者的各種思考模式相當有幫助，也能讓你能用的應對方式更豐富、表達更完整！

以簡短對話來實際示範該如何運用書中提到的各種表達方式。收錄的對話皆是以母語人士在日常生活中會碰到的情境為背景，以道地的英文表達方式寫成，因此非常實用，只要仔細閱讀、徹底理解，並搭配上面的詳細解說，就能學會在實際運用時所需的各種訣竅，並習得在其他書中看不到的實用內容。

PART 1 稍微調整一下就能避免誤會的單字與表達方式

CHAPTER 1 細微卻能有效避免誤會的單字！

CHAPTER 4　同樣的話，用可避免誤會且得體的表達方式來說 2

CHAPTER 5　預防誤會發生的表達方式

PART 2 　能讓人脫穎而出的表達方式

CHAPTER 1 　能提升好感度的表達方式 1

CHAPTER 3　最高段的得體英文表達方式

PART 3　讓自己越發耀眼的得體表達方式與轉折用語

CHAPTER 1　想要更有禮貌也很難的英文表達方式

CHAPTER 2 　和你想的不一樣的英文表達方式

PART 1

UNIT 1

想簡單問個問題時

(x) Can I ask you a <u>simple</u> question?

(o) Can I ask you a <u>quick</u> question?

MP3 001

　　想表達「我想簡單問個問題」時，很多人都會說「Can I ask you a simple question?」，但其實這句話在不同情境下，可能會讓聽者感到不愉快。因為這句話帶有「這問題連三歲小孩都能回答，不是只有你才能回答」的意味，所以聽在英文母語者的耳裡，可能會有「這問題如果真的那麼簡單，那何必非要問我？」的感覺而心生不悅。在這種情境之下，請用 quick 來替代句中的 simple。雖然只是簡單把 quick 換成 simple，卻能傳達出「不會占用您太多時間，能否問個問題呢？」的體貼感。

Can I ask you a quick question? 我可以簡單問個問題嗎？

1　在口語上也可直接說「Quick question!」，quick 的語意帶有「用很短的時間來做某事」的意思，因此可以表達出「盡可能不占用您的時間，快速問問題」的意味。原本應該要用「A quick question」，但在情急之下常常會把句中的 A 省略掉。

　　Quick question! When is it due? 很快問一下！這個期限是什麼時候？
　　如果想強調自己問的是「一定要遵守的期限」，請用「When is the deadline?」來問，如果只是單純詢問最晚何時要交的話，請用「When do you need it by?」。

2　那麼，大家應該很好奇 simple question 有沒有適用情境吧？當然有囉！不過這個表達方式比較常用來追問某事。

　　Do you love me or not? It's a simple question!
　　你愛不愛我？這問題很簡單吧！

情境演練！

Q **Can I ask you a quick question?**
我可以簡單問你一個問題嗎？

要對方發問時
A **Of course. That's what I'm here for.**
當然。這就是我在這裡的原因。

不方便回答時
A **Actually, I have a meeting in 5 minutes. Can I call you afterwards?**
其實我 5 分鐘之後要開會。我可以之後再打給你嗎？

想表示價格便宜時

(x)　It's cheap.

(o)　It's affordable.

MP3 002

　　我在美國公司上班時，曾用「It's cheap.」來介紹公司的低價商品，但在會議結束時，上司卻和我說用 cheap 這個字來描述公司商品的話，會貶低商品的價值，要我以後改用「affordable」來介紹。cheap 一字的語意著重於價格低廉而非品質優異，因此會讓英文母語者聯想到便宜貨。舉例來說，與 cheap 相關的 cheapskate（吝嗇鬼、守財奴）就是一個負面色彩較為強烈的字。就如同中文的「價格低廉」跟「廉價」會給人不同的感覺，英文字彙的運用也該視情況而有所區別。想強調某物真的很便宜時用 cheap，想強調品質不錯但價格低廉，也就是性價比很高時，請使用 affordable（價格實惠的）這個字。

It's an affordable car. 這台車價格實惠。

Do you have more affordable options? 你有價格更實惠的選項嗎？

1　若想強調以非常便宜或低廉的價格買到某物的話，當然也能用 cheap。不過，此時強調的重點只有「低價」，與品質無關。

　　At least it was cheap.（想為買回來一天就壞掉的便宜貨找理由）至少它很便宜。

　　It was dirt cheap.（強調買的價格真的超級便宜時）它真的超級便宜。

情境演練！

Q　**How much did you pay for that?**
　　你這個買多少錢？

運用 affordable

A　**Not that much. It was pretty affordable.**
　　沒花多少錢。它價格滿實惠的。

副詞 that 的語意為「那麼」，而 that much 是「那麼多」的意思，所以 Not that much 即表示「花的錢沒那麼多」。

運用 cheap

A　**Only 5 bucks. It was cheaper than I thought.**
　　只花了 5 美金。比我想像中還要便宜。

A　**It was dirt cheap. I bought it on clearance.**
　　它超級便宜。我在清倉拍賣買的。

UNIT 3

想祝福身體不舒服的人早日康復時

(x) I wish you could get better.

(o) I hope you get better.

MP3 003

　　當認識的人因感冒而身體不舒服，而你想要祝福他早日康復，這時不能說 I wish you could get better。「I wish 主詞＋動詞」是用來描述「我想要的情況跟現實相反而感到惋惜」的情境，對只是小感冒的人使用 wish 這個字，會給對方一種「希望您能痊癒，雖然我覺得不太可能」的感覺，換作是你，聽到有人對你這樣說，也會覺得對方很荒謬吧？因此，在這種情況下請用 I hope you are doing well。「I hope 主詞＋動詞（我希望～的話就太好了／期盼能夠～）」這個表達方式，會用在「即使可能性不高，我還是如此期盼」的情境之中。

I hope you are doing well. 我希望你過得很好。
寫電子郵件給好久不見的人時，常會用這句話做為問候語。

I wish I could help you, but I can't. 我希望我能幫你，可是我沒辦法。

I wish every day were Sunday. （實際上不可能，但是）真希望每天都是星期天。
順帶一提，就文法上來說，I wish 假設句型中出現的 be 動詞應該要用 were，可是在日常會話中也會說 was。

1　不過，We wish you a merry Christmas 一句中出現的 wish，用法和上面提到的不太一樣。前面提到的 wish 是以「I wish 主詞＋動詞」來表達，出現在聖誕快樂歌中的「wish＋名詞」則跟 hope 一樣是用來表達「期盼某件事」。
Wish me luck.＝Please hope that I have good luck. 請祝我好運。

2　在職場或商務場合上也常使用「wish to＋原形動詞」，將 wish to 想成是 want to 的話會比較好理解。
I don't wish to discuss this further. 我不想再討論這個了。

情境演練！

A　**I'm not feeling well.** 我不太舒服。
B　**Go home and get some rest. I hope you get better soon.**
回家休息一下。希望你快點好起來。

A　**Wish me luck!** 祝我好運！
B　**Good luck, not that you need it.**
祝你好運，不過就算沒我祝福你也會表現得很好的。

想說「下次找時間一起吃個飯」這種客套話時

(x) Let's have lunch <u>later</u>.

(o) Let's have lunch <u>sometime</u>.

MP3 004

　　我覺得 sometime 這個字是終極客套話。就像我們會客套地說「找時間一起吃個飯」，英文母語者在說客套話時也常會用到表示「有空的時候；未來某個時間」的 sometime。

　　sometime 也可以在想要避免讓對方對自己的提議感到壓力的情況下使用。不過，若在表示「找時間一起吃個午餐」的 Let's have lunch 後面接上 later，語意就會改變。我們看到 later 時較常想到的字義是「稍後、以後」，但出現在邀約或提及某具體計畫中的 later，意思則是「等一下」，對方當然會誤解你是在提議「今天晚一點去吃飯」。因此，如果不是想找對方今天一起吃飯，只是想要避免對方對自己的邀約感到壓力的話，就要使用 sometime。

Let's get together sometime. 我們找個時間聚一下吧。
對認識的人提議找時間碰面聚一下時，會說 get together，若想要約好久不見的人敘舊的話，則要用 catch up。

Why don't you let me take you to lunch sometime? I mean, you gotta eat, right? 我找個時間請你吃午餐吧？我是說，你不管怎樣還是要吃飯的吧？
想請特別忙碌的人吃飯時，常會用 you gotta eat 來表示「不管怎樣你還是得吃飯，所以一起吃吧」的意思。相較於一本正經的邀約，後面多加這句話就可營造出開玩笑似的輕鬆氛圍。

1 在告別時會說 See you later，此時的 later 也能解釋為「稍後、以後」，但出現在邀約或提及某具體計畫中的 later，則會被認為是「等一下」的意思，描述的是今天之內要做的事情。

　　Why don't we discuss this over lunch later?
　　我們晚點要不要一起吃午餐討論這個？
　　I'm not hungry yet. I'll eat it later. 我還不餓。晚點再吃。

情境演練！

Q **We should catch up sometime.**
我們找時間敘個舊吧！

想客套應付一下時
A **Yeah, we should!** 真的，一定要約一下！/
Definitely! 好啊！

真的想約時間碰面時
A **How about later today? We have so much to talk about.**
今天晚點約一下怎樣？我們好久沒聊天了。

UNIT 5

想稱呼「家庭主婦」時

(x)　I'm a <u>housewife</u>.

(o)　**I'm a <u>stay-at-home mom</u>.**

MP3 005

　　就如同以前會說「國中」是「初中」，英文的用字遣詞也會隨著時代而改變。以 housewife 來稱呼「家庭主婦」，就語意來說不能算錯，但若說「My mom is a housewife.」時，總會莫名聯想到媽媽穿著圍裙努力打掃或洗衣服的畫面，所以相較於 housewife，最近更偏好用 stay-at-home mom 來稱呼家庭主婦。同樣地，相較於 househusband，現在也更偏好用 stay-at-home dad 來稱呼家庭主夫。

　　就像英文中的 housewife 先演變為 homemaker，後來又變成 stay-at-home mom，也請記得媽媽所扮演的角色也會像這樣不斷發生變化。

I'm not cut out to be a stay-at-home mom. 我不適合當家庭主婦。

「I'm not cut out to＋原形動詞 或 for＋（動）名詞」可用來描述自己不適合做某件事。例如「I'm not cut out for investing.」，表示「我不適合投資」。這個例句也常會說成 Not everyone is cut out to be a stay-at-home mom.（不是所有人都適合當家庭主婦）。

1　下面是電影《高年級實習生》中出現的對話，電影中 70 歲的實習生 Ben 用 househusband 來描述家庭主婦 Jules 的丈夫，Jules 則說她的丈夫最近更喜歡被稱作 stay-at-home dad。

Ben: I've read about these househusbands.
　　　我有聽說過 househusband 這件事。

Jules: They actually prefer to be called stay-at-home dads.
　　　　他們其實比較喜歡被叫做 stay-at-home dads。

Ben: Oh, sorry. Did not know that.
　　　噢，抱歉。我不知道這件事。

情境演練！

Q　**What do you do for a living?**
你從事什麼工作？

A　**I am a stay-at-home dad.** 我是家庭主夫。

A　**I was a stay-at-home mom for 3 years, and I just got a job in marketing.** 我當了三年的家庭主婦，不過我剛找了份行銷的工作。

A　**I'm a stay-at-home mom, but I honestly am not sure if I'm cut out for this.** 我是家庭主婦，但老實說我不確定自己適不適合當家庭主婦。

想叮嚀對方回家小心時

(x) Get home <u>carefully</u>.

(o) Get home <u>safely</u>.

MP3 006

　　與要下班的同事或認識的人道別時，通常會叮嚀對方回家小心。此時，若使用字義為「小心」的 carefully，會給人一種「回家路上的每一步都得小心翼翼」的感覺而顯得彆扭，若想要表達的是「回家路上一路平安」，使用 safely 會更自然。在書面或較正式的情況下，必須使用副詞 safely 來說「Get home safely.」，但其實口語上也常說「Get home safe.」。有些表達方式若以文法來看會有些不對勁，不過卻是英文母語者常說的話，與其執著於文法，請把重點放在完整傳達語意上。

Get home safely. 回家路上小心。

Drive safely. 開車小心。

1　safely 與 carefully 在意義上雖然接近，但使用方式並不相同。單純想表達擔心，且存在多個不可控的變數，在此情況下，希望對方小心不要身處險境，更期盼對方不要發生任何壞事，這時要使用 safely，而若是處於只要專心注意便能避免陷入危險的情況下，則會使用 carefully。順帶一提，在 drive（駕駛）情境下，carefully 與 safely（在口語上當然也能用 safe）皆可使用。

Please listen carefully.
（不專心就可能會漏聽，所以）請仔細聽。

Think carefully before you decide.
（不專心思考的話可能會做出錯誤決定，所以）在你決定前請仔細思考。

情境演練！

A　**Get home safely.**
　　回家小心。
B　**I'll. Have a good night.**
　　我會的。祝你有一個美好的夜晚。

A　**Think carefully before you decide.**
　　在你決定前請仔細思考。
B　**Okay, I'll weigh the pros and cons.**
　　知道了，我會好好衡量利弊得失的。
weigh 在這句話中是「衡量」好處和壞處的意思，常跟 pros and cons（優缺點）一起出現。想要對某人提出建議或勸告時，常會用 weigh the pros and cons 來暗示對方要好好衡量利弊得失再做決定，請牢記在心。

UNIT 7

想感謝對方給予「自己努力爭取的機會」時

(x) Thank you for giving me this <u>chance</u>.

(o) Thank you for giving me this <u>opportunity</u>.

MP3 007

　　chance 指的是「不用努力，運氣好而偶然取得的機會」，opportunity 指的則是「在期盼了一段時間且拚命努力後，取得可達成目標的機會」。因此，想感謝面試官或客戶給予機會時，應該要說 Thank you for giving me this opportunity，因為這樣才能將自己「對此期盼已久，並為了掌握這次機會而拚命努力」的感覺傳達出去。如果在這種情況下使用 chance，則會變成對於沒有特意努力、運氣好而偶然取得的機會表示感謝，聽起來自然顯得不對勁。

1　opportunity 指的是拚命努力後取得、或一定要掌握住的珍貴機會，前面常會出現表示強調的單字。中文說的「黃金機會」的英文是「golden opportunity」，「千載難逢的機會」則是「once-in-a-lifetime opportunity」，語言真的很有趣吧！順帶一提，chance 也表示「偶然發生的可能性」，請牢記在心。

This is a golden opportunity. 這是黃金機會。

This is a once-in-a-lifetime opportunity. 這是千載難逢的機會。

There's a chance of snow on Christmas day.
（指下雪的可能性）聖誕節那天有機會下雪。

There's no chance of that actually happening, so stop thinking about what-ifs. 不可能真的會發生這種事，所以不要再想可能會怎樣了。

what if 表示「如果～的話，就可能會怎樣／該怎麼辦？」，特別常用來表示「提前擔心還沒有發生的事」。當對方陷入這種狀況時，就可以說 Stop thinking about what-ifs. 來勸對方不要過度擔心還沒有發生的事。不要每次都只會說 Don't worry，好好運用這個表達方式吧！

情境演練！

A　**You should go to that networking event. It's a great opportunity to meet new people.**
你應該要去參加那個社交活動。那是認識新朋友的絕佳機會。

B　**Okay, but I don't want to go alone. Will you come with me?** 好吧，但我不想自己去。你會和我一起去嗎？

A　**I heard there's a chance of rain this afternoon.**
我聽說今天下午可能會下雨。

B　**Thanks for the heads-up. I'll take an umbrella with me.**
謝謝提醒。我會帶把傘。

bring 是「帶來」，take 是「帶走；拿走」。

想表達「如果你找到工作」時

(x) If you get a job

(o) **When you get a job**

MP3 008

　　when 與 if 都可以解釋為「如果～的話，就～」，但兩者在語意方面卻有所差異，因此必須仔細分辨。

　　when 表示「當～的時候」，意味著「提到的這件事有朝一日會發生」，if 則表示「如果～的話」，帶有「提到的這件事不保證一定會發生，只是單純假設一下」的意思。面對正在努力找工作的人，當然要說 when you get a job，表示對方有朝一日肯定會成功找到工作。如果說的是 If you get a job，會給人一種「（我不知道你找不找的到，不過）如果你找到工作的話」的感覺，對方聽了可能會覺得難過。不過，如果表達的是自己的事，而且自己覺得這件事無法肯定會不會發生時，也可用 if 來表達，這樣子可以讓你說的話聽起來比較謙虛。

I'll take you out to dinner if I get promoted.
（雖然無法保證一定會升職，不過）如果我升職的話，我就請你吃晚餐。

I'll take you out to dinner when I get promoted.
（語氣中透露出覺得自己一定會升職的自信，一不小心就會顯得傲慢）等我升職就請你吃晚餐。

1　想表達「更進一步」時也常會用 if/when you get a chance（你有時間／有機會的話），此時，「有時間／有機會一定會做」的情況會用 when，if 則會用在「有時間／有機會也不一定會做」的情況。

　　Give me a call if you get a chance.
　　（不打給我也行，語氣客氣）有時間的話請你打電話給我。

　　Give me a call when you get a chance.
　　（不管怎樣一定要打給我）等你有時間就打電話給我。

　　Can we get the check when you get a chance?
　　等你有空的時候可以拿帳單給我們嗎？
　　在餐廳以 when you get a chance 來提出要求時，意味著請對方一定要做所提出的要求內容。

情境演練！

A　**There's a new Italian place across the street.**
　　對街有一家新的義大利菜。
就像我們會將中華料理的餐廳說成中餐館，賣披薩的餐廳稱作披薩店，英文母語者也常會用 Chinese place、pizza place 來表達。

B　**Let's go there when I get paid this Friday.**
　　（認為一定會領到薪水時）我這星期五領到錢的時候一起去吧！

A　**I'm throwing a party tonight. You should stop by if you get a chance.** 我今天晚上要辦派對。（以不來也沒關係的口吻來減輕對方一定要赴約的壓力）你有時間的話可以來看看。

B　**Just tell me when and where, and I'll be there.**
　　跟我說一下時間和地點，我會過去。
說出「Just tell me when and where, and I'll be there.」這句話，會給對方一種「只要你跟我說時間和地點，我就會咻地現身在那裡」的感覺。

UNIT 9

想表達令人心情愉悅的微醺狀態時

(x) I'm <u>drunk</u>.

(o) I'm <u>tipsy</u>.

MP3 009

　　不要每次喝醉都用 drunk 這個字，請依照醉的程度來使用不同的表達方式吧。令人心情愉悅的「微醺」要用 tipsy，比微醺再醉一點的話用 drunk，真的已經喝到不省人事的話則要用 wasted。我在美國上班時，遇到過一件很有趣的事，那就是公司聚餐是從下午三點到下班時間的五點，而且規定每個人都只能喝兩杯。這是因為美國人認為下班後跟家人相處的時間十分珍貴，所以隨著年紀增長，就少有機會參加會喝到爛醉的公司聚餐或狂歡派對，而且在有機會喝酒的場合之中說 I'm drunk.（我醉了）的話，可能會被人誤以為是那種不負責任、連自己能不能喝都搞不清楚的人。

I'm tipsy.（令人愉悅的微醺程度）我有點醉了。　　**I'm getting tipsy.** 我好像有點醉了。

I was drunk last night. 我昨天晚上喝醉了。

I was wasted last night.（比 drunk 更醉）我昨天晚上爛醉如泥。

> **1**　有些人會用「bad drunk」來表達自己酒量不好，不過這個說法其實指的是很會發酒瘋的人。順帶一提，一喝酒就會做出惡劣舉動的人也可以稱作 mean drunk，請牢記在心。
>
> 　　想表達自己不太會喝酒時，請用「I have a low tolerance (for alcohol)」來說明自己對酒精的耐受度很低，所以容易喝醉。相反地，也可用「I have a high tolerance (for alcohol)」來表示自己的酒量很好。

情境演練！

Q　**Would you like another drink?**
你想再喝一杯嗎？

想再喝一杯的情況

A　**Why not? I'm not even tipsy yet.**
好啊，我現在連微醺都稱不上。

A　**Sure. The night's not over yet. This round's on me.** 好啊。今晚還很長，這杯我請。

不能再喝的情況

A　**I'm good. I'm pretty tipsy already.**
（婉拒）不用了。我已經有點醉了。

A　**I've had enough already. Thank you though.** 我已經不能喝了。但還是謝謝你（的好意）了。

MP3 010

想不給壓力地邀約對方一起用餐時

(x) Let's <u>eat</u> dinner.

(o) Let's <u>grab</u> dinner.

　　英文母語者在邀別人一起吃飯時，不太會用 eat 這個字。這是因為我們在跟認識的人一起吃飯時，見了面會聊天，吃完飯也可能會再喝杯咖啡，如果使用 eat 這個字，會給人一種只是為了吃飯才和對方碰面的感覺。所以想要約別人一起吃飯時，可使用 have、get、to 等等動詞，如果是邀請不太熟的人一起共進晚餐，建議使用表示「迅速地做～」的 grab。大多數情況下，會一起共進晚餐都是非常親密的朋友或相熟的人，要不也是互有好感，所以在約人一起吃晚餐時，一不小心就可能讓對方誤以為你對他／她有好感或覺得有壓力。這時若使用 grab dinner 來提出邀約的話，會給對方一種「只是隨意吃個飯」的感覺，可以大大減少對方的壓力。grab 後面也可以接 dinner 以外的事項。

Why don't we grab a drink afterwards? 我們結束之後要不要去喝一杯？

Let's grab a bite to eat. 我們去吃點東西吧！

在口語上也會把後面的 to eat 省略掉，直接說「Let's grab a bite.」。

1　單純描述吃東西的動作，而非飯局聚會時，常會用 eat。

　　Have you eaten here before?（一起到了餐廳）你以前來這裡吃過嗎？

情境演練！

Q　**Do you have plans tonight?**
　　你今天晚上有事嗎？

沒有安排

A　**Not really. Do you want to meet up and grab dinner somewhere?**
　　沒有。你想找個地方見面吃晚餐嗎？

A　**Not yet. Do you want to grab a drink? I get off work at 6.**
　　還沒想到。你想要喝一杯嗎？我 6 點下班。

已有安排

A　**Cam and I are thinking about grabbing a drink after work. Do you want to join us?**
　　我跟 Cam 打算下班後去喝一杯。你要一起嗎？

A　**I'm supposed to go to a networking event, but I'm too tired.**
　　我原本要去一個聚會，可是我太累了。

be supposed to 表示「（原本）打算做／應該做～」，用來描述預定好且即將進行的計畫。「be going to ~（打算做～／預定要做～）」表現出的是「要執行計畫的強烈意志」，而 be supposed to 則給人「雖然已經預定要做，而且也有義務要執行，可是該計畫仍保有變更的可能性」的感覺。

UNIT 11

並非強迫，而是想說服對方去做某事時

(△) I'll <u>make</u> her go.

(o) I'll <u>get</u> her <u>to go</u>.

MP3 011

　　表示「讓某人去做特定動作」的動詞 make 其實帶有強迫的意味，所以不能隨便拿來用。

　　「I'll make her go.」這個句子就文法上來說沒錯，可是卻會給人一種「就算不擇手段，也一定要讓她去」的感覺，所以如果想表達的是「要說服對方做某件事」的話，請使用 get（讓／勸～去做～）。

　　「I'll get her to go.」聽起來的感覺跟使用 make 的句子截然不同，給人一種「透過條理分明的說明來說服對方去」的感覺，也是使用起來最保險的說法。若想要進一步表達要求或拜託的話，只要將 get 換成 ask，說「I'll ask her to go.」就行了。

I'll get her to call you.（我會跟她好好談談，然後）我會讓她打電話給你。

My plate's full at the moment, but I'll get Katrina to help you.
我現在超忙，但我會請 Katrina 幫你。
「My plate's full.」表示「有很多事情要處理，超忙」，也可以說「have a lot on my plate」，這是常用的表達方式，請務必牢記在心。

I got him to quit smoking.
（給人一種不是透過強迫，而是透過說理來說服對方的感覺）我讓他戒菸了。

1　帶有強迫意味的 make 非常適合用來描述就算不擇手段也一定要做到的事。

I'll make it work.（不管怎樣）我會讓它成功的。
除了「工作」之外，work 也常用來表示「運作；起作用」。

I hope you make this a priority.
（主要用在要求對方快點處理某事時）我希望你把這件事當作首要任務。

情境演練！

A　**Do you still smoke?**
　　你還有在抽菸嗎？
B　**No, my wife got me to quit smoking.**
　　沒有，我太太說服我戒菸了。

A　**Does Wednesday work for you?**
　　你星期三可以嗎？
B　**Well, I'm slammed on Wednesday, but I'll make it work.**
　　這個嘛，我星期三超忙，但我會想辦法的。

MP3 012

想表示自己有養寵物時

(x)　I raise a dog.

(o)　I have a dog.

　　一提到「培養；飼養」的英文時，大家腦中肯定會浮現 raise 這個字吧？不過，若用 raise 來描述「養寵物」的話，會給人一種是以繁殖或食用為目的來飼養家畜的感覺，讓人誤以為是在經營農場的那種飼養。因此，在陳述家裡有養就像家人一般的寵物時，請用 have 來替代 raise。就如同我們在描述自己有兄弟姊妹時，也會使用 have 這個動詞。

Do you have a dog? 你有養狗嗎？

1 想表示有養寵物時可用 have 來替代 raise，不過也有例外的情況。raise 帶有強烈的「照顧某生物到其長大為止」意味，因此若只是單純描述有養寵物的話，用 have 來替代 raise 會聽起來比較自然，但若是要陳述「飼養寵物的方式」，也就是與寵物成長過程相關的內容，就可以用 raise 來表達。

Here are some tips on how to raise a healthy dog.
這裡有一些如何養出健康狗狗的訣竅。

2 養小孩有時也可用 raise 來表達，此時 riase 的意思是「照顧小孩到他／她長大成人」。下面是常會出現在日常會話中的 raise 相關片語，請牢記在心。

I was born and raised in Seoul.
（我是在首爾出生且被人照顧長大的）我是土生土長的首爾人。
born and raised in: 在～地方出生長大；土生土長的～人

情境演練！

A **Do you have a dog?**
　你有養狗嗎？
B **Yes, I have a golden retriever. His name is Max.**
　有，我養了一隻黃金獵犬。他叫 Max。

A **Where are you from originally?**
　你的故鄉在哪裡？
B **I was born and raised in Memphis.**
　我是土生土長的孟菲斯人。
當對方提到自己出生於某特定城市時，經常會以「I heard it's nice there.（我聽說那裡是個好地方。）」回覆來展開話題，常用到我幾乎每次提到自己是在韓國出生時都會聽到。

UNIT 13

想稱讚很久不見的朋友變美時

(x) You <u>became</u> pretty!

(o) You <u>look</u> great!

MP3 013

　　想稱讚很久不見的朋友變美時，若使用「You became pretty.」的話，可能會傳達出一種「你以前長得很醜，是現在才變好看」的感覺，使對方感到不悅。若能改用「You look great.」，無論男女老少聽到這句話都會覺得你在誇讚他／她看起來狀態很好。雖然「You look great.」是最保險的說法，但如果想更強調對方看起來狀態很好時，請用表示目前狀態的 be 動詞來替代句中的 look。舉例來說，當對方一直都長得很美時，可以用「You are so beautiful.」，對方一直長得很帥時，就用「You are so handsome.」。

　　使用 be 動詞來強調時，當然也有可能會因為情境或語氣的轉換，而讓對方感到壓力，請小心留意。

How have you been? You look great, by the way. 最近怎麼樣？對了，你看起來真不錯。

You look great! You haven't changed a bit. 你看起來真不錯！一點也沒變。

「You haven't changed a bit.」會隨著語氣不同而給人不同的感受。以肯定語氣來說這句話時，是稱讚很久不見的朋友，外表跟以前一模一樣，但若以諷刺語氣來說這句話，就會變成「你還真是一點都沒變啊～」像是在嘲諷對方毫無長進。

1　就我看來，似乎有許多人過度使用 become 了。請不要一提到變化就想都不想地使用 become，想強調「變化的結果」時請用 become，想強調「變化的過程」時則用 get。

　　I'm getting better at speaking English.
　　（強調變化的過程：英文口說能力越來越好）我的英文說得越來越好了。

　　I've become fluent in English.（強調變化的結果：英文變好）我的英文變流利了。

情境演練！

A　**How have you been?** 最近怎麼樣？

B　**I've been busy with work. You look great, by the way.**
　　工作一直很忙。對了，你看起來真不錯。

A　**You look great yourself.** 你看起來也很不錯。

A　**Wow, this is delicious. This place is getting better and better.** 哇，這好好吃。（強調變化的過程：食物變得越來越好吃）這間餐廳越來越棒了。

B　**I know. It's become one of my favorite restaurants.**
　　真的。（強調變化的結果：這間店成為自己的愛店之一）它變成我最愛的餐廳之一了。

想說出「祝您用餐愉快」的客套話時

(x) <u>Eat</u> your lunch well.

(o) **<u>Enjoy</u> your lunch.**

MP3 014

　　就如同我們會客套地說祝您午餐或晚餐吃得愉快，英文母語者當然也不例外。不過，很多人會因為這句客套話中有「吃」這個動作而使用 eat 來表達，從現在起請改用 enjoy 來代替 eat 吧！想表達「祝您午餐用餐愉快」時，可用「Enjoy your lunch」，藉此表達「祝您不僅能好好享用午餐，也能度過愉快的午餐時光」的心意。同樣地，想祝對方晚餐用餐愉快時，就說「Enjoy your dinner.」吧。

1　英文母語者在各種情境下都喜歡使用 enjoy 這個字，下面是經常會用到 enjoy 的三種情境。

Enjoy the rest of your day. 祝您有愉快的一天。
想祝福對方有愉快的一天時，除了「Have a good day.」，還可以說「Enjoy the rest of your day.」。

I enjoy travelling. 我很喜歡旅行。
想強調喜愛的程度高於 like 時，可用 enjoy 這個動詞來傳達「不單單只是喜歡，還樂在其中」的感覺。

Are you still enjoying your sandwich? （尤其是在高級餐廳裡，在看到客人的餐盤上雖然還有一些食物，不過所剩不多時，在收走其餐盤前先詢問）這個三明治您還要用嗎？

2　順帶一提，中文裡的「好」可用來表達擅長做某件事，也可用來傳達出「吃得很開心」的滿足感，但英文母語者是用 enjoy 來表達「滿足感」，用副詞 well 來表達「某種能力或功能表現得很好」。

You speak English so well. （說英文的能力表現得很好）你英文說得真好。

Are you eating well? （尤其是在醫院內詢問病人的進食狀況時）你吃東西還好嗎？
詢問胃口或睡眠品質等身體狀態，也就是確認身體機能時，也常用 well 這個單字。

情境演練！

A　**I gotta get going. Enjoy the rest of your night.**
　　我要先走了。祝今晚愉快。
B　**You too. See you tomorrow.** 你也是，明天見。

A　**How are you enjoying Korea?**
　　你喜歡吃韓國菜嗎？
B　**I love it. I mean, who wouldn't?**
　　我很喜歡。我是說，誰會不喜歡啊？

UNIT 15

喜歡「對方散發出的感覺」而想稱讚時

(x) I like your <u>mood</u>.

(o) I like your <u>vibe</u>.

MP3 015

　　雖然 mood 在字典上有著「心境；氣氛」的字義，但在日常會話中還是比較常用來描述情緒的狀態，也就是「心情」。不過，想表達特定對象散發出來的感覺或特定地點所彌漫的氛圍時，請用 vibe 來替代 mood。想要利用表示「氣氛、氛圍、感受」的單字，來表示自己喜歡對方散發出來的感覺時，只要說「I like your vibe.」就行了。vibe 在單獨使用時可表示「氣氛、氛圍、感受」，例如 good vibe（良好／正面積極的感覺）、negative vibe（負面消極的氛圍）、romantic vibe（浪漫的氣氛）等。順帶一提，atmosphere 主要是用來描述某特定地點所彌漫的氛圍，而 vibe 除了地點之外，也可用來描述「某特定人物散發的感覺或給人的印象」。

You give off such positive vibes. 你散發出非常（讓人心情愉悅的）正向積極的感覺。

That place has an awesome vibe. 那地方的氛圍超棒。

1　如前所述，mood 常用來描述心情的好壞。
　　You're in a good mood. 你（看起來）心情很好。

2　順帶一提，當對方看起來心情好時，主詞可以用「You（你）」，但若想要以開玩笑的口吻表達，也可以使用「Someone（某人）」來做為主詞說「Someone's in a good mood.」，這句話的直譯是「有人的心情很好」，但其實可解讀為「這裡有人心情很好嘛」。

情境演練！

Q **How do you like this place?**
你覺得這個地方怎樣？

喜歡時
A **It's nice. I really like the vibe here.**
很棒。我真的很喜歡這裡的氛圍。

A **Actually, this is my go-to café. Their coffee puts me in a good mood.** 其實這間咖啡館我常來。他們的咖啡讓我心情很好。

可以用「go-to＋對象」來表達出自己平時喜歡造訪的地方。舉例來說，go-to place 意指自己平時喜歡造訪的地點或餐廳，go-to person 指的則是自己需要建議或有問題需要解決時的主要求助對象。

不喜歡時
A **Honestly, it has a weird vibe in here.**
老實說，這裡的氛圍很怪。

想表達「好笑」時

(x)　It was fun.

(o)　It was funny.

MP3 016

　　雖然在記單字的時候,會看到 funny 跟 fun 的中文字義都是「有趣的」,可是在實際運用時,別人對這兩個單字的解讀卻常會讓人陷入尷尬的處境,因為這兩個單字所表達的涵義其實大不相同。funny 當然也可解讀為「有趣的」,但是 funny 的基本語意並非「愉快的」,而是「滑稽的;使人發笑的」,因此如果是要表達「讓人捧腹大笑」的情況,應該要用 funny。此外,雖然 funny 也可用來單純表達「有趣好笑的」,可是「You're funny.(你很滑稽/好笑)」這句話多半是用來嘲諷或挖苦對方。另一方面,fun 的涵義為「有趣的;愉快的」,屬於可放心用來表達心情愉悅的單字。

He's so funny. He doesn't even have to try.
他超級好笑。他甚至不用搞笑就已經很好笑了。

It's not funny.（尤其是對方玩笑開過頭或令人不舒服時）這不好笑。

1　funny 也能表示「(到難以說明或理解的程度而)荒謬的;古怪的」。
It's funny how life works. 生活（的運作方式）真是荒謬。
My stomach feels funny.（跟平時不太一樣）我的胃怪怪的。
It feels funny to be home all weekend. 整個週末都待在家的感覺很怪。

2　其實英文母語者在日常生活中真的很愛用 fun 這個字,請務必要記得 have fun 這個片語。
Have fun. 玩得愉快。
I had fun the other day. We should do it again sometime.
我那天玩得很愉快。我們應該找個時間再去一次。
就如同我們平時很常會用「那次、上次」這種表達方式,英文母語者也很喜歡用「the other day」來表達,想強調是晚上的話,則會用「the other night」。
如果是最近發生、可是無法馬上想起準確時間點的事件,就可以利用這個表達方式

情境演練!

A　**Stop. It's not funny.** 夠了。這不好笑。
B　**Well, someone's in a bad mood.**（拐彎抹角地說對方的心情看起來不好）好吧,看來有人的心情不好。

A　**A funny thing happened in the office today.**
今天辦公室裡發生了一件怪事。
B　**Really? What happened?** 真的嗎?發生了什麼事?

UNIT 17

想開玩笑地說「別傻了」時

(x)　Don't be <u>stupid</u>.

(o)　Don't be <u>silly</u>.

MP3 **017**

　　stupid 這個字的意思是「腦子真的很差、笨蛋般愚蠢」，所以是個會令人感到不悅的字，而 silly 這個字，則常會用在對方做出了一些出乎意料的舉動，讓你想開玩笑地說對方「傻氣」的時候。例如某人做出了一些類似於撒嬌或裝可愛的莫名舉動或裝傻言論，讓聽的人好氣又好笑，進而高抬貴手、放過他時，中文裡就會說這個人的行為「傻傻的」、「呆呆的」，而這就是 silly 的意思。

　　當朋友對你說「You're silly.」時請不要發火，因為對方有很高的機率不是想說「你很蠢」來挑釁，而只是想開玩笑說「你很呆耶」，來描述你的舉動或發言傻裡傻氣的而已。

　　使用 silly 來表達時，不能讓對方感到不悅，也不能面無表情，請以戲謔的口吻邊笑邊說。另外，孩子們因為天真無邪而做出出乎意料的舉動，讓人覺得十分可愛時，也很常會用 silly 來描述。

Oh, don't be silly. Everybody likes you. 噢，別傻了。大家都喜歡你。

1　雖然我建議最好不要對人使用 stupid 這個字，但怎麼可能完全不用呢！以下就提出幾個在現實生活中也能用這個字來描述人或事物的例句吧！

I'm not stupid.（表示自己該知道的都知道了）我又不笨。

順帶一提，很多人只知道 naive 的語意為「純真的、天真的」，不過這個字的意思其實帶有強烈的負面／否定意味，指的是「因為缺乏經驗或知識，而不懂人情世故」。當某人受誇大不實的廣告蒙騙，因而想要購買某物時，就可以對他／她說「Don't be so naive.」（別這麼天真（好騙）了）。

That was stupid to quit your job like that. 像這樣把你的工作辭掉真的太蠢了。

2　在日常生活中，英文母語者也常會用 stupid 來形容惹人厭或令人感到不耐煩的對象。

I have to pay the stupid ticket. 我必須付那張蠢票的錢。

情境演練！

A　**Why don't you join us for dinner?**
　　你要不要跟我們一起吃晚餐？

B　**Are you sure? I don't want to impose.**
　　你確定嗎？我不想打擾你們。

面對別人的好意／善意，出於禮貌想再向對方確認一次時，常會說 Are you sure?（你確定嗎？／你說的是真的嗎？）。

A　**Oh, don't be silly! The more, the merrier!**
　　噢，別傻了！人越多越好玩呀！

A　**I can give it to you for $500.** 給我 500 美金就給你。

B　**I know it's not worth $500. I'm not stupid.**
　　我知道它不值 500 美金。我又不笨。

想稱讚衣服等物件很適合對方時

(x)　That shirt <u>fits</u> you.

(o)　That shirt <u>suits</u> you.

MP3 018

　　用 fit 來描述襯衫很適合某人時，只能表達出這件襯衫很合身，但無法準確表達出這件襯衫「很適合」對方的訊息。當對方詢問衣服尺寸是否太大或太小時，用 fit 來回答十分恰當，但若是想稱讚某物很適合對方時，請使用 suit 這個字。想表達那件襯衫很適合對方時，可以說「That shirt suits you.」。suit 一字本就有「合適；相襯」的意思，所以能單獨使用，但想強調真的很適合對方時，可以說「That shirt suits you well.」。

1　我自己認為 suit 是無論輕鬆或正式場合都能用的萬用稱讚字，也能用來描述某趨勢、傾向或情況很適合對方。
You look nice today! Red suits you. 你今天看起來很棒！紅色很適合你。
This place suits you. 這地方很適合你。
I like your name. It suits you. 我喜歡你的名字。很適合你。

2　用 fit 來表示合身時，若能多與 perfectly 或 beautifully 這類形容詞一併使用的話，就可以讓人覺得不單單只是合身，而是十分相襯，聽起來會讓人心情更好。
It fits you perfectly. 它非常適合你。
It doesn't fit me anymore. （以前合身的衣服，現在太大或大小時）它不合身了。

情境演練！

Q　**How do I look?** 我看起來怎麼樣？

很適合時
A　**You look nice. That dress suits you.**
　　妳看起來很棒。這件洋裝很適合妳。
A　**Great. That suit fits you perfectly.**
　　很好看。這套西裝非常適合你。

提出建議時
A　**I think the black one suits you better.**
　　我覺得黑色那件比較適合你。
A　**I think the smaller size fits you better.**
　　我覺得小一點的尺寸會比較適合你。

UNIT 19

想稱讚對方的膚色曬得很漂亮時

(x) You look burned.

(o) You look tan.

MP3 019

美式文化比較偏好健康膚色，所以部分美國人也會透過助曬機來擁有小麥色肌膚。但若對那些在週末期間進行戶外活動，或利用假日去做人工助曬而擁有漂亮膚色的人說「You look burned.」，對方可能會誤以為你覺得她／他看起來像是曬傷了。在這種情況下，要說「You look tan.」才能正確傳達你想稱讚對方的膚色「曬得很漂亮」的意圖。

可用來形容皮膚曬得很漂亮的 tan，除了常做為形容詞表達「棕褐色的」，亦常做為名詞表達「棕褐色；曬成棕褐色的膚色」。

You look tan. What did you do over the weekend? 你曬黑了。你週末去做什麼了？

I got a tan yesterday playing golf. 我昨天去打高爾夫曬黑了。

1 真的被火燙傷或食物煮焦掉的時候，當然可以用 burn。順帶一提，burn 的過去形態有 burned 與 burnt 兩種，在美國大多會用 burned，burnt 則通常會被當成形容詞，表示「（被火）燒傷的」。不過最近也有越來越多的美國人會將 burnt 做為動詞使用。

   I just burned my tongue. 我剛燙到舌頭了。
   It tastes burnt. 這個吃起來有焦味。

2 因為過於投入一件事，導致生理與心理層面都持續承受壓力，進而變得疲憊無力的狀態，英文的說法是 burn out（倦怠；筋疲力盡），也可用 burned/ burnt out 來表達。

   I'm burned out. I need to take some time off.
   我筋疲力盡了。我需要休息一段時間。

情境演練！

A **You look tan.** 你曬黑了。
B **I got a tan yesterday playing golf.** 我昨天去打高爾夫曬黑了。

A **I'm burned out. I'm tired physically and mentally, and I can't do this anymore.** 我筋疲力盡了。我不管是身體還是心理都很累，我沒辦法再做下去了。
B **It looks like you could use some time out of the office. Come on, let's talk over dinner.**
   看來你需要脫離辦公室一段時間。走吧，我們吃個晚餐聊一聊。

想表示某人看起來「肉肉的」時

(x) He's <u>fat</u>.

(o) He's <u>chubby</u>.

MP3 020

　　出口評論他人的身材外貌是很糟糕的習慣，但若遇到不得不描述他人外表「肉肉的」的情況的話，請用 chubby 這個字。

　　fat 指的是真正的「肥胖」，相信沒有人會喜歡聽到這個字眼，而 chubby 則是「胖嘟嘟」或「肉肉的」的意思，雖然大多數人依然不會喜歡聽到這個形容詞，但至少比 fat 聽起來更順耳。

　　即使表達的是「胖嘟嘟的、圓滾滾的、肉肉的」，使用 chubby 這個字來形容他人外貌，還是很容易會讓人覺得不高興，以下是我整理出在日常生活中可以安全使用這個字的幾種情況。

Look at those chubby cheeks. So adorable!
（主要用來說小孩子）看看那胖嘟嘟的臉頰。超可愛！

He's a little bit on the chubby side. 他有一點胖胖的。

1　那麼，在日常生活中真的完全不能使用 fat 嗎？當然不是，當你穿上衣服，想問認識的人自己會不會看起來很胖的時候，就能用這個字。除此之外，fat（形容詞：肥胖的）做為名詞（fat：脂肪）時的相關詞彙，例如 low-fat（低脂）或 non-fat（零脂）也都是使用度相當高的詞彙。
　　Do I look fat in these pants? 我穿這件褲子看起來很胖嗎？
　　This is non-fat yogurt. 這是零脂優格。

2　有一個十分有趣的 fat 相關詞彙，那就是 fat chance，它的意思不是「肥胖的機會」，而是「機會渺茫」的意思。
　　Fat chance of that happening. 這件事的發生機率微乎其微。

情境演練！

A　**What does he look like?** 他長什麼樣子？
B　**Well, he's a little bit on the chubby side, but he's very handsome.** 這個嘛，他有一點胖胖的，不過還是非常帥。

A　**Do I look fat in these jeans?** 我穿這件牛仔褲看起來很胖嗎？
B　**Oh, don't be silly. You look great!**
　　噢，別傻了。你穿起來很好看！

UNIT 21

想描述某人的身材很「嬌小」時

(x)　She's short.

(o)　She's small.

MP3 021

　　若用 short 來形容別人的個子不高、體型嬌小的話，可能會讓對方勃然大怒。有趣的是，如果你的身高在 164 公分以下的話，大部分的美國服飾店都會推薦你穿 short 或 petite 尺寸，就連身高有 166 公分的我也常聽到認識的人說「You're so small.」，或是強調對方真的很嬌小的「You're so tiny.」。不管怎樣，想說對方的個子不高、體型嬌小時，請用意味著「整體而言較小」的 small，代替意味著「長度較短」的 short。small 這個字除了可以用來描述體型，也能用在指稱寬度、間距或心胸狹窄等情境之中。

What a small world. 世界真小啊。

She's so small-minded. 她真的很小心眼。

1　非得要用 short 來強調個子矮的話，請用「be on the short side（身高偏矮）」，不要直接說對方長得很矮，而要以「身高偏矮」這種比較委婉的表達方式來稍微降低對方心生不滿的機率。

　　She's a little bit on the short side. 她的個子比較矮一點。

2　在日常對話中，相較於「個子矮」，short 更常被用來表示「（期間或長度）短的」。

　　Long story short, I ended up not going. 長話短說，我最後沒去。

　　long story short 表示「長話短說」，指的是「要解釋的東西實在太多了，所以一時說不清楚，進而只用簡單幾句話來總結」。

情境演練！

A　**What does she look like?** 她長什麼樣子？

B　**She's a little bit on the short side, but she's gorgeous.**
　　她的個子比較矮一點，但她真的很美。

A　**I know Jonathan. We went to the same school!**
　　我認識 Jonathan。我們之前念同一間學校！

B　**What a small world.** 世界真小啊。

「I know Jonathan.」指的是彼此有直接接觸過、而且互相知道姓名的程度，「I know of Jonathan.」則給人一種「雖然彼此沒有直接接觸過，但有聽說過 Jonathan 這個人」的感覺。

在美國想詢問「廁所在哪裡」時

(x) Where's the toilet?

(o) Do you know where the restroom is?

MP3 022

　　對美國人說「Where's the toilet?」的話，會讓對方誤以為你要吐了或是真的很急著要找馬桶。廁所最普遍的英文說法是 restroom 或 bathroom。原本公共廁所的英文是 restroom，有 bathtub（浴缸）的家用浴室則是 bathroom，但大家通常不會特別區分，所以只要擇一使用即可。順帶一提，加拿大常用 washroom 來表示廁所，powder room、ladies' room 是女生廁所，gentlemen's room 則是男生廁所，相關的表達方式十分多元。

　　想詢問廁所在哪裡時，不要劈頭就問 Where's the restroom?（廁所在哪裡？），最好以比較委婉有禮的方式詢問：「Excuse me. Do you know where the restroom is?（不好意思。請問你知道廁所在哪裡嗎？）」。

Can you tell me where the bathroom is?
（在認識的人家裡或辦公室時）你能告訴我廁所在哪裡嗎？

I need to run to the bathroom real quick. 我得趕快去上一下廁所。

1　在跟別人談話或用餐時，如果必須離開座位去上廁所或接電話，可以使用下面這種表達方式。

　　Could you excuse me for a second? 你可以等我一下嗎？

2　可使用 toilet 的情境是像下面這種。

　　We're out of toilet paper. 我們的廁所衛生紙用完了。
　　廁所衛生紙的英文是「toilet paper」，也就是廁所裡會用到的捲筒衛生紙，我們有時也會用捲筒衛生紙來擦嘴，這看在美國人眼裡可說是一個不小的文化衝擊。順帶一提，衛生紙的英文是 tissue，面紙的英文是 Kleenex，濕紙巾的英文是 wet wipe，廚房紙巾的英文則是 paper towel。

情境演練！

A　**Excuse me. Do you know where the restroom is?**
　　不好意思。請問你知道廁所在哪裡嗎？
B　**Yes, it's down the corridor on the right.**
　　嗯，這條走廊走到底的右手邊就是了。

A　**I think we're out of toilet paper.**
　　我們的廁所衛生紙應該用完了。
B　**I'll go get some after work.** 我下班後會去買一些回來。

想稱讚對方的寵物很可愛時

(x)　It's cute.

(o)　He's cute. 或是 She's cute.

MP3 023

　　在對方把自己的寵物當成家人的情況下，若用 it 來稱呼對方的寵物，對方可能會覺得你很失禮。如果知道寵物的確切性別，可以直接用 he 或 she 來開頭，不過大部分的寵物都難以一眼看出性別為何，所以乾脆省略主詞，直接說 So cute! 或 So adorable! 就行了。

　　碰到小孩子時也是如此，誤判小孩子的性別是很失禮的事，所以在無法確認性別時就直接省略主詞，或像是直接在跟小孩子說話那樣用 you 當主詞，直接說「You're so cute！（你真可愛！）」就行了。雖然這些細節相當瑣碎，但如果有人用 it 來指稱我的寶貝寵物或孩子的話，我也會覺得十分不高興，所以一定要特別留意才行。

She's so cute! How old is she?（知道寵物的性別時）她好可愛！幾歲了？

So adorable! What kind of dog is he?（不清楚性別時）好可愛！他是什麼狗呢？

1　路過或偶然看到別人的可愛寵物時，不能冒然伸出手撫摸對方，因為這舉動不僅可能會招來危險，也可能會讓主人或寵物感到不開心。在伸手撫摸別人的寵物之前，務必要先詢問過主人再行動。想詢問是否能摸時，可使用這個表達方式。

　　May I pet your dog? 我可以摸摸你的狗嗎？

2　如果自己的寵物怕生、不喜歡陌生人碰觸的話，請使用下列回應方式來答覆對方。這種表達方式的語氣委婉，絕對不算失禮，而且是可顧及自己寵物的感受與他人安全的聰明回應方式。

　　Thank you for asking, but he's shy around people.
　　謝謝你問我，不過他怕生。

情境演練！

A　**So adorable! What kind of dog is he?**
　　真可愛！他是什麼狗呢？
B　**He's a French bulldog.** 他是法國鬥牛犬。

A　**May I pet your dog?** 我可以摸摸你的狗嗎？
B　**Thank you for asking, but she doesn't like to be touched until she gets familiar with someone.**
　　謝謝你問我，不過她不喜歡被不熟的人摸。

MP3 024

想詢問自己能否同行時

(x)　Can I <u>follow</u> you?

(o)　Can I <u>join</u> you?

　　用 follow 來詢問對方能否讓自己同行的話，會給人一種像是小狗般緊跟在後的感覺，因此請用 join 來代替 follow 吧！除了詢問能否加入團隊或參加計畫，這個表達方式也能用來詢問能否和對方一起去吃午餐或晚餐等聚餐活動，用途十分廣泛。

　　其實英文母語者很喜歡在各種情境下使用 join 這個單字，但我們好像不太會想到要用這個單字，所以趁此機會好好跟 join 培養一下感情吧！

Can I join you for lunch? 我可以和你一起吃午餐嗎？

1　想提議跟對方一同前往某特定地點，或一起做某件事時，也可用 join 來表達。

　　Why don't you join us tomorrow? It's going to be fun!
　　你明天要不要和我們一起去？一定會很好玩的！

2　在演講或活動中，想請大家一起歡迎或感謝某人的時候，也常會用 join 這個字，意思接近於中文的「請大家和我一起～」。

　　Please join me in welcoming Andrew Xavier.
　　請大家和我一起歡迎 Andrew Xavier。

　　Please join me in thanking Dr. Bloomberg.
　　請大家和我一起感謝 Bloomberg 博士。

情境演練！

Q **Why don't you join me for a drink?**
　你要不要跟我去喝一杯？

可以一起去時
A **That would be great.** 好啊。
A **I'd like that. I could use a drink.**
　好啊。我也需要喝一杯。

無法一起去時
A **I wish I could, but I already have plans.**
　真希望我能去，不過我有事。
A **Can I take a rain check? I'm so tired.**
　可以改天嗎？我好累。

UNIT 25

想表達「我小時候」時

(x) when I was <u>young</u>

(o) when I was <u>little</u>

MP3 025

　　在比自己年長的人面前，彷彿歷盡滄桑般說 When I was young ~（我年輕的時候~），應該會讓對方覺得你莫名其妙，因為你比對方還要年輕。很多正值青春年華的 20 多歲求職者，會在英文履歷中寫出 When I was young ~ 這種句子，可是若考量到閱讀這份履歷的人，可能比這些求職者還要年長的這點，這時應該要用 little 來代替句中的 young，改寫成 When I was little ~（我小的時候~）才對，因為 litte 指的是「我小時候」，而非「我年輕時」。順帶一提，也可改用 When I was a little girl/boy ~。

I had a dog when I was little. 我小時候養過一隻狗

It reminds me of when I was a little girl. 這讓我想起我還是個小女孩的時候。

1　當對方比自己小或跟自己同年時，可用 when I was young ~ 來表達「在我那個時候啊~」，傳達出一種自己已青春（young）不再的感覺。
　　When I was young, there was no such thing as the Internet.
　　在我那個時候，沒有網路這種東西。

2　很多人在求職信中會提到「我從小開始就~」，藉此表示自己經歷過某些事件，此時可用 ever since I was little（從我小時候開始），或用 ever since I was a little girl/boy（從我還是個小女孩／男孩的時候開始）也行。
　　I've always wanted to be a flight attendant ever since I was little.
　　我從小時候開始就一直想成為空服員。

情境演練！

A　**So, how do you like your job?** 那你喜歡你的工作嗎？
B　**I love it. I've always wanted to be a lawyer ever since I was a little girl.**
　　我很喜歡。從我還是個小女孩的時候開始，我就一直想當律師。

A　**Are you from Atlanta?** 你是亞特蘭大人嗎？
B　**No, I'm originally from Korea. My family moved here when I was 4.**
　　不是，我來自韓國。我們家是在我四歲的時候搬到這裡的。
　　也可以像這樣直接說出具體年紀。

想稱讚對方沒有發生失誤就一次成功時

(x) You <u>made</u> it!

(o) You <u>nailed</u> it!

MP3 026

　　當對方完成或解決了什麼時，很多人都只會說「You made it」，其實在對方沒有發生任何差錯就完成簡報或演講時，只有把 made 換成 nailed 才能完整傳達出「讚美對方做得很成功」的意味。

　　「You made it.」這句中的 make，背後隱含著「艱辛地抵達／前往某地點」，所以意思其實是「即使路途遙遠或面臨難關，仍然做得很好／做到了」，因此對於沒有發生任何失誤就完成一件事的人來說，這句話只能表達出你知道對方經歷了一些困難才完成了某事，無法讓對方覺得受到稱讚，因此若能改用 nail（成功達成～），也就是用「You nailed it.」的話，就能強調對方是「完美達成」某件事。

That was impressive! You nailed it! 真厲害！（一次就做到）你成功了！

You nailed the presentation! （毫無差錯地）你成功做完了簡報！

1　make（艱辛地抵達／前往某地點）請在對方經歷了一些困難或難關的情況下使用。

　　I knew you were going to make it!（雖然你遇到了一些困難，但）我就知道你會成功！

　　I barely made it on time. （我還以為會遲到）我差一點就沒辦法準時抵達了。

2　無論是對當事人還是旁人來說，能夠不犯下任何失誤就成功完成某件事，都是一件令人開心且驕傲的事。有一個英文母語者非常愛用、但我們卻不太會用的單字，那就是 proud。這個字的直譯是「自豪的；驕傲的」，就字義來看不是平常會用到的單字，不過英文母語者其實不是這樣解讀這個字的，實際上用起來的感覺是像下面這樣：

I'm proud of you. 我以你為榮。　　**I'm proud of myself.** 我為自己驕傲。

上面提到的都是英文母語者平時經常使用的表達方式，無論成就大還是小，達成時都該稱讚一下自己喔！

情境演練！

A　**How was I?** 我表現得怎樣？
B　**You nailed it!** 你（毫無失誤地）成功了！

A　**You made it!** （雖然遇到了困難，但）你做到了！
B　**Thank you. I couldn't have done it without you.**
　　謝謝你。沒有你的話我不可能做到。

UNIT 27

想表示自己為某人效力時

(x) I work <u>with</u> Mr. Powell.

(o) I work <u>for</u> Mr. Powell.

MP3 027

　　表達為自己的主管效力時，應該用「work for」來表現出自己正在「為某人工作」的意思。除此之外，「work for」這個表達方式，也可用來表現出自己對工作單位的奉獻。面試時若想呈現出自己進公司後會努力工作的感覺，或公務員提到自己的工作單位時，也都可以用 work for 來表達。現代人常會比較以自我為中心，如果真的對目前任職的公司感到滿意，當然可以發自內心地使用 work for 來表達，但在現實生活中能如此幸福的人並不多，所以大部分的人在提到自己公司時都是用 work at 這個表達方式。

I work for Spencer.（Spencer 是上司）我為 Spencer 效力。

I work for the government. 我是公務員。

公務員就是「為國家機關或政府單位工作的人」，因此可以用這個表達方式來介紹自己的工作。

1　想表達自己跟同事或下屬一起工作時，可用 work with。提到下屬時，雖然可以端著主管架子說 She works for me.（她為我效力），但也能放下身段地用 work with 來表達。

I work with Spencer.
（Spencer 是說話者的同事或下屬）我跟 Spencer 一起工作。

I look forward to working with you.
（工作上請對方多多關照）我期待與您共事。

情境演練！

A **How do you know Spencer?**
你是怎麼認識 Spencer 的？
B **I used to work for him.**
我以前為他工作過。
（暗示 Spencer 曾是自己的主管，不過現在已經不是了）

A **What do you do for a living?**
你做什麼工作？
B **I work for the government.**
我是公務員。
A **That sounds fancy.**
聽起來很棒。

PART 1

稍微調整一下就
能避免誤會的
單字與表達方式

UNIT 1

直接指出對方今天比平常失禮時

(x)　You're rude.

(o)　**You're <u>being</u> rude.**

MP3 028

　　當對方言行舉止失禮時，若只用狀態動詞的 be 動詞來說「You're rude.」的話，會讓別人誤會對方一直以來都是不懂禮貌的人。

　　如果這個人平時很禮貌，今天卻特別沒禮貌，那麼請用「You're being rude.」，委婉批評對方「現在這個時間點」做出的舉動沒禮貌。簡而言之，在對方做出明顯不尋常的舉動時，就可以用「be 動詞＋being＋形容詞」。

You're being weird.
（對方做出不尋常的舉動時）你今天特別奇怪。

Why are you being nice to me?
（平時欺負自己的人，突然對自己很好時）你為什麼今天對我那麼好？

1　如果是平時就擁有的特質，只要用 be 動詞就行了。

　　She's mean.
　　她很刻薄。

　　You're weird.
　　你很怪（＝詭異）。

情境演練！

A　**Shut up.**
　　閉嘴

B　**Excuse me? You're being rude.**
　　你説什麼？你（不尋常地）很沒禮貌。

「Shut up.」是「閉嘴」的意思，雖然有時也能視語氣或情況來表示驚訝，但基本上是具有負面意味的表達方式，如果不是非常輕鬆的場合，請絕對不要隨意使用。

當你想請客戶或上司不要再發言時，即使是用開玩笑或詼諧的口吻來說，也絕不能用 shut up。

A　**What's going on? Why are you being nice to me?**
　　發生什麼事了？（對平時欺負自己的人説）你為什麼今天對我那麼好？

B　**What do you mean? I'm always nice to you.**
　　你在説什麼？我一直都對你很好啊。

在午餐時間接到工作電話時

MP3 029

(x) It's my lunch break.

(o) It's actually my lunch break.

　　正悠哉享用午餐、好好休息的時候，辦公室的電話響了起來。在這種情況下，若一接起電話就說 It's my lunch break.（現在是我的午休時間）的話，一不小心就可能被誤會是在指責對方。即使想抱怨對方在這個時間點來電實在不識相，也請採用更委婉且好聽的表達方式：It's actually my lunch break.（其實現在是我的午休時間）。在這類需要客氣說明的尷尬情況下，只要多加 actually 這個字，就能讓整句話變得比較含蓄委婉，有沒有加 actually，語意可是有著天壤之別。不過相較於要記得加上 actually，更重要的是必須記得用委婉的語氣說出這句話。

It's actually my lunch break. 其實現在是我的午休時間。

I'm actually on vacation. Can I get back to you first thing tomorrow morning? 其實我現在正在休假。我明天早上一上班就立刻回覆您，可以嗎？

「get back to＋人」的中文是「回覆～」，常用在目前無法馬上回覆或提供協助的情境之中。

1　單純描述目前是午休時間或正在休假的事實時，可以採用下面這些表達方式。

　　It's my lunch break.（在午餐休息時間打電話給朋友聊天）現在是我的午休時間。

　　I'm on vacation. 我在休假。

情境演練！

Q **I'm actually on vacation. Is it okay if I send it to you first thing tomorrow morning?** 其實我正在休假。我明天早上一上班就寄給您，可以嗎？

沒有急事時

A **Of Course! Don't worry about it and enjoy the rest of your vacation!** 當然可以！別管這件事了，好好享受剩下的假期吧！

有急事時

A **I'm really sorry to bother you while you're on vacation, but is there anyone in the office I can contact? I need to take care of this by the end of the day.** 真的很抱歉在您休假期間打擾您，不過您辦公室裡有人我可以聯絡嗎？我必須在今天下班前把這件事情處理好。

UNIT 3

要求朋友現在就去做某件事時

(x)　You do it now.

(o)　Do it now.

MP3 030

　　命令對方或提出指示的祈使句，大多會省略句首的 You，而以原形動詞來開頭。如果沒有省略 You 的話，會讓人覺得這是對方非做不可、語氣非常強硬的命令。以「You do it now.」一句為例，文法上雖然完全正確，但現實生活中卻幾乎沒人會這麼說，原因就在於，這個句子本身已經是祈使句，若又以「You」開頭的話，就會造成很強的壓迫感。如果不是故意要緊迫盯人或刻意以不客氣的態度說話的話，平時使用祈使句時請省略句首的 You。

Do it now. 現在去做。

Come here. 過來。

1　不過，當想把事情推給對方去做時，祈使句前方的 You 不省略也沒關係。

You do it now.（本人不去做，並對著把事情推給自己的人說）你現在去做。

You come here.（本人懶得移動，對著老是要自己過去的人說）你過來。

Dana Jones Hamilton, you come and have a seat.

Dana Jones Hamilton，你過來坐下。

美國人有著我們沒有的 middle name，例如 Jennifer Elizabeth Lawrence 的 Elizabeth 就是中間名（middle name）。除了填寫正式文件外，middle name 平時不太會用到。有趣的是，美國的爸媽在命令小孩去做某件事，或想強調某種情況的嚴重性時，會使用包含 middle name 在內的全名來叫小孩。所以若使用包含 middle name 在內的全名來稱呼對方的話，可能會給人一種被爸爸媽媽訓斥的緊張感。

情境演練！

A　**Do it now.** 現在去做。

B　**No, you do it now.**（本人不去做，並對著把事情推給自己去做的人說）不要，你現在去做。

A　**Come here.** 過來。

B　**No, you come here.**（本人懶得移動，對著老是要自己過去的人說）不要，你過來。

A　**Jennifer Elizabeth Lawrence, you come here right now!**
（爸爸對孩子說）Jennifer Elizabeth Lawrence，妳現在立刻過來！

B　**I didn't do it, dad! It was Marie!**
不是我做的，爸爸！是 Marie 做的！

MP3 031

當食物聞起來很香時

(x) It smells.

(o) It smells good.

　　smell 這個字如果單獨使用，後面沒接任何說明某種味道的具體內容時，字義會變成「散發不好聞或奇怪的味道」，所以使用時要小心一點。對著別人為自己用心準備的料理說「It smells.」的話，意思就會變成「這些料理發出了難聞的味道」，這是多麼沒禮貌的行為啊！使用 smell 時，後面一定要具體描述聞到了什麼樣的氣味，如果是好聞或香噴噴的味道，可以說「It smells good.」，這個表達方式雖然很簡單，卻是每次在餐廳或咖啡廳，看到美味的食物或飲料端上桌時，都能派上用場和英文母語者開啟話題的萬用寒暄句。如果怕自己搞混，只要記得無論氣味好聞與否，都要在 smell 後面加上描述味道的具體說明。

You smell good. Are you wearing a new perfume today?
你聞起來好香。你今天噴了新的香水嗎？
雖然香水是依香精的濃度來命名，但在美國的話，女性香水普遍稱作 perfume，男性香水則稱作 cologne。cologne 的發音為 [kə`lon]。

It smells funny in here. 這裡聞起來怪怪的。

1　如果單獨使用 smell，且後面沒加上任何說明味道的具體內容時，字義會變成「散發不好聞或奇怪的味道」。

　　You smell. 你聞起來怪怪的。

　　This place smells. 這地方好臭。

情境演練！

A **Wow, it smells really good!** 哇，聞起來真的好香喔！
B **I hope you like it. Bon appetit.**
　　我希望你會喜歡。請享用。
bon appetit 是法語，常用來表示「請享用」，請牢記在心。

A **Just between us, this place smells.**
　　別跟別人說，這地方好臭。
B **I know. It's kind of making me sick.**
　　真的。這味道讓我有點想吐。
對我們而言 kind of＝kinda＝sort of＝sort 是常用來表達「一種的；各個種類的」的片語，但實際上卻更常被用來表達「稍微、有點」的意思。這是英文母語者在日常對話中慣用的表達方式，請務必牢記在心。

UNIT 5

想表示自己也有點年紀時

(x)　I'm old.

(o)　I'm getting old.

MP3 032

　　想碎唸一下「看來我也老了」的時候，可以用「I'm old.」嗎？其實，只有在談話對象跟自己年紀相近或同年時，才能說 I'm old。這是因為如果在年紀比自己大的人面前嘮叨說「I'm old.（我老了）」的話，對方可能會覺得你莫名其妙。但其實如果可以的話，最好不要說「I'm old.」，畢竟現在我們的平均壽命越來越長，即使青春不再，承認自己老了的這個事實本身仍是一件悲傷的事，所以請改用語意為「年紀漸增」的 I'm getting old. 吧！

1　和朋友聚會時若聊到年紀，如果非要用 I'm old 來說自己老了，請在該句中加上「to＋原形動詞」或「for＋名詞」等補充條件，來表示覺得自己老了的「前提」是「做（某事）～」。

I'm way too old for this.
（以做這件事來說年紀已經太大了）我老到不適合做這種事了。
形容詞前面加 way too 的話，表示「太～怎麼樣了」，相較於只加 too，多一個 way 會讓口氣變得更加強烈。除此之外，**way** 也常做為副詞來表示「大大地、非常」，例如「This is way better.」的意思是「這樣好太多了。」

I'm too old to try new things. 我老到無法去嘗試新東西了。

2　話雖如此，上面提的這些表達方式，應該都會讓人覺得不夠正面積極吧？就我看來，使用 getting old 這種表達方式和保持年輕的心來過每一天會更好喔！這裡的 get 是用來強調變化的過程，也就是「逐漸改變～」。

We're getting old. 我們越來越老了。

I'm getting too old for this. 我漸漸老到不適合做這種事了

I'm getting too old to try new things. 我漸漸老到無法去嘗試新東西了。

情境演練！

A　**I'm getting too old for this.**
　　我漸漸老到不適合做這種事了。

B　**You're being ridiculous. You're still so young.**
　　你太莫名了吧。你還很年輕啊。

A　**I'm in my 60s. I'm too old to try new things.**
　　我 60 多了。我老到無法去嘗試新東西了。

B　**Don't say that. It's better late than never.**
　　別說這種話。晚做總比不做好啊。

想介紹自己的好朋友時

(△) This is my friend, Sarah.

(o) This is my <u>good</u> friend, Sarah.

MP3 033

　　美國的前後輩觀念比較淡薄，在交朋友的時候比較不會在意年齡差距和輩分，也因此朋友的定義變得相當廣泛，但在介紹朋友時，若不分親疏一律用「This is my friend.」，那麼那些自認跟你比較要好的朋友，可能會因此覺得有些受傷。所以若想在介紹時特別強調兩人之間的感情很好，請用 good friend 或 best friend 來介紹對方。best friend 指的是「最要好的朋友」，所以 good friend 相對來說是比較可以放心使用的表達方式。只要在這裡多加一個看似不重要的單字，就能修飾整體語意，這種表達方法非常好用，請務必牢記在心。

This is my good friend, Sarah Robinson.（正式）
這是我的好朋友 Sarah Robinson。

This is my best friend, Sarah. 這是我最好的朋友 Sarah。

This is a very good friend of mine, Sarah Robinson.（正式）
這是我非常要好的朋友 Sarah Robinson。
當用 good 來描述稍嫌不足、但用上 best 又會造成對方壓力時，就用 very good 吧。

1　若只是交情普通的朋友，請不要使用 good 或 best。

　　This is my friend, Sarah Robinson. 這是我朋友 Sarah Robinson。
　　在正式場合介紹對方時，應該要介紹對方的全名，無論是自我介紹還是介紹他人都是如此。

情境演練！

A　**This is my good friend, Sarah Robinson.**
　　這是我的好朋友 Sarah Robinson。
B　**Hi, Ms. Robinson. It's a pleasure to make your acquaintance.**
　　嗨，Robinson 小姐。很高興認識您。
It's a pleasure to make your acquaintance. 直譯是「能成為您認識的人真的很高興」，也就是中文的「很高興認識您」。

A　**This is my good friend, Sarah.**
　　這是我的好朋友 Sarah。
B　**Hi, Sarah. Nice to meet you. Seul told me so much about you. I feel like I know you already.**
　　嗨，Sarah。很高興認識妳。Seul 常常跟我提到妳。我都覺得我好像早就認識妳了。

想表示自己跟對方不太熟時

(x)　We're not close.

(o)　We're not that close.

MP3 034

　　我認為 that（那麼、那樣）是英文母語者在日常生活中最常使用的重要副詞之一。今天要介紹的就是凸顯副詞 that 作用的表達方式「We're not that close.（我們沒有那麼熟）」。

　　提到兄弟姊妹、同事、上司等人物時，常會閒聊到是否與對方相熟，即使關係並不親近，但若直接回答「We're not close.（我們不太熟）」的話，可能會讓自己顯得很冷漠。在這種情況下，請在句中多加上 that，用「We're not that close.（我們沒有那麼熟）」來回答，以降低聽的人對我們的負面印象。順帶一提，close 做為動詞時的發音為 [kloz]，做為形容詞的發音為 [klos]。

It's that easy. 就是那麼簡單。
想要說「只要掌握訣竅或學過一次，就絕對不會忘掉」，來強調做一件事的容易程度時，常會用諺語「It's like riding a bike.」來表達，指的是就像小時候學會了騎腳踏車，即使長大之後不常騎，身體仍會記得要怎麼騎腳踏車。

Just follow the instructions. It's that simple.
只要照著說明書做就行了。就是那麼簡單。

1　在日常對話中常會用到「not that（沒有那麼～／不是那麼～）」。
　　It's not that easy. 那沒有那麼簡單。
　　I'm not that hungry. I had a late lunch. 我沒那麼餓。我比較晚才吃午餐。
　　It's not that bad.（比想像中還好時）那沒那麼糟糕。

情境演練！

A　**Are you close to your brother?**
　　你和你哥哥感情好嗎？
B　**Honestly, we're not that close. How about you?**
　　老實說，我們感情沒那麼好。你呢？
A　**Well, we used to be close when we were younger, but now that he has his own family, we hardly see each other.** 這個嘛，小時候滿好的，不過他現在自己有家庭了，所以我們很少見面。

A　**Are you close to your parents?** 你和你父母感情好嗎？
B　**I'm very close to my mom. I have to admit, I'm a bit of a momma's boy.**
　　我和我媽媽感情非常好。我不得不承認我有點媽寶。

想委婉以「等您方便的時候」來催促對方時

(x)　at your convenience

(o) at your <u>earliest</u> convenience

MP3 035

　　當你想要要求對方有空時傳送資料或檔案給自己時，可以用 at your convenience（您方便的時候）來表達，不過這樣一來，就算對方拖到一兩個禮拜之後才把資料給你，你也不能多說什麼。因此，如果遇到的事情，雖然不是緊急到需要立刻處理，不過也無法無限期等下去，所以想要委婉催促對方處理時，請在這句中加上 earliest，也就是改說「at your earliest convenience」，直譯就是「在您方便時盡早」，不過語意解讀成「在方便時」會比較自然。在這句話中加上 earliest，就可以讓英文母語者知道自己應該要盡快傳送資料。

Please fax it to me at your earliest convenience.
（委婉催促）請在方便時傳真給我。

Email me back at your earliest convenience.
（委婉催促）請在方便時回我電子郵件。

Please let me know at your earliest convenience.
（委婉催促）請在方便時通知我。

1　如果不在乎等待或沒有立場能催促對方的話，請用下列的表達方式。

> **Please give me a call at your convenience.**
> 請在方便時打個電話給我就好。
>
> **You can pay me back at your convenience.**
> 你方便時再還我（錢）就好。
>
> **You can send it over to me at your convenience.**
> 你方便時再把它寄給我就好。

情境演練！

A　**Please let me know at your earliest convenience.**
　　請在方便時通知我。
B　**Will do.** 好的。
will do 在口語上可用來表示「好的，我會這樣做的」。

A　**I'm swamped at the moment.** 我現在真的忙得不可開交。
swamped 常用來表示「陷入工作等泥淖之中忙得不可開交」。
B　**Okay. Just give me a call at your convenience.**
　　好。你在有空的時候打個電話給我就好。

UNIT 9

想不給壓力地邀對方一起喝一杯時

(Δ) Let's have drinks after work.

(o) Let's have a drink after work.

MP3 036

　　have drinks 在文法上沒有錯，不過在約別人單純去喝杯酒的時候，更常用的是 have a drink。have a drink 表達的不是真的只喝一杯酒，而是一種更為輕鬆隨意、不強迫的邀約口吻，因為對方有可能不太喜歡喝酒，不過仔細想想，我們在講「一起喝一杯」的時候，意思也不是說真的只要喝一杯而已。複數形的 have drinks（一起喝酒）適用在好友之間相約碰面或需要喝好幾杯的情況下，在面對比起喝酒，更喜歡那種與朋友相聚氛圍的人時，使用 have drinks 可能會讓對方感到壓力。

This calls for a celebration. Let's have a drink tonight.
（發生值得慶祝的事）這一定要慶祝一下。今晚一起喝一杯吧。

Let's have a drink after work. First round's on me.
我們下班後一起喝一杯吧。第一輪我請。
It's on me. 表示「我來付那些東西的錢」，常用來表示自己要請客，如果是餐廳或咖啡廳要招待客人，則常會說 It's on the house. 或 It's on us.。若想讓對方覺得自己受到招待時，也可用 My treat.。

1　要表達「好幾杯（酒）」時，也可用 have drinks，一起練習一下相關的句子吧！

Let's get some drinks and celebrate.
我們喝幾杯來慶祝吧。

We had a few drinks the other night.
我們那天晚上一起喝了幾杯。

情境演練！

A **I could really use a drink.**
（心情糟到不想保持清醒時）我真的需要喝一杯。

B **I think everyone could use a drink right now. Let's all go out for a drink after work. First round's on me.**
我想現在大家都需要喝一杯。我們大家下班後一起去喝吧。第一輪我請。

「First round's on me.」這句話，對我們來說是「喝的第一杯酒我請客」，不過因為在美國的酒吧是大家輪流結帳請客的，所以會解讀為「第一輪」。

A **What did you guys do yesterday?** 你們昨天做了什麼？

B **We just had a few drinks and hung out.**
我們只是一起喝了幾杯聚一聚。

關心對方是否遇到什麼問題或事情時

(x) What's wrong with you?

(o) What's wrong?

MP3 037

　　看到認識的人臉色不好時，會開口詢問對方是否遇到了什麼事情或問題吧？在這種情況下，若在 What's wrong?（發生什麼事了？）後面加上 with you，也就是用「What's wrong with you?」來詢問對方的話，隨著當下的語氣或情境，可能會給人一種「因為對方做出無法理解的發言或行動而追究動機」的感覺。「What's wrong with you?」的直譯雖然是「你是怎麼了啊？」，但聽起來卻是「你是有什麼毛病？／你是哪根筋不對？」的意思，因此在出於關心而詢問對方發生什麼事時，請使用不易引起誤會的「What's wrong?」。

1　對方做出令人難以理解的發言或行為時，請用 What's wrong with you?（你是有什麼毛病？）來表達。
   Why are you being mean to him? What's wrong with you?
   你幹嘛對他特別刻薄？你是有什麼毛病？

2　What's wrong 後面加「with＋對象」時，意指該對象本身發生了問題。
   What's wrong with your leg? （對方突然一瘸一拐時）你的腿是怎麼了？

3　話雖如此，絕不能因為對方臉色不好就說 What's wrong with your face?（你的臉是怎麼了？），因為這句話只能用在對方臉上出現傷口，或塗了厚厚的怪異物質，而看起來像是真的發生了什麼問題的情況下。如果是因為對方的臉色不佳而真心想要關心對方的話，請使用下列的表達方式。
   What's worrying you? 你在擔心什麼？
   What's eating you? （看起來像是在為某事困擾而整個人不大對勁時）你在煩心什麼？

情境演練！

A　**Why are you crying? What's wrong?**
   你為什麼在哭？發生什麼事了？
B　**Blake broke up with me.** Blake 跟我分手了。

A　**What's wrong with you?** 你是有什麼毛病？
B　**What's wrong with YOU?** 你才是到底有什麼毛病哩！
在上面這種情境中，句裡的 you 要加種語氣來表達出強調才行，這種表達方式裡最具代表性的例子就是「Thank you.」。當某人對你說「Thank you.」時，若想表示自己其實更感謝對方的話，可說「No, thank YOU.（沒啦，我才要感謝你哩。）」，這裡的 you 也要加重。下次不要再說 You're welcome.，試著改說「No, thank YOU.」。順帶一提，在說完 No 後要稍微停頓一下再繼續說。

PART 1

稍微調整一下就
能避免誤會的
單字與表達方式

UNIT 1

無法出席聚會或活動而想拒絕時

(△) I can't go.

(o) **I can't make it.**

MP3 038

　　受邀參加聚會或活動而無法出席時，雖然也可以說「I can't go.（我不能去）」，但最好還是用可以表達出「雖然我很想去，可是真的沒辦法」的表達方式——「I can't make it.」。我們熟悉的 make 是「製作」的意思，但它其實也能用來表示「艱辛地到達／前去某地」。「I can't go.」只能單純表達出「不能去」的意思，還可能會因為語氣不對而傷了對方的心，另一方面，「I can't make it」就能強烈表達出「我很想去，可是真的沒辦法」的語意，因此比較委婉。但我個人可能會再進一步改用 I don't think I can make it.（我（想去但）覺得我好像沒辦法去），因為在前面加上 I don't think ~（好像不~）的話，語氣會更加客氣。

I can't make it tonight. 我今晚（想去但）去不了。

I don't think I can make it tonight. 我（想去但）今晚好像去不了。

「I think I can make it tonight.」在語法上沒有問題，可是英文母語者喜歡在句子開頭就用上否定的表達用語，所以比較符合他們表達方式的 I don't think I can make it. 聽起來會更為自然。

1　用抱歉的語氣及表情說 I can't go.（我不能去）來回絕其實也可以，此外，也可以在單純想要表達自己「無法前往某個本來打算去的地方」時使用。

I'm really sorry. I can't go to your party tonight.
真的很抱歉。我今晚不能去你的派對了。

I can't go home. I still have a lot of work to do.
我不能回家。我還有很多工作要做。

情境演練！

A **I don't think I can make it tonight.**
我覺得我今晚好像去不了。

B **Aw, that's a shame.** 噢，真可惜。

看到 shame 這個字不要只想到「羞恥」，在感到「遺憾」的情況下也可以說「That's a shame.（那真可惜）」或「Such a shame.（真可惜）」。這裡的 shame 也可改用 pity，語意不變。

A **Something's come up at work, and I can't go to your party tonight.**
工作上突然出了一點事，所以我今晚不能去你的派對了。

想表達突然有事時，請說「Something has come up.」，或簡短地說「Something's come up.」，也可使用在解釋時常用的「Something came up.」來表達。

B **Really? Everyone was looking forward to seeing you.**
真的嗎？大家都很期待看到你耶。

不熟的人看起來非常疲倦時

(x)　You look tired.

(o)　How's everything?

　　即使對方看起來非常疲憊，「You look tired.（你看起來很累）」這句話仍可能在無意之間傷到對方的感受。除非你跟對方非常熟，光看臉就能 100% 確定對方的確比平時憔悴，不然「You look tired.」聽在對方耳裡，可能會誤以為你是在說他皮膚粗糙、黑眼圈又很深，看起來很醜。換位思考一下，明明一整天都過得很開心，突然聽到別人說「你看起來很累」時，也會忍不住懷疑自己的臉是不是出了什麼問題。因此，當對方的臉色看起來不太好時，比起評論對方的氣色，詢問對方是否需要幫忙，或看情形買杯咖啡給對方，採取可以減輕對方疲倦感的舉動才是上上之策。在這種情境之下，可用「How's everything?」來表達。

How's everything? I got you a little pick-me-up.
最近怎麼樣？（拿咖啡或零食之類的給對方）我給你帶了點東西。
pick-me-up 指的是能讓因為辛苦或鬱悶而感到喪氣的人，提振精神的飲料或食物。

I thought this might lift your spirits.
（拿咖啡或零食之類的給對方）我想這個可以讓你精神好一點。

1　只有在不用擔心對方會誤解的狀況下才能使用 You look tired.，雖然跟英文母語者變熟不是一件容易的事，但如果雙方關係真的很好，且你是發自內心擔心對方，也能使用這個表達方式。

　　Dad, is everything okay? You look a bit tired.
　　爸爸，一切都還好嗎？你看起來有點累。

情境演練！

A　**How's everything?** 你還好嗎？

B　**Good.** 沒事。

疲累的人大部分都懶得回答問題，所以常會用 Good. 來敷衍帶過，遇到這種情況時，只要再多說下面這句就行了。

A　**Well, I know you've had a lot on your plate. Let me know if there's anything I can do to help.**
好吧，我知道你有很多事要處理。如果有什麼我能幫忙的地方再跟我說。

A　**I thought this might lift your spirits.**
（拿咖啡或零食之類的給對方）我想這個可以讓你精神好一點。

B　**Aw, you're so sweet. Spirits lifted!**
噢，你真體貼。精神好多了！

UNIT 3

因為開心而希望對方給自己擁抱時

(x) Hug me.

(o) Give me a hug.

MP3 040

　　美國人常以擁抱來表示自己的喜悅，甚至在正式場合也會透過 side hug（搭肩）來表達開心。不過，這並不表示能因為高興就說「Hug me.（來擁抱我）」來要求對方給自己擁抱，因為這句話聽起來就像是在命令對方現在馬上就過來抱自己，所以在這種情況下，請用語氣較委婉的「Give me a hug.」來表達。這種用擁抱來對好久不見的人表達開心之情的美國文化，對於不熟悉的人來說，遇到英文母語者說「Give me a hug.」時，可能會驚慌地後退一步說「No, no.」來拒絕對方，但這種舉動會讓對方下不了台，可以的話請還是以輕擁的方式來回應對方。

1　雖然在命令或誠懇要求對方擁抱自己的時候可以用「Hug me.」，但這種機會並不多，所以當你因為開心而要對方擁抱自己時，請使用下列表達方式
　　Where's my hug?（開玩笑般）我的抱抱呢？
　　Give me a big hug.（張開雙臂）給我一個大大的擁抱吧。

2　美國人不僅常在高興時擁抱對方，想安慰親朋好友或從他們身上獲得安慰時，也常會彼此擁抱，比起單純因高興而擁抱，更多時候是為了要從對方身上獲得力量，下面是親朋好友之間可用的表達方式。
　　Can I get a hug?（因為難過而希望親朋好友安慰自己時）可以抱我一下嗎？
　　I need a hug.（心情鬱悶時）我需要抱抱。

情境演練！

A **Give me a big hug.**
（因為高興）給我一個大大的擁抱吧。

B **Come here, you! I missed you!**
（一邊擁抱對方一邊說）來吧！我好想你！

A **Can I get a hug?**
（因為難過而希望親朋好友安慰自己時）可以抱我一下嗎？

B **Of course. Come here.**
（一邊擁抱對方一邊說）當然可以，來吧！

想表示自己有急事而得先掛電話時

(x)　I'm hanging up.

(o)　**I gotta go. 或是 I have to go.**

MP3 041

　　掛電話的英文是「hang up」，所以很多人在說自己要掛電話時會說「I'm hanging up.（我要掛斷了）」。但 I'm hanging up. 主要是在「接到不想接的電話」或「不想再跟對方繼續談下去」的情況下使用，而且一說完就會直接把電話掛掉。因此，若不是想明白告訴對方自己不想再和他講電話，而是有急事所以必須先掛電話時，請用「I gotta go.＝I have got to go.＝I have to go.（我得掛電話了）」。口語上多半會用 gotta，而正式場合或書面上則偏好用 have to，這三種表達方式的語意皆相同。

Something's come up, and I gotta go. Can I call you after work?
我有事要先掛電話了。我可以下班後再打給你嗎？

1　聽到對方這樣說時，可以用下面這句來回應對方。
　I'm sure you're busy. I'll let you go now.
　（明白對方很忙而不想再打擾）我知道你很忙。你先去忙吧。

2　接到不想接的電話或不想再跟對方繼續講下去時，請用「I'm hanging up.」。
　Sorry, but I'm not interested. I'm hanging up now.
　抱歉，我沒興趣。我要掛斷了。

3　另一方面，若對方在我話說到一半就直接把電話掛掉，我肯定會打回去追究對方為什麼掛我電話的。說來有點不好意思，以前我也習慣一說完「Okay, bye.」就直接把電話掛掉，當時被我這樣掛電話的上司曾立刻打回來，先詢問我為何掛他電話，接著告訴我，講電話時和對方道別後，必須再多停頓 3 秒才掛電話，這是一種禮貌。下面是他回撥給我時說的話。
　Did you just hang up on me? 你剛才是掛我電話嗎？

情境演練！

A　**I have to go now, but it's been great talking to you.**
　　我得先掛電話了，很高興能跟你聊天。
B　**I enjoyed talking to you too. Talk to you soon. Bye.**
　　我也很高興能和你聊天。之後再聊。再見。

69

UNIT 5

想表達自己什麼都吃時

(x)　I eat everything.

(o)　I'm not a picky eater.

MP3 042

　　若用「I eat everything.」來表達自己不挑食、什麼都吃的話，會給人一種吃的不只是食物，而是要把這世上的一切都吃光光的感覺。如果想表達自己不挑食、什麼都吃時，請用「I'm not a picky eater.」來表達。picky 是「挑三揀四；吹毛求疵」的意思，所以可以用「I'm not a picky eater.」表示自己不是個挑食的人，在口語上也可以直接說「I'm not picky.」。

1　平時會挑食的話，請用下列表達方式。,

　　I'm kind of a picky eater. 我有一點挑食。

　　I'm picky about food. 我對食物很挑剔。

2　平時不挑食，但今天特別不想吃某一種食物時，請用下面這些表達方式。

　　I'm not in the mood for Chinese.
　　（當下沒有想吃的感覺）我不想吃中華料理。
　　即使句中沒有明白寫出 Chinese food，透過對話內容也能理解這裡指的是中華料理。

　　I'm not in the mood for pizza. I just had it for lunch.
　　我不想吃披薩。我午餐才剛吃過。

3　除了挑食，picky 也能用來描述對某事物特別挑剔的情況。

　　I'm picky about the products I use on my face.
　　我對於用在臉上的產品很挑剔。

　　She's very picky about design. 她對設計非常挑剔。

情境演練！

A　**Benjamin's kind of a picky eater.**
　　班傑明有點挑食。

B　**I can tell. He needs to eat more veggies.**
　　我看出來了。他需要再多吃一點蔬菜。

I can tell. 表示「可以看得出來」。veggie 是 vegetable（蔬菜）的口語說法，greens 也可用來表示「蔬菜」。

A　**What are you in the mood for?**
　　你想吃什麼？

B　**Well, I'm not in the mood for Chinese, but I'm fine with anything else.**
　　這個嘛，我不想吃中華料理，除此之外都可以。

想表達日後會請對方吃飯來還人情時

(x) I'll buy you a meal later.

(o) I owe you lunch.

MP3 043

　　因為欠人情而想買東西送給對方時，盡可能不要用 buy 這個字，因為當著對方的面用 buy（購買）這個動詞，會給對方一種你的態度高高在上的感覺。除此之外，「I'll buy you＋物件」完全無法向對方傳達「為了還你人情，所以我想買東西送你」的感覺。在這種情況下，請用 owe 來替代 buy。我們知道的 owe 是「虧欠」的意思，不過這個字也能用來表示「（因為欠了～人情所以理所當然）應該要做～」。就像我們欠下人情之後，常會說「之後我請你吃飯」，英文母語者也是這樣。想表達因為欠了人情，所以當然會請對方吃午餐時，可以說「I owe you lunch.」，即使不是當天就會請對方吃，也可用這句話來表達。

I owe you a drink. 我（因為欠你人情所以）欠你一杯。

First round's on me. I owe you at least that much.
第一輪我請。（因為欠你人情所以）至少讓我這樣做。

1　下面這些句子皆可傳達「（因為虧欠～所以理所當然）應該做～才行」的意思。如果在句子前面加上「I think」增添「我認為～／我想～」意思的話，就可以讓整個句子的語氣更加溫和。

　　I owe you an apology.（因為做錯了，所以理所當然要道歉的情況）我欠你一句道歉。

　　I think I owe you an explanation.
　　（因為做了會被誤會的舉動，所以理所當然要向對方解釋的情況）我想我欠你一個解釋。

情境演練！

A　**I owe you one.**（感激的語氣）我欠你一個人情。
B　**Keeping a list.**（開玩笑的語氣）我記下來啦。
若覺得不好意思，可以用「Keeping a list.」開玩笑表示「我會把對我做錯的事或欠我的人情都記下來」。不過，若一臉正經地這樣說，會讓人以為你真的會把對方欠什麼人情全都一一記下來，所以請面帶微笑，並以開玩笑的口吻來說，這個句子可以瞬間讓氣氛變好。

A　**I'm sorry about last night. I owe you an explanation.**
　　昨天晚上很抱歉。我欠你一個解釋。
B　**No need. Really, don't worry about it.**
　　不用了。真的，別費心了。

UNIT 7

想稱讚對方有水汪汪的大眼睛時

(x)　You have big eyes.

(o)　You have pretty eyes.

MP3 044

　　在雙方還不熟的情況下，若想稱讚對方，相較於稱讚身體部位，我建議最好選擇稱讚對方的衣服或物品。不過，有時還是忍不住會想稱讚對方有雙美麗的大眼睛，但這時若用「You have big eyes.」來表達，可能會讓對方誤解你想說的意思，因為這句話聽在對方的耳裡，根本毫無讚美之意，反而會讓對方誤以為你說他「如外星人般眼睛特別大」。對外國人來說，說人有大眼（big eyes）或高鼻（pointy nose）一般不會被視為讚美，所以想要稱讚對方眼睛很美時，請用「You have pretty eyes.」來說。眼睛的英文要用複數形，才能表達不是只有一眼漂亮，而是兩眼都漂亮。事實上，眼睛是所有身體部位中最不容易造成誤會的部位，一起試著稱讚別人的眼睛吧！

You have pretty eyes. 你有漂亮的眼睛。
除了 pretty 之外，也可用 nice、beautiful、gorgeous 等表示「美麗」的形容詞。

I like your eyes.（自己很喜歡對方的眼睛，覺得）你的眼睛真漂亮。

1　除了漂亮之外，若還想強調眼睛很大時，可以這樣說。
　　You have big, pretty eyes. 你有一雙又大又漂亮的眼睛。

2　不過，因為唯有在向異性表達好感，或是在雙方很熟的情況下，才能稱讚對方的眼睛很漂亮，所以雖然說起來有點難過，但我其實更常使用下面這些跟眼睛有關的表達方式。
　　My eyes are itchy. I guess it's allergy season.
　　我的眼睛好癢。我想（花粉）過敏季節到了吧。
　　Do my eyes look puffy? 我的眼睛看起來有腫嗎？
　　You must be tired. Your eyes are all red. 你一定很累。眼睛都紅了。

情境演練！

A　**You have pretty eyes.** 你有美麗的眼睛。
B　**Aw, thank you for your compliment.** 噢，謝謝你的稱讚。

A　**You must be tired. Your eyes are all red.**
　　你一定很累。眼睛都紅了。
B　**Yeah, I stayed up till 4 finishing up the project.**
　　是啊，我熬到 4 點才完成這個專案。

想表達自己需要獨處時

(x) Leave me alone.

(o) I need some alone time.

MP3 045

　　偶爾心情低落或需要時間思考時，都會希望能擁有獨處的時間吧！不過，此時若用「Leave me alone.」來對眼前的人表示自己需要獨處的話，因為這句話又可解讀成「別來煩我／別管我！」，所以可能會讓對方誤以為自己打擾到你、讓你感到厭煩，反倒無意之間傷害到那些想要來安慰你的人。因此若想要暫時獨處時，請用「I need some alone time.」來表達。除了用在因為生氣而不想再跟對方講話的情況之中，這句話也可在單純想要獨自整理思緒、悠閒放鬆的情況下使用。

I need some alone time. 我需要獨處一下。

I need some air. 我需要透透氣。
表示自己想獨自出去吹吹風、整理一下思緒，委婉提醒對方不要跟著出去。

I need some time to myself. 我需要一些自己的時間。

1　alone 的語意是「獨自」，在上述情境中是用來表示自己想要獨處，但隨著使用情境的不同，也能用來表達「孤單」或「孤獨」的意思。以「I ate alone.」為例，雖可解讀為「我獨自用餐」，但隨著應用情境不同，也能解讀成「孤單地獨自用餐」。若不想傳達出孤單的感覺，而想以正面且肯定的角度來描述「獨自」的話，請改用 on my own 來表達。舉例來說，當孩子說：「I ate on my own!」時，意思是他可以「在無人幫忙之下獨自用餐」。

2　想要對那些惹惱或妨礙自己的人說些難聽話時，可以使用下面這種表達方式。
Enough! Just leave me alone. 夠了！你別來煩我就好。
enough 也可用來表示「到現在這個地步已經夠了，該停止了」的意思。

情境演練！

A　**Why the sad face?** 幹嘛愁眉苦臉的？
B　**I don't want to talk about it. I just need some alone time.**
　　我不想說。我只是需要獨處一下。

A　**She told me to leave her alone.** 她要我別去煩她。
B　**Well, just give her some space, and I'm sure she'll call you in a couple days.**
　　嗯，就給她一些空間吧，我相信她過幾天就會打給你了。

UNIT 9

想委婉拒絕對方好意時

(△) No, thanks.

(o) I'm good.

MP3 046

想拒絕對方的好意時，雖然也能用「No, thanks.」，但其實沒有人喜歡聽到最具代表性的拒絕字眼 No，所以比起稍有不慎，就會因語氣使用不當而傷害到對方的「No, thanks.」，請改用比較不會造成誤解的「I'm good.」。使用語意為「不用了／這樣就好」的「I'm good.」的話，就可以更委婉地拒絕對方的好意。若想讓拒絕的話聽起來更柔和不刺耳，請用「I'm good. Thank you though.（不用了，但還是謝謝你）」，這個禮貌的拒絕用句，可以在許多情況下運用，例如在餐廳想表示不需要收據或想拒絕別人的好心提議等等。不過，即使是委婉拒絕，如果搭配了不客氣的語氣，也會讓對方覺得下不了台，所以說這句話時最好能面帶微笑。

1 I'm good 也可用「It's okay」或「It's all right」來代替。

It's okay. Thank you for offering though. 不用了，但還是謝謝你的提議。
英文母語者其實常常會在句尾加上 though（但還是），我覺得 Thank you though. 就是巧妙運用 though 的絕佳表達方式。

2 當對方以「How are you?（你好嗎？）」來問候時，也可用「I'm good.」來表示自己過得很好。

I'm good. How are you? 我很好。你呢？

3 「I'm good.」與用來描述食物味道的「It's good.」是不同意義的表達方式，請小心不要搞混了。It's good. 是用來描述食物的味道很好或物品的狀態良好。

It's really good. 它真的很好吃／它的狀態真的很好。

情境演練！

A **Would you like another cup of coffee?**
你要再來一杯咖啡嗎？
B **Oh, I'm good. Thank you though.**
噢，不用了。但還是謝謝你。

A **How are you?** 你好嗎？
B **I'm good. How are you?** 我很好。你呢？

MP3 047

想禮貌拜託對方時

(Δ) Do me a favor.

(o) Can I ask you a favor?

　　想拜託對方時，雖然也能說「Do me a favor.（幫我個忙）」，但這句話只有在雙方關係親近、能夠毫無顧忌地提出要求時才能用，不然這句話聽在對方耳裡會像命令。相較之下，「Could you do me a favor?（可以幫我個忙嗎？）」的語氣較為客氣，而「Can I ask you a favor?（我可以請你幫個忙嗎？）」的語氣又比前者再更客氣一點。相較於要求對方答應自己的 do，詢問是否能做出一個要求的 ask，在語意上更加客氣，兩者之間的差異看似微小，但聽在別人耳裡的感受卻截然不同，所以必須根據當下情況來使用才行。

1　當我想要更禮貌地拜託對方時，會在 favor 前面多加 big，用「Can I ask you a big favor?」來提出要求。這樣一來，就會讓對方覺得自己如果答應我的要求，就真的是幫了我一個大忙。若想更強調一點，也可用 huge favor 來表達。
Can I ask you a big/huge favor? 我可以請你幫個大忙嗎？

2　在雙方關係親近、能夠毫無顧忌地提出要求的前提之下，可以使用 do me a favor，這個表達方式也可當成祈使句來用。
Do me a favor and get this taken care of ASAP.
（上司對下屬）幫我個忙，盡快解決這件事。

3　do me a favor 除了可以用來表達「（拜託）幫我個忙」，在感到不耐煩的情境下也可使用。
Do me a favor and leave me alone. 幫我個忙，別來煩我。

情境演練！

A **Can I ask you a big favor?** 我可以請你幫個大忙嗎？
B **Of course. What is it?** 當然可以。要做什麼？
A **Could you drop me off at the airport tomorrow?**
　　你明天能送我去機場嗎？

A **Do me a favor and send me a copy.**
　　幫我個忙，寄一份副本給我。
B **Okay. I'm on it.** 好的。我立刻寄。
當某人命令你做某件事，經常會用 I'm on it.（我立刻去做／沒問題）來回應，表示自己現在立刻去做。不要只會用 Okay 或 Yes，試著改用「I'm on it.」吧！

UNIT 11

想禮貌詢問對方的來意時

(x) Why, please?

(o) **May I ask what this is regarding?**

MP3 048

　　在詢問對方的來意時，有些人會因為覺得單用 why 不禮貌，而在後面加上了 please，不過即使如此，這也不是最恰當的表達方式。相較於 why，「What is this regarding?（有什麼事嗎？）」更為禮貌，若想使用最禮貌的詢問方式，可用「May I ask what this is regarding?（請問您有什麼事嗎？）」。透過這些表達方式的中文語意，應該也能感受到提問者想要表達出來的禮貌感吧？regarding 在講求禮貌的商務信件中是特別常見的用字。

　　順帶一提，如果覺得 regarding（關於～）說起來拗口，也可改用 about。

What is this about?
有什麼事嗎？

What is this regarding?
有什麼事嗎？

May I ask what this is about?
請問您有什麼事嗎？

May I ask what this is regarding?
請問您有什麼事嗎？

1　希望各位在學習這種表達方式時，能記住這些用到 regarding 的句子，但如果真的記不住，至少也要記住「May I ask why?（請問您要做什麼呢？）」，這種提問方式也比只用 why 來得禮貌多了。

情境演練！

A **Can I speak to Mr. Specter?**
我可以找一下Specter 先生嗎？

B **He's not here at the moment. May I ask what this is regarding?**
他現在不在。請問您有什麼事嗎？

A **Can I talk to you for a second?**
我可以跟您談談嗎？

B **Okay. What is it regarding?**
好。有什麼事嗎？

想在電子郵件中表達自己期待收到回覆時

(x) Please reply.

(o) I look forward to hearing from you.

MP3 049

　　在電子郵件中，若用「Please reply.」來表達自己想要收到對方回覆的話，對方可能會把這句話解讀成語氣生硬的「請回覆」。在這種情況下，請改用可表達出引頸期盼感的「I look forward to hearing from you.（我期待得到您的回音）」，這是經常出現在商務信件結尾的表達方式。跟認識的人通信時，也可使用表達「現在這個瞬間正殷切期盼」的現在進行式「I am looking forward to hearing from you.」。「look forward to（期待～）」不僅能用在信中表達期待得到對方的回音，也可運用在許多情況之中表示期待收到對方的回覆或聯繫。

We look forward to hearing from you.
（表達引頸期盼感）我們期待得到您的回音。

I'm looking forward to hearing your plan.
（彼此關係親近時）我期待聽到你的計畫。

I'm really looking forward to the movie tonight.
（非正式場合）我真的很期待今晚去看電影。

1　相較於現在進行式，現在完成進行式更能強調出「現在正殷切期盼與持續性」，可以給人一種從過去到現在都一直引頸期盼的感覺。在跟想念已久的人熱情打招呼時，特別常用現在完成進行式。

I've been looking forward to meeting you in person.
（從以前到現在一直）我一直都很期待能見到你本人。

I can't tell you how much I've been looking forward to this meeting.（從以前到現在一直）我無法告訴你我有多期待這次見面。

情境演練！

A　I'll give you a call later this week. Do you have a card?
　　我這週稍晚會打電話給您。您有名片嗎？

B　Sure. Here it is. I look forward to hearing from you.
　　有，這是我的名片。期待您的聯繫。.

A　See you tomorrow. 明天見。

B　Looking forward to it. 我很期待（明天見到你）。
用「Looking forward to it.」來替代「Okay!」時，可傳達出非常期待該約定實現的感覺，比起工作場合，這個表達方式會更適合用在可輕鬆相處的朋友之間，聽到這句話會讓人的心情變好。

UNIT 13

想表示期待明天與對方見面時

(x) I expect to see you tomorrow.

(o) I look forward to seeing you tomorrow.

MP3 050

　　想表達自己正在期待和對方見面時，應該要用 look forward to 來取代 expect。expect 是用來描述對於「某應當會發生之事」的期待，若用「I expect to see you tomorrow.」，則會傳達出「我認為明天應該會見到你」的意味，所以可能會讓對方有一種「明天如果沒和他見面，我會被罵」的感覺，語氣上會變成像上司對下屬或老師對學生。因此在這種情況下，請改用可傳達熱切感的「look forward to ～（期待～；盼望～）」來表達。「I look forward to seeing you tomorrow.」的中文語意為「我（懷抱熱切期待）期待明天和你見面」。

I look forward to working with you.
（特別是對即將共事的公司表示一起努力的情境下）我期待與您合作。（＝請多多關照。）

1　對於自己認為理所當然會發生的特定事項表示期待時，請用 expect。

She's expecting you.
（之前已敲定會面行程，故認為對方一定會過來的情況下）她正在等您。
若 expect 的後面沒接任何對象，只說「She's expecting.」的話，表示「即將生產」的意思。

When can I expect to hear from you?
（在對方說會聯繫自己後，要求對方告知一個較具體的回覆時間）預計什麼時候會回覆呢？

I expected more from you.
（對於別人令人感到失望的言論或行動）我原本對你的期望更高的。
「I expected more from you.」或「I'm not mad. I'm just disappointed.（我沒生氣，我只是失望而已）」都是能不失風度地向對方傳達失望的表達方式，請牢記在心。

情境演練！

A **I look forward to our lunch tomorrow.**
　我期待明天和你共進午餐。
B **Likewise.**
　我也是。
likewise 常用來表達「我也是／我也有同感」，不要每次都只會用 me too，偶爾也用一下 likewise 吧！

A **Hi, my name is Louis Donovan. I'm here to meet Mr. Litt.**
　嗨，我的名字是 Louis Donovan。我是來見 Litt 先生的。
B **Sure, he's expecting you.**
　好的，他正在等您。

想將約定往後延時

(x)　Let's postpone.

(o)　Can I take a rain check?

MP3 051

　　想把和別人的約定往後延時，如果使用 postpone 來表達，語氣會顯得過於生硬，這是因為 postpone 主要是用來描述會議或正式行程及計畫的延後。如果不是在正式場合，想延後跟別人的約定時，請改用「Can I take a rain check?」。take a rain check 表示「改期／約改天」，rain check 一詞源自於棒球比賽，原本指的是以前棒球比賽因下雨而取消或延賽時，會發給當天入場的球迷可以用來看下一場比賽的補償性門票，後來這個詞的意思被不斷擴大解讀，現在若想拒絕別人的提議或邀約時，就可用「Can I take a rain check?」來取代語氣生硬的 No，避免讓被拒絕的人感到不悅。

I'm going to have to take a rain check on dinner. 晚餐恐怕必須要改天了。
「I'm going to have to＋原形動詞」的語意為「不得不／恐怕得～」，常在想要委婉但堅定地表達自己意願的情況下使用。

1　當有決定權的人基於某些因素，自行決定要推遲目前正在進行的事項時，就會使用 postpone 這個字，多半會在要延後正式會議或行程的情況下使用。
I'm sorry, but I'm going to have to postpone the meeting.
（委婉但堅定地表達自己的意願）我很抱歉，不過我恐怕得把會議延後了。

2　一般人最常用來表示「推遲；延後」的字是 delay，主要會在因難以控制的情況而被迫延後的情境中使用，所以在機場廣播中提到班機延誤時都是用 delay，因為航班是因為天候或技術性問題等難以控制的情況而被迫延後。
Sorry, I'm late. My flight was delayed. 抱歉我遲到了。飛機延誤了。
That shipment has been delayed three times already!
那批貨已經延三次了！

情境演練！

A　**Are we still meeting tonight?** 我們今晚還是要見面的吧？
想確認約會行程時，常會用 still 來詢問約會是否依然會照原定計畫進行。

B　**Actually, something's come up at work. Can I take a rain check?** 其實，突然有工作進來了。我可以改天再跟你約嗎？

A　**I'm sorry, but I'm going to have to postpone the meeting.** 我很抱歉，不過我恐怕得把會議延後了。

B　**May I ask why?** 我可以問一下原因嗎？

79

UNIT 15

想詢問上司是否已看過信時

(x) Did you read my e-mail?

(o) Did you get a chance to read my e-mail?

MP3 052

　　想要詢問對方有沒有看過自己寄的電子郵件時，如果雙方不是可以使用祈使句的關係，卻用 Did you read my e-mail?（你看過我的電子郵件了嗎？）來詢問的話，可能會讓對方感到不悅。因為這種表達方式隱含著「你應該已經看過我的電子郵件才對」的意味。不僅是在面對上司或必須特別講求禮貌的對象，即使對方與你相熟，也最好用「Did you get a chance to read my e-mail?（你有機會看過我的電子郵件了嗎？）」來詢問。即使關係再怎麼親近，有將對方是否有空納入考量之中的表達方式「Did you get a chance to＋原形動詞？（你有機會／時間做～了嗎？）」聽起來還是比較順耳，尤其是你想要拜託或要求對方做某件事時，請務必改用這個表達方式。

Did you get a chance to review the material? 你有機會看過資料了嗎？

若用 Did you review the material?（你看過資料了嗎？）來表達，可能會在無意之間讓對方感到不悅，請務必小心使用。

Did you get a chance to call Mark? 你有時間打過電話給 Mark 了嗎？

1　如果雙方是可以使用祈使句的關係，那麼也能使用「Did you＋原形動詞？（你做～了嗎？）」。

Did you do your homework?

homework 這個字若出現在成人之間的對話裡，通常會是「事先研究」而非「回家作業」的意思。舉例來說，上司可以用「You did your homework.（你有先做功課）」來稱讚在重要會議前徹底做好準備的員工。

Did you call Mark? 你打過電話給 Mark 了嗎？

情境演練！

Q　**Did you get a chance to read my e-mail?** 你有機會看過我的電子郵件了嗎？

看過時

A　**I did. I'm actually writing you back as we speak.** 我看過了。其實我正在回你的信。

A　**I did, but I didn't get a chance to write you back.** 我看過了，但我還沒時間回你的信。

還沒看過時

A　**Not yet, but I'll read it right now.**
還沒，但我現在來看。

在服飾店內想試穿時

(x)　Can I wear this?

(o)　Can I try this on?

MP3 053

　　在服飾店裡想詢問能否試穿時，應該要用語意為「試穿看看來確認適不適合」的 try on，以「Can I try this on?（我可以試穿這個嗎？）」來詢問。我們熟知的 wear（穿著）看起來好像能代替 try on，不過，wear 強調的是「穿著的狀態」，所以語意會變成穿著這件衣服的「狀態」，而不是在試衣間試穿的「動作」。

　　try something on 主要是用在商店購物時，不過當想試穿一下認識的人的衣服或鞋子等物品時，也可以使用這句話。

Can I try this on? 我可以試穿這個嗎？

1　try 也可用來表達試用產品或試吃。
　　Can I try some? 我可以試用／試吃看看嗎？
　　Can I try yours? 我可以試用／試吃一下你的嗎？

2　在想要跟關係親近的人借用或要衣服來穿的時候，可以用「Can I wear this?（我可以穿這個嗎？）」這句話來表達。想要跟別人借衣服來穿時，更常用的是 borrow 這個字，但如果是想詢問對方，能否在某特定日期出借某件衣服，那麼也可用 wear 來表達。
　　Can I wear this tomorrow? 我明天可以（借）穿這個嗎？
　　You can wear this for your date. 你可以穿這個去約會。

情境演練！

A　**Can I try this on?**
　　我可以試穿這個嗎？
B　**Of course. Let me show you to the fitting room.**
　　當然可以。我帶您去試衣間吧。

A　**I have a big interview tomorrow, and I don't know what to wear.**
　　我明天有個重要的面試，但我不知道要穿什麼。
B　**Well, you can wear this. It's brand-new, but it's your big day.**
　　這個嘛，（借衣服給對方）你可以穿這個。雖然這是（連我都沒穿過）全新的，不過那是你的大日子嘛（所以沒關係）。

UNIT 17

想關心今天看起來特別憂鬱的人時

(x) You look depressed.

(o) You look down today.

MP3 054

　　首先，除非你真的跟對方熟到光看表情就能判斷他現在的心情好壞，不然若隨便開口揣測他人的心情，一不小心就會帶給對方不好的感受，尤其是那種無法提供對方任何實質幫助、僅是隨口評斷對方心情好壞的行為，似乎不是什麼好習慣。不過，如果親友之中有人今天看起來格外沮喪鬱悶，而你因為擔心對方，開口關心時卻說出「You look depressed.（你看起來很憂鬱）」的話，可能會讓對方誤解你是想說他「臉色非常糟糕」或「看起來像憂鬱症患者」。當你因為對方今天看起來比平常來得情緒低落，所以想要表達關心時，請改用「You look down today.（你今天看起來心情不好）」。除了用表示心情低落的「down」來代替表示憂鬱消沉的強烈字眼「depressed」，在後面加上 today 來表現出是「與以往相比，今天看起來特別心情不佳」也很重要。

1 人活著總是會遇到讓人覺得鬱悶的事，在這種情況下，比起「I am depressed.（我很憂鬱）」，請改用可表達「某特定對象令我覺得鬱悶」的「This is depressing.（這真是令人覺得鬱悶）」。
That is depressing news. 這消息真是令人鬱悶。

2 順帶一提，look down 後面如果加上 on，寫成 look down on 的話，是「看不起／輕視～」的意思，語意相似的字是 ignore，不過 look down on 指的是自認比對方更聰明或優秀，進而看不起或輕視對方，ignore 則是不讓對方的言行舉止對自己造成影響，因此無視或忽略對方，請記住這兩者的差異為何。
I'm so tired of him always looking down on me.
我真是受夠他總是看不起我了。
be tired of 的語意為「受夠／厭倦～」，語氣更強烈的表達方式則是「be sick of」。

情境演練！

A **You look down today. What's going on?**
你今天看起來心情不好。發生什麼事了？
B **I bombed the interview.** 我的面試搞砸了。
A **Oh, come on. It's not the end of the world.**
噢，沒關係啦。這又不是世界末日。

想詢問別人正在忙什麼時

(x) What are you doing?

(o) What are you working on?

MP3 055

看到同事或認識的人正在專心做某事，想詢問對方正在忙些什麼時，請用「What are you working on?（你正在忙什麼？）」來表達。work on 的語意是為了「取得成果」或「改善某物」而投入時間與心力，因此只能用來描述具生產力的事項。另一方面，「What are you doing?（你在做什麼？）」則可能因語氣不對，而給人一種是因為對方做出了古怪的舉動，所以才會追問對方在做什麼的感覺。用 work on 來表達的話，可以讓對方覺得自己正在努力做有生產力的事，所以是更有禮貌的表達方式。

What are you working on? You look so focused. 你正在忙什麼？你看起來好專心。

I'm working on a proposal. I need to finish it by the end of the day.
我正在寫一份提案。我得在今天下班前做完。

1 想強調並非只有現在這個時間點耗費心力，而是已經投入某種程度的時間與心力，也就是想強調這個行為的持續性時，請改用現在完成進行式（have been＋動詞 –ing：從過去一直持續到現在～）。

   I've been working on this project for months.
   （強調）我已經做這個專案做好幾個月了。

2 在對方做出有點不尋常的舉動時，也會使用「What are you doing?（你在做什麼？）」來表達，所以說這句話時的語氣相當重要。

   What are you doing, babe? （親密的語氣）寶貝，你在做什麼？

   對美國人來說，即使不是戀人也常會以 sweetie、sweetheart、babe、love 等暱稱來稱呼對方，甚至對初次前來消費的客人也會使用這些暱稱，這樣做是為了要拉近彼此的距離，別以為是對方對你有好感才這樣做，也別因此做出沒禮貌的舉動。

   What are you doing? You're getting on my nerves.
   （不耐煩的語氣）你在幹嘛？你快要惹毛我了！

情境演練！

Q **What are you working on?**
   你正在忙什麼？

A **I'm making eggs Benedict.**
   我在做班尼迪克蛋。

A **Nothing special. It's just a little side project I've been working on.** 沒什麼特別的。這只是一個我一直在做的小專案。

A **We're working on a project together.**
   我們正在一起做一個專案。

UNIT 19

想表達某項提議需要仔細考慮時

(x) Let me think carefully.

(o) Let me sleep on it.

MP3 056

　　當對方做出的舉動可能會造成不好的後果，因此要求對方先仔細思考再決定時，可用 think carefully 來表達，此時多半是用提出忠告的語氣，勸告對方要仔細思考，以避免讓自己或別人陷入危險或不利的處境。而當你需要時間考慮要不要做某件事，或是否要接受對方的提議時，請說「Let me sleep on it.」，這個說法會有一種「睡一晚就能整理好思緒」般的感覺，通常 on 會放在苦惱之事的前面，呈現出「會連睡覺都在仔細思考」的語意，特別常用於必須做出重要決定的時候，請記住這個表達方式。

We should sleep on it. 我們應該要仔細考慮。

Take your time. Sleep on it. 慢慢來。仔細考慮考慮。

1 特定的言行舉止可能會造成糟糕的後果，因此要求對方仔細思考應採取什麼行動時，要用 think carefully 來表達。

Think carefully before you answer.
（情況會變好還是變壞，取決於對方的回答內容時）在你回答前想清楚。

Think carefully about what you're doing.
（沒想清楚就行動的話，可能會造成糟糕的後果時）想清楚你要做什麼。

情境演練！

Q **What do you say? Would you like to go ahead and purchase it today?** 你覺得怎樣？今天就買下去嗎？

「What do you say?」表示「你覺得怎樣？」，常用來詢問對方對於自己提議的看法或對方的意見，如果不了解這個表達方式的語意，就無法正確解讀，請務必記得這句話的意思是「你覺得怎樣？」。

需要時間考慮時

A **Well, this is a big decision. Let me sleep on it.**
這個嘛，這個決定很重要。讓我仔細考慮考慮。

考慮過後做出決定時

A **Sure. I slept on it, and I think it's a good deal.**
當然，我仔細考慮過了，我覺得這樣很划算。

MP3 057

想禮貌地請對方坐下時

(x) Sit down.

(o) **Please have a seat.**

在命令寵物坐下，或描述隨意坐在非指定座位的地方，如地板上時，可以使用 sit down。不過，即使加上 please 可以讓語氣變得比較禮貌，「Please sit down.」仍帶有命令意味。因此在講究禮貌的情境中想請對方坐下時，請改用「Please have a seat.（請坐）」這個表達方式，這句話的語意是「請坐在各自的座位（seat）上」，聽起來更加客氣有禮。除此之外，也常會用「Please take a seat」或「Please be seated.」，這裡把 Please 省略掉的話，語氣就會變得比較輕鬆。

Have a seat.
（輕鬆）坐下吧。

Please have a seat.
（禮貌）請坐。

Please be seated.
（禮貌）請入座。

1 在可使用祈使句的非正式場合，或描述自己的行為時，也可用 sit down。

You can sit down here.
你可以坐這裡。

Can I sit down for a second?
（主要用於攀談）我可以坐下嗎？

情境演練！

A **Please have a seat, and I'll be with you shortly.**
請坐，我馬上就過來。

B **No rush. Take your time.**
不急。你慢慢來。

「I'll be with you shortly.（我馬上就過來）」是服務業常用的句子，當看起來忙得焦頭爛耳的店員對我說這句話時，我大多會回說「No rush. Take your time.（不急。你慢慢來）」，這句話能讓對方比較不那麼焦慮。

A **Can I sit down for a second?**
我可以坐下嗎？

B **Sure, what can I do for you?**
當然，有什麼我能幫您的嗎？

UNIT 21

想稱讚對方的身材很好時

(x) You have a nice body.

(o) You're in shape.

MP3 058

　　認為對方的身材很好，所以直接當面用「You have a nice body.」來讚美對方的話，可能會被解讀成有性暗示的意味而造成誤會。在這種狀況下，請使用比起身材，更強調身體呈現出來的狀態，也就是「健美」的表達方式「You're in shape.」，這樣說比較不會被曲解，而且可以讓對方認為你是在稱讚他因為堅持運動而身材健美，也就是說，你讚美的是他健康的生活方式。此外，也可以在 shape 前面加上 good、great 等形容詞來加強語氣。

You're in great shape. 你身材（的狀態）真好。

1 　想表達「保持好身材」時，請用「stay in shape」。

How do you stay in such great shape?
（詢問維持身材的祕訣）你是怎麼保持這麼好的身材的？

2 　反之，好一段時間沒有運動，身材或呈現出來的身體狀態不佳時，要用 in 的相反詞 out of，也就是 out of shape 來表達。相較於身材，這個表達方式把焦點擺在「身體的狀態」上，所以能用來描述雖然外表看起來仍舊苗條，但因為好一段時間沒運動，所呈現出來的那種身體的狀態不佳。

I'm so out of shape right now. I really should get back in shape.
（身材走樣，或儘管苗條依舊，但體力卻不如以往時）我現在狀態有夠差。我真的得（努力運動來）恢復狀態才行。

You should work out more often. You're out of shape.
你應該要多運動。你的（體力下滑而身體）狀態不佳。

情境演練！

A **You're in great shape!** 你的狀態真棒！
B Thank you. I guess all those times at the gym finally paid off. 謝謝你。看來我花在健身房的那些時間總算沒有白費。
B **So are you.** 你也是。
B **Oh, you're just saying that.**
噢，你只是隨便說說而已吧。
B **You make me blush.** 你說得我都不好意思了。
B Well, I try to work out every day since my metabolism is slowing down. （年紀漸長卻沒運動，因而變胖，所以）嗯，我盡量每天都去運動，因為我的新陳代謝漸漸變慢了。

MP3 059

想詢問對方是否有交往對象時

(Δ) Do you have a girlfriend?

(o) Are you seeing anyone?

　　隨著我們年歲漸長，比起有無男女朋友，更常會問別人是否有約會對象，美國人也是如此。雖然也可用「Do you have a girlfriend/boyfriend?（你有女／男朋友嗎？）」來詢問對方，不過也常會使用詢問對方是否有約會對象的「Are you seeing anyone?」來表達。提出這種私領域問題時，盡量要先在前面加一句「If you don't mind me asking（如果你不介意我問的話）」，這樣能讓你的提問顯得更加客氣有禮貌。

Are you seeing anyone? 你有約會對象嗎？

I'm seeing someone. 我有正在約會的對象。

1 提及正在交往的女性朋友時要用 girlfriend，若 girl 與 friend 中間有空格，則是 female friend 的意思，也就是一般女性友人。同樣地，提及正在交往的男性朋友時也要用 boyfriend，不能用 boy friend（＝male friend）。這裡提供一個簡單的記憶方法，兩個單字緊緊連接成一個單字，就像是一分一秒都不願分開的情侶，而兩個單字中間有空格時，就如同會想在彼此之間建立界線的普通朋友。

This is my boyfriend, Ryan.
（提到自己的交往對象時）這是我男朋友 Ryan。

His girlfriend seems nice.
（提及別人的交往對象時）他的女朋友看起來人很好。

You're my best male friend.
（不是情侶，只是普通朋友）你是我最好的男性朋友。

情境演練！

A **If you don't mind me asking, are you seeing anyone?**
如果你不介意我問的話，你有約會對象嗎？

B **Yes, I just got engaged.**
有，我才剛訂婚。

A **This is my boyfriend, Ryan.**
這是我男朋友 Ryan。

B **Hi, Ryan. It's finally good to meet you in person.**
嗨，Ryan。很高興終於見到你本人了。

UNIT 23

想問對方為何不接電話時

(x) Why didn't you answer my call?

(o) I've been trying to reach you.

MP3 060

比起直接問對方為何不接電話，我們一般還是會用「我打了好幾通電話，但～」來委婉詢問對方吧？英文母語者也是如此。如果用「Why didn't you answer my call?（你為什麼沒接我電話？）」來詢問的話，可能會給人咄咄逼人的感覺。在這種情境下，請改用可表達自己已透過電話、訊息、電子郵件等各種方式來聯絡過對方的表達方式「I've been trying to reach you.」，不僅能藉著這句話的語意「我一直努力在找你（但聯絡不上）」來間接詢問對方沒接電話的原因，也能運用具有動作持續語意的現在完成進行式（have been＋動詞 -ing），來表達自己一直在努力想聯絡上對方。順帶一提，可表示「取得聯絡」的 reach 指的不僅是通上電話，也能描述透過訊息、電子郵件等各種手段來取得聯繫的情況。

Where have you been? I've been trying to reach you all day.
你去哪裡了？我已經找你找一整天了。

I've been trying to reach you all afternoon. 我整個下午都在找你。

1 以 Why 疑問句來詢問某件事的背後原因，會給人咄咄逼人的感覺。
Why didn't you answer my call? 你為什麼沒接我的電話？
Why didn't you answer my texts? I was worried about you.
你為什麼沒回我的簡訊？我很擔心你。

情境演練！

Q **Where have you been? I've been trying to reach you all morning.**
你去哪裡了？我整個早上都在找你。

A **Sorry, my meeting ran late.**
抱歉，開會開得比較晚。
會議等進行的時間比原先設想的要久時，用 run late 來表達。

A **Sorry. My phone was on mute.**
抱歉。我手機關靜音了。

A **I'm sorry. I left my phone in the car.**
我很抱歉。我把手機忘在車裡了。

A **I'm sorry. I've been running around all morning.** 我很抱歉。我整個早上都很忙。
想描述有很多事要處理而暈頭轉向時，可用 run around，想表達「為了處理事情而整天忙得不可開交」時，請用「I've been running around all day.」。

沒接到電話而回撥時

(△) I saw you called.

(o) **Sorry I missed your call.**

MP3 061

　　看到未接來電後，立刻或隔不久就回電給對方時，比起單純表達「我有看到你打給我」的「I saw you called.」，改用能夠表達「我很抱歉沒接到你的電話」的「Sorry I missed your call.」，更能傳達出自己有考慮到對方心情的感覺。我認為在沒接到對方電話的狀況下，回電時一定要說的話就是「Sorry I missed your call.（我很抱歉沒接到你的電話）」。

Hi, Lauren. Sorry I missed your call. What's up?
嗨，Lauren。抱歉沒接到妳的電話。有什麼事嗎？

Sorry I missed your calls.（對方打了好幾次的情況下）抱歉沒接到你的電話。

1　反之，如果是對方沒接到自己的電話，而且隔了非常久才回電，這時可以使用下面這個表達方式。親朋好友之間也可用這句話來發牢騷。

What took you so long to call?
（想抱怨為什麼回個電話要那麼久時）你怎麼過這麼久才打？

2　除了電話之外，動詞 miss（沒參加～／錯過～）也可用來描述沒去參加聚會、婚禮、會議、聚餐等情境。

Sorry I missed your graduation. I hope you're not too upset.
（畢業典禮已經結束了）抱歉我沒去參加你的畢業典禮。希望你沒有太生氣。

情境演練！

A　**Hi, Lauren. Sorry I missed your call. I've been swamped all morning.**
嗨，Lauren。抱歉沒接到妳的電話。我一整個早上都超忙。

B　**It's okay. I just called to see how your presentation went.**
沒關係。我只是打來問問你的簡報進行得怎樣。

A　**Happy belated birthday! I'm sorry I missed your party. Did you have fun though?**
遲到的生日快樂！我很抱歉沒去參加你的派對。你玩得還開心吧？
在對方的生日都過去之後才祝對方生日快樂時，要用 Happy belated birthday!（遲到的生日快樂！）來表達。單純忘記對方的生日時，雖然也可以用這句話，不過也能用「不久前才突然知道對方生日」的背景資訊來做為祝福的開頭。

B　**Yeah, I had a great time.** 是啊，我玩得很開心。

UNIT 25

想表達某人事物不符合自己喜好時

(Δ) I hate it.

(o) It's not for me.

MP3 062

　　我不太喜歡看恐怖電影，所以當 Netflix 向我推薦恐怖電影時，我按下了大拇指朝下的「討厭」，結果跳出了「Not for me（不適合我）」這個表達方式。當沒有特別喜歡或討厭某個人事物時，雖然也可以說「I hate it.（我討厭這個）」或「I don't like it.（我不喜歡這個）」，但若說「It's not for me.（這個不適合我）」的話，除了聽起來會比較委婉，在語意上也會帶有「雖然不適合我，不過也許有人會喜歡」的意思。除了食物或衣服等物品，這句話也能用來描述不愉快的活動或經驗。

Turns out it wasn't for me. 結果那不適合我。

It's certainly not for everyone.（暗示不是所有人都會喜歡）真的不是所有人都適合這個。

1　除此之外，也可用「I'm not a big fan of＋人事物」來表達，藉由陳述自己不是某人事物的愛好者來表達自己不是那麼喜歡該人事物。此外，也能用「I'm not crazy/nuts about＋人事物」來表達自己不太喜歡某人事物。

I have to say, I'm not a big fan of Meg. 我得說，我沒那麼喜歡 Meg。
I have to say 是「我必須說／我得說」的意思，用來「承認某個事實」或「強調自己不得不說的個人意見」。

I'm not crazy about this idea. 我不太喜歡這個點子。

2　「~ is not my thing」也常被用來表達某人事物不適合自己。可以用來表達自己不喜歡某人事物的表達方式真的很多，所以不要每次都用 I don't like it 或 I hate it，偶爾也試著用看看比較委婉的說法吧！

I'm sorry. It's just not my thing. 我很抱歉。這就不是我會做的事。

情境演練！

A　**Public speaking is not for me.** 我不喜歡公開演講。
B　**It's not for me either, but we have to work on that.**
　　我也不喜歡，可是我們還是得做。

A　**How was your vacation?** 假度得怎麼樣？
B　**It was nice. I mean, backpacking isn't really my thing, but we were in Paris. It's kind of impossible to not have a good time there.** 很棒啊。我是說，我其實沒那麼喜歡當背包客，不過我們去的是巴黎。去那裡要不好玩基本上不可能。

想表達「我都可以」時

(x) I don't care.

(o) **It doesn't matter to me.**

MP3 063

　　雖然「I don't care.」的語意「我無所謂」，也可正面解讀成「隨和」，不過因為這個說法也常會被用來表達「懶得管」或「不耐煩」，所以也可能會因為情境或語氣不對而聽起來沒禮貌，使用時必須特別小心，避免對方誤以為你漠不關心或沒有誠意。在這種情況下，請改用不易引起誤會的「It doesn't matter to me.（我無所謂／我都可以）」，表達出「這對我來說沒有什麼差別，所以按你的意思去做就行了」的語意。這裡的 it 可指時間、地點或對象等，運用範圍十分廣泛。

Anytime. It doesn't matter to me. 什麼時候都可以。我都可以。
另一個語意相似的常用表達方式是「I'm fine with whenever.（我隨時都可以）」。

Anywhere. It doesn't matter to me. 在哪裡都可以。我都可以。
另一個語意相似的常用表達方式是「I'm fine with wherever.（我任何地方都可以）」。

1　想表達不管對方說什麼都與自己無關時，可以用「I don't care」來表達。

I don't care how much money you make.
（語氣溫柔的話，會給人一種「對方的薪水多寡並不重要」的感覺）我不在乎你賺多少錢。
（語氣不耐煩的話，會給人一種「要對方別再炫耀自己多有錢」的感覺）我才不管你賺多少錢。

I don't care how long it takes. Just make it happen.
（祈使句）我不在乎要花多久的時間。你做到（我的要求）就對了。

情境演練！

A　**I think you need to lose some weight.** 我覺得你得減一點肥了。

想表達自己不在乎對方的想法時
B　**Well, I don't care about what you think.**
　　這個嘛，我不在乎你覺得怎樣。
B　**I couldn't care less about your opinion.**
　　（更加強調自己不在乎的程度時）我真的完全不在乎你的意見。
B　**Did anybody ask for your opinion?**
　　有人問你意見了嗎？

想表達同意或接受對方的想法時
B　**I know. I really need to get back in shape.**
　　我知道。我真的很需要恢復狀態。

想和別人拉近距離時

(x)　Do you know me?

(o)　I'm sorry. Have we met?

MP3 064

　　雖然覺得自己和對方應該是初次見面，但想拉近距離時，可能會說「您知道我嗎？」，此時若用「Do you know me?」來表達，看起來好像是正確的，但其實這句話的語意是「你知道我是誰吧？」，隱含著對方應該要知道自己是誰的意思。如果只是想確認彼此之前是否認識，雖然用「Do I know you?」也可以，但我更推薦用「I'm sorry. Have we met?（不好意思。我們之前有見過嗎？）」來表達，這是因為這兩個表達方式其實很容易搞混，而且根據不同的情境或語氣，「Do I know you?」也可用來表示對於「裝熟行為」的厭煩。舉例來說，在酒吧遇到怪人搭訕而感到不耐煩時，就可以用「Do I know you?（我認識你嗎？）」來表達「你不要跟我裝熟，離我遠一點」。因此，請改用「I'm sorry. Have we met?（不好意思。我們之前有見過嗎？）」來盡量避免誤會。

I'm sorry. Do I know you?（客氣詢問）不好意思。我認識你嗎？

Do I know you?（陌生人一直糾纏時）我認識你嗎？

I'm sorry. Have we met? 不好意思。我們之前有見過嗎？

1　有時也會發生對方似乎之前就認識自己，但自己怎樣就是想不起來的狀況。在這種情況下，一不小心就可能會讓對方覺得受傷，所以用下面這個表達方式來回應時請面帶歉意，語氣不要過於理直氣壯。

　　Do we know each other? 我們認識嗎？

情境演練！

A　**Elaine! It's me, Lia!** Elaine！是我啦，Lia！

認出對方時

B　**Lia, it's so good to see you! How have you been?** Lia，真開心見到妳！最近怎麼樣？

B　**Lia, it's been forever! You haven't changed a bit.** Lia，好久不見！妳一點都沒變耶。

認不出對方時

B　**I'm sorry. Do we know each other?**
不好意思。我們認識嗎？

B　**How awkward! Have we met?**
真尷尬！我們之前有見過嗎？

想用「吃過飯了嗎？」來打招呼時

(x)　Have you eaten yet?

(o)　Did you have a good lunch?

MP3 065

到現在仍然不習慣會

當然知道這句話只是

要一起吃飯，即使只

，也只會用「How

午餐一邊進行特定事

如果想詢問對方整

情境之中，如果直接

就邀請他一起去吃的想法

你吃過了嗎？

breakfast.

kip 這個字。舉例來
nner。

to get some
吃點午餐。

eftover in the

果你想吃的話，冰

a place down the
新開的那家披薩店。
街上」，意思其實是
的「附近」，以意譯
話之中。

英文聽力不好的原因

明明文字閱讀無礙，但有時仍會因為無法準確聽懂英文母語者在說什麼而感到鬱悶不已。我後來才發現，問題出在「我知道的發音」與「英文母語者實際使用的發音」有所出入，也就是說，我們雙方對於發音方面的認知差異，會讓我覺得自己的英文聽力不好。如果英文母語者突然輕聲而快速地唸出像「What did you do yesterday?」這種非常簡單的日常會話，我們也有可能會聽不懂。這樣說也許有點 cliché（陳腔濫調），不過若想提升英文聽力，必定要投入非常多的心力。

不過，如果是大部分人都非常熟悉的「I love you.」，即使對方是輕聲且快速地唸，我們也都能聽得懂。因此我們必須依靠多聽來熟悉各種英文語句的正確發音，只要熟悉的語句不斷增加，那麼終有一天能夠聽懂每一句英文。

為了讓大家在練習英文聽力的路上能夠有個輕鬆的開頭，我從美式英文發音規則中挑出了最基本且一定要會的 9 大發音重點規則。

介紹英文基本發音規則的目的，絕不是為了消除自己的母語口音，也不是想要要求每個人都使用美式發音。即使是美國人，英文的發音也會因為人種或身處地區的不同而有所不同。目前 Global English 是趨勢，因此發音沒有絕對的優劣之分。不過，我認為熟悉普遍被接受的基本發音規則，對於想要利用美劇或電影來輕鬆練習英文聽力的人來說很有幫助，因此我基於想要幫助這群人更順利地踏出第一步，整理出了以下規則。

1 　**連音**　單字的最後一個子音＋下一個單字的第一個母音＝單字尾音連在一起發音

make it up [me kɪ tʌp]　　**Would you** [wʊ dʒju]　　**did it** [dɪ dɪt]

2 　**弱化**　母音＋**d, rd, t, rt**＋母音＝弱化成介於 [l] 和 [r] 間的音

▶ 順帶一提，y 跟 w 都是發母音。

go to [go ldu]　　　　**say to** [sei dru]　　　　**way to** [wei dru]

stu<u>d</u>ent [stju drṇt]　　**sta<u>rt</u>ed** [sdɑr ltɪd]

3 同音 相同或類似的發音相連接時，只發一次音

bus stop [bʌ sdɑp]　　　**with that** [wɪ ðæt]　　　**take care** [te kɛr]

4 濁音化 (s)k, s(c), (s)qu, (s)t, (s)p＋重音＝發 d、g、b 音

sky [sgaɪ]　　　**scandal** [sgændl]　　　**squash** [sgwɑʃ]

start [sdɑrlt]　　　**study** [sdʌdɪ]　　　**speak** [sbik]

5 中間子音脫落 三個子音相連時，中間的子音會省略不發音

recently [risn̩ lɪ]　　　**postpone** [pos pon]　　　**empty** [ɛm tɪ]

frequently [fri kwɔn lɪ]　**exactly** [ɪg zæk lɪ]

6 最後一個子音脫落 單字尾音為 d, f, g, k, p, t, v 時，幾乎都不發音

send [sɛn(d)]　　　**half** [hæ(f)]　　　**big** [bɪ(g)]

pick [pɪ(k)]　　　**doesn't** [dʌ zn̩(t)]　　　**love** [lʌ(v)]

7 母音＋nt＋母音 快速發音時，只會發 n 音

wanted [wɑn tɪd → wɑn ɪd]

twenty [twɛn tɪ → twɛn ɪ]

international [ɪntɚ næ ʃənl̩ → ɪnɚ næ ʃənl̩]

8 重音＋T 母音＋（母音）N 發鼻音 [n̩]

eaten [itn̩]　　　**certain** [sɚ tn̩]　　　**Manhattan** [mæn hæ tn̩]

9 具代表性的長母音 -ee-, -ea-, -ie- 發長音 [i]，-oo- 發長音 [u]

sheet [ʃit]　　　**seat** [sit]　　　**piece** [pis]

soon [sun]　　　**cook** [kuk]

PART 1

稍微調整一下就
能避免誤會的
單字與表達方式

UNIT 1

想稱呼不知是否已婚的女性時

(x) Mrs. Ku

(o) **Ms. Ku** 或是 **Miss Ku**

MP3 066

　　Miss、Ms.、Mrs. 都是可以用來稱呼女性的用字，但在不知道對方是否已婚的情況下，請用 Ms. 來代替 Mrs.，Ms. 的發音為 [mɪz]。不過，如果用 Ms. 來稱呼一看就知道是 20 出頭的女性，一不小心就可能讓對方誤以為你覺得她看起來很老，所以在這種情況下請改用 Miss [mɪs]。

　　除了直接見到對方而得以判斷對方年紀的情況以外，如果是利用電子郵件或電話來聯絡對方時，無論對方年紀大小，都一律使用 Ms.。有許多人不願因為結婚而改用夫姓，或使別人對自己的稱呼改變，而在工作場合上，也有很多人即使結婚了，也還是希望別人用 Ms. 而不是 Mrs. 來稱呼自己。

　　簡單整理一下，一看就很年輕的女性用 Miss，對方已婚但沒要求你使用 Mrs. 時，用 Ms. 會比較安全。

1　幸運的是，同事或認識的人之間通常都不需要使用這些稱謂，而是直接稱呼姓名，所以不需要過於擔心。儘管如此，也不能初次見面就因為用錯稱呼而讓對方不開心吧？因此，遇到下面這些情況的時候，請一律使用最常用的 Ms.。

（透過電子郵件或電話等方式聯繫，且需要在不清楚對方身分狀態的情況下稱呼對方時）
Ms. Powell

（無法確認對方是否已婚時）**Ms. Powell**

2　Mrs. 可用於下面這種情境之中。

（稱呼朋友的媽媽，且其母仍為已婚狀態時）**Mrs. Powell!**
以 Ms. Powell 稱呼對方後，如果對方要求你改用 Mrs. Powell 稱呼自己，此時不用覺得自己説錯話，因為在這種情況下不會被認為沒有禮貌。

情境演練！

A　**Ms. Chapman, can I talk to you for a second?**
Chapman 女士，我可以跟您談談嗎？
B　**Sure, come on in.** 當然，進來吧。

A　**Thank you for having me, Mrs. Powell.**
（面對邀請自己來參加家庭聚會的朋友母親）Powell 夫人，謝謝您邀請我。
B　**Oh, you're very welcome. We are happy to have you here.**
噢，別這麼客氣。我們很高興你能過來。

MP3 067

想稱呼有年紀的人時

(x) old man

(o) senior citizen

　　如果用 old man（老人）來稱呼有年紀的人，不但十分沒禮貌，還可能會傷到對方的心。充滿智慧且和藹可親的長輩，被別人用單純表示「年老」的字眼來稱呼的話，心情一定很不好受。因此，以第三者的立場來稱呼上了年紀的人時，請用表示年長的 older 或 senior citizen。

　　相較於 old man，或表示年老的 elderly，能夠表達出一個人「在某方面經驗豐富」的 senior citizen，聽起來會更為順耳。

　　順帶一提，面對出生於 1946 至 1964 年間的人時，也可用 baby boomer 來稱呼他們。

Do you give a senior citizen discount? 請問有提供敬老優惠嗎？
也可簡稱為 senior discount。

My next-door neighbor is a senior citizen. 我的隔壁鄰居是一位長者。

1 senior 也可用來表示學校裡的高年級生（高三生或大四生）。

I'm a senior in high school. 我是高三生。

She's a senior in college. 她是大四生。

情境演練！

A　**We offer a senior discount.** 我們有提供敬老優惠。
B　**Oh, that's nice.** 噢，太棒了。
想詢問是否有提供優惠時，可以用下列表達方式。
- **Is there a student discount?**
　有學生優惠嗎？
- **Is there any promotion going on?**
　現在有在做什麼促銷活動嗎？
- **Is there any way we can get a discount?**
　（小心翼翼地提出令人為難的要求）我們有沒有什麼方法可以拿到優惠呢？

A　**What year are you?** （面對學生時）你讀幾年級？
B　**I'm a senior in high school.** 我是高三生。
問學生就讀幾年級時，可用「What year are you?」，若對方是中小學生的話，也可用「What grade are you in?」來詢問。

需要服務人員幫助時

(x)　Waiter!

(o)　**Excuse me.**

MP3 068

　　需要服務人員的幫忙時，相較於直接稱呼對方的職稱，用「Excuse me.（不好意思／打擾一下）」客氣多了。當在餐廳裡需要服務時，雖然也能用「Waiter!」來請服務人員幫忙，不過這樣的表達方式，有可能會因為語氣不對，而聽起來像在命令他人。除此之外，在美國有提供內用的餐廳裡，點餐時多半都會聽到服務人員熱情地自我介紹，例如 Hi, I'm Eric. I'll be your server today.（嗨，我是 Eric。今天由我為您服務。），即使無法記住服務生的名字，正如我們在餐廳裡想請人幫忙時，比起直接說「服務生，～」，常會說「不好意思，～」，要用英文請服務人員協助時，也請改用「Excuse me.」吧！除了餐廳之外，這個表達方式也能運用在機艙、商店等各種場所。

Excuse me, can I get another fork? I accidentally dropped mine.
（在餐廳裡）不好意思，可以再給我一個叉子嗎？我的叉子不小心掉了。

Excuse me, do you have this in medium?
（在商店裡）不好意思，這個有中號的嗎？

1　除此之外，會用到 Excuse me 的情境真的非常多，下面就用最具代表性的三個情境來說明吧！

Excuse me, do you know where the restroom is?
（為了引起陌生人的注意時）不好意思，你知道洗手間在哪裡嗎？

Excuse me.（為了通過某處而請別人暫時讓開一下時）不好意思。

Could you excuse me for a second?
（因為要去廁所或接電話等狀況，所以需要暫時離開座位時）失陪一下。

情境演練！

A　**Excuse me, do you have this in red?**
（在商店時）不好意思，這個有紅的嗎？
B　**Let me check.**
我確認一下。

A　**Excuse me, do you know where the restroom is?**
不好意思，你知道洗手間在哪裡嗎？
B　**It's right by the elevator.**
就在電梯旁邊。

想請對方稍待片刻直到狀況解決時

(x) Be patient.

(o) Please bear with me.

MP3 069

　　想做簡報但投影機突然無法啟動、電腦在想要給客戶看資料時當掉，當臨時發生這些狀況，而需要請對方在突發狀況解決前稍待片刻時，請用「Please bear with me.（請稍等一下／請多多包涵）」。bear 做為名詞時是「熊」、做為動詞時是「忍受／包容／容忍」的意思。因為這種突發狀況不會是對方的過錯，所以對方難免會覺得不耐煩，這時經常會利用 bear 的動詞語意，來拜託對方在該狀況排除前多多包涵並稍待片刻。如果在上面這些情境中和對方說「Be patient.」，反而有可能會激怒對方，這是因為這句話聽在對方耳裡，就像是說「不要一直催，你有點耐心可以嗎？」。因此當你不是在建議對方要有耐心，而只是單純希望對方能靜待狀況解除時，請用「Please bear with me.」。

Please bear with me.（因發生技術性問題而耽擱到對方的時間時）請稍等一下。

Please bear with me as I walk you through this process.
（在進行一段可能會讓對方感到無聊的冗長說明或程序之前）這個程序有點冗長，請忍耐一下。

1　可用「Be patient.」來勸告對方要有耐心。

Be patient with him; he's just a child.
對他有耐心點，他只是個孩子。

It'll be ready in half an hour. Just be patient.
半小時後就會準備好了。你就耐心一點吧。

2　有些人在自傳中會用 patient（有耐心的）來形容自己永不放棄挑戰的特質，但其實改用 resilient（適應力強的）來形容的話會更自然。patient 的語意為「抱持著機會總會到來的心態而一直等待」，resilient 的語意則為「即使遭遇難題仍不屈不撓，會像不倒翁一樣重新站起來接受挑戰」。

情境演練！

A　**There are some technical issues, so please bear with me.**
發生了一些技術性問題，請稍等一下。
B　**Sure, take your time.** 好的，你慢慢來。

A　**Is it over yet?** 好了嗎？
B　**It's almost over. Be patient.**
快好了。（要對方不要再催，要有耐心時）有耐心點。

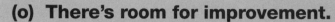

UNIT 5

當對方做錯事或結果不理想時

(x)　It's horrible.

(o)　There's room for improvement.

MP3 070

　　我讀高一時第一次去美國，老師在我錯誤百出的英文報告上寫了「There's room for improvement.（還有進步的空間）」，並一一指出我需要改進的地方，讓我深受感動。

　　想像一下，當對方很努力去做某件事、想要有好表現，成果卻不如預期，還聽到你說「It's horrible.（糟糕透了／這太糟糕了）」，那麼他應該會非常難過，還會因此變得更加退縮吧？在這種情況下，請改用語意為「餘地；空間」的 room，以「room for improvement（進步的空間）」來向對方傳達「還有可能可以做得更好，可以再多努力一點」。這個表達方式不僅能委婉指出對方的不足之處，還能讓對方覺得自己有進步的可能性。

1　對方雖然已全力以赴，但看在我眼裡卻仍有不足之處時，請在前面加上 I think 來表達「我自己認為仍有進步的空間」，這樣可以讓這個表達方式變得更加委婉含蓄。接著若能提出改進的方法，就能給予對方實質上的幫助。

　　It's a lot better now, but I think there's still room for improvement.
　　（對方已改進了不足之處，不過仍然可以更好時）現在好多了，但我認為還是有改進的空間。

2　即使成果已相當完美，但在想要謙虛回應對方的讚美時，也可用 room for improvement。雖然英文母語者大多只會簡單說「Thank you.」帶過，但若想要表示謙虛的話，請使用下面這種表達方式。

　　There's still room for improvement.
　　（想謙虛表示自己還有進步空間時）還是有進步的空間。

情境演練！

A　**What do you think?** 你覺得如何？
B　**It's not bad, but there's room for improvement.**
　　還不錯，但仍有改進的空間。

A　**Wow, I think you've mastered conversational English.**
　　哇，我覺得你很會用英文說日常會話耶。
B　**Aw, there's still room for improvement, but thank you.**
　　（想表示謙虛時）噢，還有進步空間啦，不過還是謝謝你。

MP3 071

想事先警告對方要小心時

(x) Warning.

(o) Heads-up.

　　提到「警告」，首先會想到的是 warning 吧？不過，其實只有在情況可能會「非常嚴重或危險」的時候才會用 warning 來事先提出警告。若只是想要稍微提醒某人要注意某事，例如可能會下雨，所以要記得帶傘之類的情況的話，請改用 heads-up 來表達。heads-up 的語意為「警告、提醒、小心、注意」，常在要事先透露資訊或訣竅給對方，讓對方得以在危險發生前先做好準備時使用。請特別留意此時要用 heads，而不是 head。

Heads-up, it's pouring out here, so make sure to bring an umbrella.
（要對方小心）提醒一下，外面這裡正在下傾盆大雨，所以一定要帶傘。

1　「give＋某人＋a heads-up」是「對某人事先警告、提醒或告知注意事項」的意思。
I wanted to give you a heads-up about the changes.
我想事先提醒您注意這些變更之處。

2　未能事先告知對方注意事項的情況下，可用下面這種表達方式來表達遺憾。
A heads-up would have been nice. 有事先提醒我的話就好了。

3　對方因為擔心自己而事先提醒、警告或告知注意事項時，可用下列表達方式來回應
Thank you for the heads-up. 謝謝你的提醒。
I appreciate the heads-up. 謝謝你的提醒。

情境演練！

A **Heads-up, Ted's not in a good mood today.**
　提醒一下，Ted 今天的心情不好。
B **Really? What happened?**
　真的嗎？發生什麼事了？

A **I might be a little late.**
　（帶有推測意味）我可能會遲到一下。
B **Okay. Thank you for the heads-up.**
　好。謝謝你先跟我說。

UNIT 7

想表達「時間不早該回家了」時

(x) I want to go home.

(o) It's getting late.

MP3 072

　　和認識的人一起玩到很晚，想要不突兀地提醒大家該解散回家的時候，如果直接說「I want to go home.（我想回家）」的話，一不小心就可能會聽起來像個孩子在耍賴，所以在這種情況下，請改用意味著「時間不早」的「It's getting late.」來表達。這個表達方式使用強調「變化過程」的 get 來傳達「時間逐漸晚了，所以是時候該解散了」的意思，除了和親朋好友在晚上的聚會，不知何時能結束的公司聚餐，甚至是在想暗示「是時候該下班了」來結束加班時都可以用這種表達方式。

It's getting late. I should go now.
時間不早了。我現在該走了。

It's getting late. Let's call it a night.
時間不早了。我們今天到此結束吧。
「Let's call it a day.」用於白天，而「Let's call it a night.」用於晚上，兩者皆表示「今天就到此為止」，除了學校下課，在下班或結束聚會的時候也常會用到。

It's getting pretty late. I'm out of here!
（表示自己打算要下班了）現在很晚了。我要走了！

1 也常用來要求「在時間變得更晚前，趕快完成某事」。

> **We should hurry. It's getting late.**
> 我們應該要快點。時間不早了。

> **Can we wrap things up? It's getting late.**
> 我們可以總結一下嗎？時間不早了。

情境演練！

A **Do you want to have another glass?**
（喝紅酒時）你想再喝一杯嗎？

B **Well, it's getting late. We should probably call it a night.**
嗯，時間不早了。我們今晚到此為止比較好吧。

A **We should hurry. It's getting late.**
我們應該要快點。時間不早了。

B **Okay. Let me go grab my keys.**
好。我去拿一下我的鑰匙。

grab 除了單純表示「抓取／握住」之外，也有「飛快地做～」的意思。go grab 表示「趕快去拿」，這裡省略了 go and grab 中的 and。

想表達要請對方喝咖啡時

(△) I'll buy you coffee.

(o) My treat.

MP3 073

和認識的人一起去喝咖啡，到了結帳時，雖然可用「I'll buy you coffee.」來表示自己要請客，但隨著當下情況的不同，當面說自己要請客可能會讓對方誤以為你在擺闊。在這種情況下，請用「招待；款待」意味較強烈的「My treat.（我請）」來表達，對方聽起來會更順耳。

「It's my treat.」在實際使用時常省略成「My treat.」，除了咖啡之外，也能用來表示要請對方吃午餐、晚餐或喝一杯等，用途十分廣泛，請牢記在心。

(It's) my treat. 我請。

Lunch is on me. The sky's the limit. 午餐我請。盡管點吧！

「The sky's the limit.」的語意是「上限像天空那麼高」，也就是「沒有限制」的意思，在培訓新人時，也常會用這句來形容新生或新進員工「潛力無限」。除此之外，也常用來向對方表示「預算無上限，所以盡情買或盡情吃吧」。

1　「I'll buy you＋購買物件（我買～給你）」主要用在想強調「我付錢買某物給某人」的情境之中。

I'm sorry I broke your phone. I'll buy you a new one.
抱歉我弄壞了你的手機。我會買一支新的給你。

Don't be upset. I'll buy you another one. 不要生氣。我會再買一個給你。

2　英文母語者除了會用 buy 來表示「購買」之外，其實也常用來表示「相信；爭取（時間等）」，用起來就像下面這樣。

I don't buy it. 我不相信他的說法。

仔細想想，要相信某物具有價值才會掏錢買吧？以這種概念為出發點，當你認為某個人是為了達到特定目的才特意說出某些話，因而不相信對方所說的話時，就可說「I don't buy it.（我不相信他的說法）」。

I'll buy you some time. 我會替你爭取一些時間。

情境演練！

A　**My treat.** 我請。

B　**Are you sure?**（想再確認一次對方是否真的要請時）你確定？

A　**I'm sorry I lost your jacket. I'll buy you a new one.**
抱歉弄丟了你的夾克，我會買一件新的給你。

B　**It's okay. It was old anyway.** 沒關係。反正它已經很舊了。

UNIT 9

想表示自己覺得尷尬丟臉時

(x) I am embarrassing.

(o) **This is embarrassing. 或是 I'm embarrassed.**

MP3 074

　　在發生讓自己覺得尷尬或丟臉的事情，例如慌亂奔跑躲雨的過程中跌倒或衣服穿反時，可以用「This is embarrassing.（好尷尬／好丟臉）」來表達。這裡 embarrassing（丟臉的；尷尬的）的主詞如果是 I 的話，聽起來會像是在說「自己的存在很令人丟臉或尷尬」，如果只是想描述「情況令人十分尷尬或丟臉」，實在沒必要把自己貶低成這樣，所以這裡的主詞應該要用 This 才對，而如果想描述的是「那個情況」，則可改用 That。除此之外，也可用「I am embarrassed.」來描述讓自己感到尷尬或難為情的特定情境。

This is kind of embarrassing. 這有點令人尷尬。

That must have been embarrassing. 那一定很尷尬。

I am really embarrassed.（因為特定情境而感到難為情時）我真的覺得很尷尬。

1 話說回來，請不要一看到以人做為主詞的句子就一律使用「p.p.（過去分詞）」。描述自身對某人事物的特定感受時，主要是用「p.p.」沒錯，但若想要評論別人的時候，以人做為主詞的句子也能像下面這樣用上「-ing（現在分詞）」來表達。

She is embarrassing.（認為她本身令人丟臉）她很令人丟臉。

She is boring.（認為她本身無趣）她很無趣。

情境演練！

A **I am sort of embarrassed.** 我覺得有點丟臉。
B **Don't be. Everyone makes mistakes.**
　　不會啦。誰都會犯錯啊。
「Everyone makes mistakes.」是非常適合用來安慰犯了錯的人的表達方式，也可用另一個語意相似的「We all make mistakes.」來表達。

A **What a nerd. I've never met a more boring person in my life.** 真是一個書呆子。我從來沒有遇過比她更無趣的人了。
B **Oh, come on. I think she's just studious.**
　　噢，別這樣。我覺得她只是比較好學。
studious 的意思是「勤奮好學的」，常會一起出現的相關詞彙是 straight A student（成績好到每項都拿 A 的資優生）。

想大方回應對方的讚美時

(x) No.

(o) **Thank you for your compliment.**

MP3 075

　　如果有人當面稱讚自己長得很漂亮時，大多數的人都會因為覺得害羞，而以「沒有啦」來回應吧！但其實這樣就像是在否定對方的眼光，所以不是一個很好的回應方式。

　　因為對方的稱讚而感到害羞時，不要用「No.（沒有／不是啦）」來讓對方覺得尷尬，而要用從容大方的態度來接受對方的讚美，並以能夠表示「對方的眼光很好」的「Thank you for your compliment.（謝謝你的讚美）」來回應對方。

　　如果覺得這句話太長，也可直接說「Aw, thank you.（噢，謝謝你）」。

Thank you. I am flattered. 謝謝你。我真是受寵若驚。

You made my day.（因為你的稱讚，我今天一整天的心情都會很好）我非常開心。

Thank you for noticing.（稱讚對方觀察力很好）謝謝你有注意到。

1　當對方的讚美已經誇張到讓你無法大方回應「謝謝」時，請改用下列表達方式來回應吧。

　　Oh, you're just being nice. 噢，你只是在客氣吧／你人真的很好。

　　What did you do? What are you buttering me up for?
　　你做了什麼啊？為什麼要拍我馬屁？
　　對別人（尤其是長輩或上司）阿諛奉承者的英文是 brown-noser 或 kiss-ass。kiss-ass 是「馬屁精」的意思，指的是為了討好對方而不擇手段，即使是要親對方的屁股也可以，雖然這個俗語的語意不怎麼好，但在公司或學校裡卻是常常會用到的詞彙，所以要記起來。

情境演練！

A　**You're a great teacher. Honestly, I've never run across anyone like you.**
　　你是很棒的老師。老實說，我從來沒有遇過像你這樣的老師。
B　**Coming from you, Stephanie, I am flattered.**
　　Stephanie，從妳口中聽到這句話真的讓我受寵若驚。
在句子前面加上「coming from you」來表示「不是從別人，而是從你口中聽到這個讚美」，可讓對方覺得自己的地位特別。

A　**Have you been working out? You look great!**
　　你有在健身嗎？你的狀態看起來很棒！
B　**I've been doing yoga. Thank you for noticing.**
　　我一直有在做瑜珈。謝謝你有注意到。

UNIT 11

對方看起來心情不好時

(x)　Are you okay?

(o)　Is everything okay?

MP3 076

　　在對方正好碰上了麻煩，例如他突然跌倒了且可能會受傷的情況，或發生了失戀還是被解僱等會對情緒造成衝擊的事件時，想要表達關心的話，就能運用「Are you okay?（你還好嗎？）」這個表達方式。

　　如果無法確定對方是否正遇到問題，或發生了什麼特別事件，但想確認對方是否一切安好時，請用「Is everything okay?（一切都還好嗎？）」來詢問。這是因為使用「Are you okay?」詢問時，會聽起來像是對方肯定遇到了會對他本人造成影響的問題，而「Is everything okay?」則把詢問的重點放在對當下氛圍造成影響的原因或其他要素，而非對方本人身上。如果想針對某目標具體提問的話，可以用「with＋對象」或「at＋地點／場所」。

Is everything okay with your family? 你們家一切都還好嗎？

Is everything okay at work? 工作方面一切都還順利嗎？

1 「Are you okay?（你還好嗎？）」是在對方的身體或精神方面遇到問題時，基於關心想確認對方是否安好時的表達方式

Are you okay?（對方跌倒時／對方打翻了滾燙的咖啡時）你還好嗎？

I heard you and Jamie broke up. Are you okay?
我聽說你和 Jamie 分手了。你還好嗎？

情境演練！

Q　**Is everything okay?** 一切都還好嗎？

沒什麼特別的事，一切都好時
A　**Yes, everything's fine.** 嗯，一切都很好。

有事發生而不太好時
A　**Well, not really. I'm having some trouble at home.**
　　這個嘛，不太好。我家裡遇到了一些麻煩。

A　**No, I think I need to go home. I have a family emergency.**
　　不好，我想我得回家了。我家裡有些急事。

想表達「一時忘記了重要的事」時

(△) I forgot.

(o) It slipped my mind.

MP3 077

　　一時之間忘了生日、結婚紀念日、結帳日等重要日子時，雖然也可用「I forgot.（我忘了）」，但最好還是用可傳達出「之前一直都記得，但因為在忙其他事而暫時忘了」語意的「It slipped my mind.（我不小心忘了）」。一時忘了我生日的好朋友曾對我說「It slipped my mind.」，表示他之前一直都記得我的生日，是因為忙昏頭，才會一時把我生日的這件事，從他腦海裡掠過而沒有留下痕跡（slips），再加上主詞還是用「It（其他對象）」，而非「I（我）」，這樣的表達方式可以讓對方比較不會把注意力放在「我忘記了重要事項」的這個錯誤上。

It was my wife's birthday yesterday. I can't believe it slipped my mind.
昨天是我老婆生日。我真不敢相信我會忘了這件事。

1 句中加上 completely、totally（完全地、徹底地）的話可加強語氣。

There was so much going on that it completely slipped my mind.
發生太多事，讓我完全忘記這件事了。

2 forget 除了用於一時忘記，也可用來描述一直都沒想起來的情況。

I completely forgot about the presentation.
我完全忘記簡報這件事了。

Don't forget to validate your parking.
別忘了去折抵停車。
想描述取得停車時數折抵或優惠時，請利用 validate（驗證生效）來表達，可以説「Could you validate my parking?（你可以幫我折抵停車嗎？）」。

3 順帶一提，在健忘情況嚴重時可用下面這個表達方式。

I'm so forgetful lately. 我最近很健忘。

情境演練！

A　**It's his birthday tomorrow. I hope you haven't forgotten.**
明天是他的生日。我希望你沒有忘記。
B　**Oh, it almost slipped my mind. Thank you for the reminder.** 噢，我差點就忘了。謝謝你提醒我。

A　**Where were you this morning? You missed the staff meeting.** 你今天早上去哪裡了？你錯過了員工會議。
B　**I completely forgot about the meeting. Do you think Travis knows I wasn't there?**
我完全忘記要開會了。你覺得 Travis 有發現我不在嗎？

UNIT 13

想對他人表示「久仰」時

(x)　I've heard a lot about you.

(o)　Everyone speaks highly of you.

MP3 078

　　跟某人第一次碰面時常會用「I've heard a lot about you.」來表示「久仰」吧？不過這句話其實只是單純表達常聽到有關對方的事而已，所以有時也會被用來諷刺對方，表示自己聽過不少跟對方有關的負面傳聞。因此，若想表達的是自己曾聽過對方不少好話時，請用「Everyone speaks highly of you.」。以 everyone 做為主詞，可傳達出「大家都對你評價很高」的意思，若用具體人名做為這句的主詞，則可傳達「某人對你評價很高」。描述日常生活中某事反覆發生時，會用現在式動詞吧？所以在這種情況下也該使用 speak(s) 才行，因為想要傳達的語意不是「只聽過一次」，而是「反覆聽到」有關對方的好話。

Everyone speaks highly of you. 大家都對你評價很高。

Kate speaks highly of you, and I can see why. Kate 對你評價很高，而我可以理解為什麼。

1　「I've heard a lot about you.」也能用來嘲諷對方的惡名昭彰。

Nice to meet you. I've heard a lot about you.
很高興認識你。我聽說了很多跟你有關的事。

We've heard a lot about you. （嘲諷語氣）我們聽說了很多跟你有關的事。

2　順帶一提，當你想要拜託某人推薦自己或幫自己說些好話時，請用下面這種表達方式。

I know you have a good relationship with Bill. Do you think you could put in a good word for me?
我知道你和 Bill 關係很好。有沒有可能可以請你幫我說句好話呢？

情境演練！

A　**It's good to finally meet you in person.**
很高興終於見到您本人了

B　**Likewise. Everyone speaks highly of you.**
我也是。大家都對您評價很高。

A　**You must be Ms. Johnson. I've heard a lot about you.**
您一定就是 Johnson 女士了。我聽說了很多有關您的事。
可以加上 must 來傳達強烈的歡迎感。

B　**Well, I hope it was nothing bad.**
（開玩笑）嗯，我希望你聽到的不是什麼不好的事。
「I hope it was nothing bad.（我希望你聽到的不是什麼不好的事）」
是英文母語者常會使用的開玩笑表達。

對方跟自己道謝時

(Δ) You're welcome.

(o) You're very welcome.

MP3 079

當對方跟自己道謝時,雖然可用「You're welcome.」回應,但在高級服務業中應盡量避免對客人說「You're welcome.」,因為這句話聽起來像是你真的為對方做了什麼很重要的事。在這種情況下,可用「My pleasure.(能幫上忙是我的榮幸)、No problem.(小事)」等各種表達方式來取代「You're welcome.」,但如果「You're welcome.」已經是你會習慣脫口而出的回應方式,請改用「You're very welcome.」,只要在句子裡加上 very 就能改變整句話給人的感覺。

You're very welcome. 不用這麼客氣。

My pleasure. 能幫上忙是我的榮幸。

1 若對方和自己關係親近,或正身處於輕鬆的場合時,就能以較隨意的語氣來回應。

No problem.(＝**No worries.**) 小事／別放在心上。
想強調「為你做這件事,完全不是問題」時,常用「No problem at all.」。

You got it! 不客氣啦!

It's nothing. 這沒什麼。

I'm happy to help. 我很樂意幫忙。

Anytime.(什麼時候找我幫忙都)沒問題。

2 順帶一提,當你向對方伸出援手之後,如果想要得到對方的感謝,或因為對方沒有向自己道謝,而想讓對方難堪時,也會說「You're welcome.」。

I already took care of it. You're welcome.
我已經處理好這件事了。不客氣啊。

情境演練!

A **Thank you for everything.**
謝謝你為我做的一切。

B **You're very welcome. I know you would have done the same for me.**
不用這麼客氣。我知道你也會為我做同樣的事情。

A **Thanks for the ride.** 謝謝你載我。

B **No problem!** 小事!

UNIT 15

想詢問能否晚點再做某件事時

(△) Can I do it later?

(o) Can it wait?

MP3 080

提到「wait」，會先想到「等待」吧？不過，其實 wait 也有「（因為不急而）延後」的意思。想詢問「能否晚點再做某件事」時，雖然也能用大家較熟悉的說法「Can I do it later?（我可以晚點再做那件事嗎？）」，但英文母語者其實較常用 wait 來詢問，說「Can it wait?（那件事可以等（之後做）嗎？）」。在不清楚「Can it wait?」的正確語意下，可能會錯誤解讀成「那件事可以等待嗎？」，請務必要知道這裡的 wait 的正確語意是什麼。

Can it wait till tomorrow? I've had a long day. 這可以等到明天再處理嗎？我今天很累了。

可用 long day（漫長的一天）來形容疲憊困倦的日子，英文母語者常用「I've had a long day.」或「It's been a long day.」來表示自己度過了很累人的一天。

Whatever it is, it's going to have to wait.

（正因為其他事情而分身乏術時）不管是什麼都得等一等。

I'm afraid it can't wait. It needs your immediate attention.

（無法晚點再做時）這恐怕不能等了。你必須馬上處理。

1 wait 做為名詞時的語意是「等待（的時間）」，在日常對話中也經常會用到。

It was definitely worth the wait. The food there was incredible.

等待絕對是值得的。那裡的食物超棒的。

That place is overrated. It wasn't worth the wait.

那家過譽了。不值得花時間等。

想描述電影、食物等等所獲得的評價高於實際情況，也就是言過其實時，可用 It's overrated.（評價過高／過譽了／言過其實）。另一方面，如果想描述某對象其實真的挺不錯的，可是它的好卻鮮為人知時，可說 It's underrated.（它被低估了）。

情境演練！

Q **Can it wait till tomorrow?**
這可以等明天再處理嗎？

可以等明天再處理時

A **Sure. No rush.** 當然可以。不急。

A **Sure, but you really have to take care of this tomorrow.**
當然可以，但你明天真的一定要處理才行。

現在就得處理時

A **I'm afraid not.** 恐怕不行。

A **Actually, I needed you to sign off on this like three hours ago.** （現在這個時間點就已經遲了，所以一定得快點處理時）其實，我大概在三個小時前就需要您把這個簽好的。

想表達某件事對自己來說不太重要時

(△) It's not important.

(○) It's not my priority.

MP3 081

　　想表達某件事不太重要時，雖然可以說「It's not important.」，但這種說法過於直白，會給人一種太過肯定而不客氣的感覺。因此，除非想強調某件事真的不重要，否則請改用「It's not my priority.（這不是我優先要做的事）」。利用 priority 的「優先；優先考慮的事」語意，來表示「這件事並非不重要，單純只是因為它不是我優先考慮的事，所以比較不關心」。「～ is not my priority」聽起來的語氣較為委婉，但若想讓語氣聽起來更有禮貌，可以在句子後方加上附加條件，如 at the moment 或 right now，表示「這件事雖然重要，不過不是現在優先要做的事」，只要加上附加條件就能讓語氣變得更加委婉。

It is important, but it's just not my priority right now.
這是很重要沒錯，可是不是我現在優先要做的事。

1　真的想強調某件事不重要時，請用「It's not important.」。此時若在句子後方加上 to me，就可以表達出「這件事也許對其他人來說很重要，可是對我而言不重要」，讓語氣比較委婉有禮。
　　Going to networking events is not important to me.
　　參加社交活動對我來說並不重要。
　　networking event 指的是「建立人脈的活動或聚會」，也就是「社交活動」。

2　想避免把話說得太死時，請在句中加上副詞「that（那麼）」。
　　Going to networking events is not that important.
　　參加社交活動並不是那麼重要。

情境演練！

A　**Work is not my priority right now; my daughter is.**
　　工作現在不是我的第一順位，我的女兒才是。
B　**I know how you feel. Family always comes first.**
　　我知道你的感覺。家庭永遠是最重要的。

A　**Is that really a priority? I think we've got bigger fish to fry.**
　　那真的是最優先要做的事嗎？我認為我們現在有更重要的事得處理。
　　「Is that really a priority?」可用來向對方確認目前正在做的事情，是否真的是最優先要做的事，或是否真的非得現在就做。舉例來説，遇到不趕快處理正事的同事時，就可以用這個表達方式來向對方抱怨。把 that 這個字稍微唸重一點的話，就更能傳達出抱怨的感覺。
　　想表示現在有「不費心處理就會造成更大麻煩的事情，所以無法去做其他事」時，可用「We've got bigger fish to fry.」，這句話的直譯是「我們有更大的魚要炸」，衍生語意是「先別管那些比較不重要的事，我們要一起專心處理更重要的事」，這句在工作上常用到。
B　**Okay, I guess this is not that important.**
　　好，我想這件事應該沒有那麼重要。

UNIT 17

想表達犯的錯是「無心之過」時

(△) I didn't do it on purpose.

(o) It was an honest mistake.

MP3 082

　　提到「故意」，首先會想到的英文是 on purpose 吧？想說明自己不是故意犯錯時，也可用「I didn't do it on purpose.」來表達，可是，相較於這句在收拾殘局時用來辯解的話，更多人會改用「It was an honest mistake.」來表達。honest 跟 mistake 經常一起出現，幾乎可以說是英文搭配詞裡的固定組合。honest mistake 是由表示「真誠的；正直的」的 honest，與表示「非故意的失誤」的 mistake 組合而成，可用來強調自己犯的錯是無心之過，因此非常適合在坦承自己無意間犯了錯時使用。順帶一提，也有一些人會用 innocent mistake 來表達。

I'm sorry. It was an honest mistake. 我很抱歉。我不是故意的。

It was just a typo. (It was an) honest mistake. 只是打錯字而已。不是故意的。

1　mistake 指的是「非故意而造成的錯誤」，fault 指的則是「應該受到責罰或負起責任的過失或過錯」。

　　It's your fault that we're late. 我們遲到都是你的錯。

2　on purpose 是「故意的；有目的的」的意思，會用來描述「抱持特定意圖或目的來行動」的情況。這個表達方式較常用在負面情境之中。

　　Did you do it on purpose?（追究時）你是故意的嗎？

　　I left it there on purpose.（基於特定目的）我故意把它留在那裡。

情境演練！

A　**Did you do it on purpose?**
（詢問對方是否懷有惡意）你是故意的嗎？

B　**Of course not. It was an honest mistake.**
當然不是。我是不小心的。

A　**It was an honest mistake, and I promise I'll be more careful next time.** 那是不小心的，我保證我下次會更小心。

B　**Okay. I'll let you off the hook this time.**
好吧。這次就放過你。

當某人因為自己該負的義務或責任而感到痛苦，就會像是被鉤子鉤住（hook）般陷入困境，所以直譯為「擺脫鉤子」的 off the hook，就可以被用來表達「擺脫困境／責任」的意思。「I'll let you off the hook.（我會放你一馬）」可用來表達讓某人得以從伴隨其失誤而帶來的責任或義務中解脫。對於理解自身情況並放過自己的人，可用「Thank you for letting me off the hook.（謝謝你放我一馬）」來回應。

想表達「多虧有您」時

(x) Because of you.

(o) Thanks to you.

MP3 083

　　「多虧～」與「因為～」在語意方面有著顯著差異。當事情在某人的幫助之下，往自己想要的方向發展時，請用 thanks to（多虧～）來傳達正面肯定的意圖，thanks to 這個表達方式，本身就可以向對方或其幫助表示謝意。另一方面，because of 是「因為～」的意思，比起表示謝意，更著重於特定事件的發生原因或理由。除了用來感謝人之外，thanks to 也可廣泛應用在對事物或制度等方面表示感謝。

Thanks to you, it was a great success.
多虧了你才能大獲成功。

Thanks to the Internet, we can literally learn everything online.
多虧了網路，我們確實能在網路上學到一切。
literally 的語意是「確實地；不加誇飾地」，常用來強調。

1　其實 thanks to 在生活中也常被用來嘲諷，所以說這句話時的語氣十分重要，現在就一起來看一下用來嘲諷的例子。
　　Thanks to you, I failed the test. 多虧了你，我考壞了。
　　Thanks to you, my son's awake. 多虧了你，我兒子醒了。

2　「因為～」的英文是 because of，在比較講究禮貌的場合中也能用 due to 來表達。because of 強調特定事件的發生原因或理由，due to 則更強調結果。
　　I failed the test because of you.
　　因為你的關係，我考壞了。
　　The flight is delayed due to bad weather.
　　因為天氣惡劣，航班延誤了。

情境演練！

A　**How did it go?**
　　進行得怎麼樣？
B　**Thanks to you, it went well.**
　　多虧了你，很順利。

A　**We are all stuck here because of you.**
　　因為你的關係，我們全被困在這裡了。
B　**I'm sorry. I didn't know it would cause this much trouble.**
　　我很抱歉。我不知道會造成這麼大的麻煩。

PART 1

稍微調整一下就
能避免誤會的
單字與表達方式

語氣太強硬，不適合對上司或長輩用的
had better

MP3 084

had better 表示「一定要那樣做」，屬於帶有威脅意味的強烈建議。以「You had better do it now.」為例，聽在對方耳裡並非溫柔規勸，而是強硬表示「現在不去做某事，就會發生不好的事，所以最好立刻去做」。因為 had better 的語氣太強硬，只適用於可隨意提出建議的對象，例如親近的人或下屬，不可對上司或長輩使用。不過在主詞是自己的情況下，就可以放心使用。

You'd better get some sleep. Tomorrow's going to be a long day.
你最好睡一下。（因為有很多事要做，所以）明天會是漫長的一天。

I'd better double-check.
（在擔心會出錯的情況下，對自己說）我最好再確認一次。

1　had better 在文法上可縮寫成「'd better」，但在口語上經常連「'd」都省略掉，直接用「better＋原形動詞」。在日常對話中，原形動詞的前面即使只有 better，也請將其當成是 had better 的表達方式。
　　We better leave now to beat the traffic. 我們最好現在出發以免塞車。
　　It's already 2. You better go to bed. 已經 2 點了。你最好去睡覺。

2　若想使用語氣比 had better 柔軟的表達方式來規勸，可用 should。在句子前面加上 I think（我認為）的話，可讓語氣變得更加委婉，傳達「雖然不是一定要照我的建議去做，但我認為～（提出建議）」的語意。
　　We should do it now. 我們應該現在去做。
　　I think we should do it now. 我認為我們應該現在去做。
　　I think it would be better to do it now. 我認為現在去做會比較好。

情境演練！

A　**I'd better go and get ready.** 我最好去準備一下。
B　**Yeah, you should. You don't want to be late.**
　　是啊，你該去準備了。你不會想遲到的。

A　**I think we'd better continue this discussion in the morning.** 我想我們最好早上再繼續這次討論。
B　**That would be wise. Everyone seems tired.**
　　這樣比較好。大家看起來都很累了。

本想稱讚別人皮膚白皙，但反而會讓對方覺得刺耳的
You look pale.

MP3 085

首先，與其說「You look pale.」是皮膚白皙乾淨的意思，不如說是「臉色蒼白」，聽起來更像是在說對方看起來「身體不舒服」，或是在暗指對方都只宅在室內沒曬太陽，所以「暗示對方應該去曬一下太陽」。此外，在人種相對複雜的美國，「皮膚白皙」不會被當作讚美，因為這句話可能會被解讀成歧視有色人種。因此，想描述某人的皮膚完美無瑕時，可用「Your skin is flawless.」單純讚美對方，這是最不會出錯的表達方式。當然，稱讚外貌、服裝、能力等的表達方式，也能用來表達對他人的好感，所以在使用時必須小心，以免造成對方的壓力。

1　當對方看起來比實際年紀還年輕時，可用下面這些表達方式。

You don't look your age. 你看起來不像你的真實年齡。

You don't look a day over 40.
（當對方看起來比實際年紀還年輕時）你看起來頂多 40 歲。
You don't look a day over ~ 直譯就是「你看起來最多只有～歲，連一天也不會超過這個歲數」，可表達「你看起來頂多～歲」。

How do you stay so young?
（想詢問對方保持青春的祕訣時）你是怎麼保持這麼年輕的？

2　只是單純想稱讚對方的外表時，可用 pretty、beautiful、handsome、gorgeous 等各式各樣的字彙。

You are gorgeous.
（以描述事實或真理的現在式來讚美對方外表亮麗的話，雖然聽起來的確很順耳，但在一些情況下可能會造成對方的壓力）你真漂亮。

You look gorgeous.
（稱讚對方現在看起來很美的這個事實，所以是可以放心使用的表達方式）你看起來真漂亮。

情境演練！

A　**You look pale. Are you all right?**
　　你看起來很蒼白。你沒事吧？
B　**I think I'm coming down with a cold.** 我覺得我快感冒了。
雖然還沒感冒，但已經開始畏寒，感覺自己很像快要感冒時，可用「I'm coming down with a cold.」，以「即將罹患感冒」表示自己好像快要感冒了。

A　**You don't look a day over 40.**
　　（對方實際年齡超過 40 歲的情況下）你看起來頂多 40 歲。
B　**Aw, you're too kind.** 噢，你人太好了。

119

本想稱讚別人臉小，但反而會讓對方覺得刺耳的
You have a small face.

MP3 086

　　我在東方臉孔十分罕見的阿拉巴馬州的鄉下地區念高中，我那一頭深褐色直髮沒什麼特別的，卻讓初次見到我的當地人覺得很好奇，甚至有不少人在跟我變熟後，問我能不能讓她／他摸一下我的頭髮。另一方面，我也對他們那只有我拳頭大小的臉以及立體的五官輪廓感到訝異，所以我那時常會對他們說「You have a small face.」，現在回想起來才發覺，當時說這種話其實相當沒禮貌。對於不推崇「小臉」的美國人來說，「臉小」聽起來不像讚美，反而會讓對方感到困惑，甚至可能會以為你是在批評她／他「臉小到跟身體不成比例」。

1　與其稱讚對方臉小，不如稱讚對方的長相帥氣或漂亮，不過，若只單單稱讚長相，對方還是有可能會誤解你的意思是「身材不怎麼樣，不過臉倒是很漂亮」，所以可以的話，請盡量稱讚別人的整體外貌。
You have such a pretty/handsome face. 妳／你長得相當漂亮／英俊。
You are so pretty/handsome. 妳／你長得真帥／美。

2　下列是常運用於日常生活對話中、與臉相關的有趣慣用表達，請牢記在心。
poker face（玩撲克牌時，無論拿到了好牌還是爛牌，都保持面無表情）面無表情，撲克臉
You need to work on your poker face.
（當對方是把所有情緒都表現在臉上的人時）你需要練習一下撲克臉。

two-faced 表裡不一的；虛偽的
I'm telling you. She's two-faced! 我跟你說真的，她是個虛偽的人！

情境演練！

A　**There you are, my handsome boy.** 你來啦，我的帥兒子。
B　**Oh, stop it, mom.** 噢，別鬧了，媽媽。

A　**I've never met anyone so two-faced. He's nice to your face but talks bad about you behind your back.**
我從來沒見過這麼虛偽的人。當你面的時候對你很好，轉過身就開始說你壞話。
B　**Are you serious? He seems so nice though.**
你是說真的嗎？可他看起來人真的很好耶。

隨著不同情境而會讓對方覺得刺耳的
skinny

MP3 087

骨瘦如柴的體型不太符合美國人的審美觀，所以 skinny 會因為情境不同，而使聽的人覺得刺耳。對於正在抱怨自己變胖了的女孩子，雖然可以用 skinny 來安慰對方，表示她的身材仍然纖細，因此不需要減重，但若想以正面的語氣來描述某人的「身材苗條」，使用表示「纖瘦美麗」的 slim，或表示「透過運動及飲食控制而讓身材健美」的 fit，對方聽起來會更開心。

She's slim and beautiful. 她很纖瘦漂亮。

You're fit. 你很健美。

1　只有在需要強調「骨瘦如柴」時，才會用到 skinny。雖然每個人的審美觀都不同，但一般 skinny 聽在對方耳裡，不會是稱讚對方纖瘦美麗的意思，而是強調「沒有肌肉，只有骨頭」。特別是對於男性而言，skinny 聽起來更像是在批評對方「體型乾瘦而無肌肉」，所以如果不是想說對方的壞話，請不要用這個字。

Why are you on a diet? You're so skinny.
你為什麼要節食？你瘦到皮包骨了啊。

You've been looking too skinny lately.
你最近看起來過瘦了。

He's skinny like a skeleton.
他瘦到像個骷髏。

情境演練！

A　**I need to lose 5 lbs.**
　　我得要減 5 磅。
B　**What do you mean? You're so skinny.**
　　你在說什麼啊？你瘦到皮包骨了啊。

A　**So, what's your type?**
　　所以，你喜歡什麼類型的？
B　**I don't really have a type, but I usually find muscular men attractive.**
　　我沒有什麼特別愛的類型，不過我通常比較喜歡肌肉男。
　　想強調平時做很多運動而渾身肌肉時，可用 muscular 或 athletic。

121

想問很久不見的人的感情狀態時
How's your love life?

　　跟很久不見的人聊天時，如果冒然問候對方的男友，例如「How's Keith?（Keith 怎麼樣？）」，若對方表示他們已分手的話，可能會讓彼此陷入尷尬之中，但裝作不記得對方之前有男友，還裝傻般問對方「Are you seeing anyone?（妳有在和誰約會嗎？）」的話，其實也很怪。所以，在這種情況下，可以說「How's your love life?（妳的感情生活怎麼樣？）」，這個表達方式可以用來關心對方現在是否有交往對象，或是否還跟之前的男／女朋友在一起，用途十分廣泛。不過，請記得只有在雙方關係十分親近的情況下，才能過問對方的感情生活。以公司同事關係為例，如果雙方的交情沒有好到可以私下相約碰面，只是單純的鄰座同事關係的話，就不能隨便詢問對方這方面的問題，必須互相尊重彼此的私生活。

1　想詢問最近剛結婚的人的 married life（婚姻生活）情況時，可以用下面這種表達方式。
How's married life? 你的婚後生活怎麼樣？

2　當對方先主動提起自己的感情或婚姻生活時，可以用下列表達方式來展開話題。
How long have you two been together? 你們兩個在一起多久了？
How did you two meet? 你們兩個是怎麼認識的？
I know this might sound a little cheesy, but was it love at first sight? 我知道這聽起來可能有點老套，不過你們是一見鍾情嗎？

情境演練！

A　**How's your love life?** 妳的感情生活怎麼樣？
B　**Same old, same old.** 還是老樣子。
如果我都已經這樣回答了，對方還是一直跟我講戀愛和結婚有多重要，讓我倍感壓力的話，我會先說「You don't wanna go there.（我們最好不要聊這些）」，假使對方執迷不悟想要繼續講的話，我會說「Come on. Leave me alone.（拜託，別來煩我了）」，若真的惹火我的話，我可能會說「Mind your own business.（管好你自己就好）」。

A　**How long have you two been together?**
你們兩個在一起多久了？
B　**Two years now.** 到現在兩年了。

不能用在女性身上的稱謂
sir

MP3 089

　　偶爾會有學生跟我聊到稱謂方面的事，他們會說直接叫我 Ms. Ku 好像有點失禮，叫我 Seul 又有點尷尬，所以才會想用 sir 來稱呼我，殊不知 sir 只能用在男性身上，直接叫我 Ms. Ku 或 Seul 反而才是有禮貌且非常自然的稱呼方式。跟美國人相處時，無論年齡差距有多大，多半只要關係親近就會直接叫彼此的名字，所以「You can just call me Seul.（你直接叫我 Seul 就行了）」這句話，非但不失禮，反而可以拉近彼此的距離。所以請放心叫我 Seul 吧。請注意 sir 並非男女通用的稱呼，而是只能用在男性身上的尊稱。

Sir.（在餐廳或商店內稱呼不知姓名的男性時）先生。

1　想尊稱女性時，請用 ma'am。

　　Yes, ma'am.（須以特別尊敬的方式來回應女性時）好的，夫人。
　　ma'am 主要是用來尊稱有年紀的女性，所以也會有部分女性說「Don't call me ma'am.（別稱呼我 ma'am）」，這時只要稱呼對方的姓名即可，例如 Ms. Ku 或 Seul。順帶一提，ma'am 在美國南部是可以用來稱呼任何年齡層女性的普遍尊稱。

2　在美國公司上班時，我曾禮貌稱呼一位上了年紀的客人為 Mr. Williams，但對方卻回我說「That's my father's name. Just call me George.（叫我父親才會這樣叫。叫我 George 就好）」，但礙於我自己覺得貿然稱呼對方 George 有點失禮，所以我有好一段時間都還是繼續叫他 Mr. Williams，後來才知道他會那樣說，其實是他在向緊張的我表示想要拉近關係的友善舉動。因此，我認為稱呼對方時，不能只考慮到自身感受，而是應該採用對方想要的方式來稱呼對方，這樣才是真正的體貼。

情境演練！

A　**This is very impressive work.**
　　（事情辦得好到令人印象深刻的程度時）做得非常好。
B　**Thank you, sir.**（回應對象是男性時）謝謝您，先生。
想稱讚對方的某件任務或工作做得很好時，可以說「Good job.」和「Good work.」。「Good job.」著重於「執行特定任務或工作的過程」，「Good work.」則著重於「為了完成特定任務或工作而付出的努力與功勞」（即使最終結果是失敗的）。

A　**Did you finish your homework?** 你的回家作業寫完了嗎？
B　**Yes, ma'am.**（回應對象是女性時）是的，夫人。

聽起來不像真心讚美的
It was above my expectation.

MP3 090

　　想稱讚某人的表現超乎自己的期待時，看似可用「above my expectation」來表達，但其實 above 的字義是「在～之上」，所以這句話其實是「比預期稍微好一點」的意思。所以如果想稱讚對方的表現好到遠超期待的話，請用 beyond 來取代 above，也就是改說「It was beyond my expectation.」來強調對方的優秀程度，在 beyond 前面加上副詞 way 或 far 的話，可表達出「遠遠、更加」的強調意味。想以自己的事先預期為評論基礎時，可使用下列表達方式。

It was far beyond my expectation.（非常優秀時）這遠遠超過了我的預期。

It met my expectation.（跟預期一致時）這達到了我的預期。

It was below my expectation.（不太好時）這低於我的預期。

1　就像上面所說的 above my expectation，用來描述「令人滿意」的 satisfactory 其實也很難當成稱讚的字來用。以我在大學時修的必修體育當作例子，當時平均分數只要超過 60 分就可以獲得 satisfactory。就像 60 分不是什麼很優秀的標準，satisfactory 也只適合用來描述正好滿足自己原先預期結果的情況。如果想指出某對象十分優秀時，請加上 very、more、than 等來加強語氣。順帶一提，satisfied 這個字則具有正面肯定的意味。

　　It was more than satisfactory.（不僅是令人滿意的程度）真的非常令人滿意。

2　可用 satisfactory 來巧妙表達「不喜歡」，在語氣上會比用 bad、horrible、terrible 等字來得委婉。

　　I know that's not a very satisfactory answer, but that's all I can say right now. 我知道這不是一個非常令人滿意的答案，不過我現在能說的也只有這樣。

情境演練！

A　**How was the musical?** 音樂劇怎麼樣？
B　**It was far beyond my expectation.** 遠遠超乎了我的期待。

A　**I hope everything was satisfactory.**
　　（主要用於服務業，說話對象是客人）希望一切都令您滿意。
B　**Oh, it was more than satisfactory.**
　　（不只是滿意的程度）噢，真的非常令人滿意。

主要用在上對下或長輩對晚輩的
Keep up the good work.

MP3 091

上我課的學生常會用「Keep up the good work.」來拜託我以後要繼續推出好課程，但其實這句話主要是上位者對下位者，或是長輩對晚輩說的，所以如果對老師或上司說這句話，一不小心就會顯得自己很沒禮貌。就如同我們不能對上司說「你做得很好，繼續保持」或「請繼續努力吧」，另一個相似的常用表達方式是「Thank you for your effort.」，對於上司或老師來說，這句話聽起來也很尷尬，使用時請特別小心。在下面這些情境之中，可以使用「Keep up the good work.」。

Keep up the good work, everyone.
（上司要努力工作的下屬們再接再厲，繼續努力時）大家繼續好好加油。

I'm so proud of you. Keep up the good work.
（媽媽對取得好成績的小孩）我好為你驕傲。要繼續努力喔。

1 當對方是上司或老師時，相較於「辛苦了」之類的話，最好還是改用表示謝意的話會比較好。

   I just wanted to say thank you. You bring out the best in me.
   （誠摯表達一直很想說出口的感謝）我只是想說一聲謝謝。你發掘出了我最好的一面。

   Thank you for everything. 謝謝你為我做的一切。

   I am so grateful. （想表達誠摯謝意時）我真的很感激你。

2 下面是適合使用「辛苦了」表達方式的情境。

   Great work, everyone! （想表示今天的表現很棒）大家辛苦了！

   Thank you for organizing everything.
   （特別針對活動的相關事宜）感謝您把一切都安排好了。

情境演練！

A **Keep up the good work, everyone!**
   （要對方再接再厲，繼續努力時）大家繼續好好加油吧！
B **Thank you.** 謝謝您。

A **Thank you for everything.** 謝謝你為我做的一切。
B **Aw, you're very welcome.** 噢，真的不用客氣。

PART 2

能讓人脫穎而出
的表達方式

UNIT 1

因為正在忙而不方便聊天時

(△) I'm busy because ~

(o) I'm in the middle of ~

MP3 092

正忙著開會時，雖然也能說「I'm busy because ~」，但如果改說「I'm in the middle of a meeting.」，就能在不使用語意直白的 busy 的情況下，表達出自己正處於「忙著做某事」的狀態之中。這個句型的應用情境相當廣泛，但一般最常見的用法仍是「I'm in the middle of＋名詞／動詞-ing（我正在忙著做~）」。仔細想想，不論是親朋好友來電，還是不想接的電話打來時，大家都曾跟對方說過自己正在忙吧？英文母語者和我們一樣，都會常常需要用到這種表達方式。因此，下次想要表示自己正在忙著做某事時，請改用「I'm in the middle of something.」來代替「I'm busy because ~」吧。

I'm in the middle of a meeting. （正在開會而沒空時）我正在開會。

I'm sorry to bother you in the middle of a meeting.
我很抱歉在您開會時打擾您。

1 單用 in the middle of 就足以表達「正在~」或「在~中」，後面常會接地點或特定期間，也可用來描述尋找妥協的平衡點。

I left it in the middle of the room. 我把它留在了房間的中央。

He called me in the middle of the night. 他在半夜打了電話給我。

Why don't you just meet me in the middle?
（在調停過程中，希望雙方都能稍微讓步以找到妥協的平衡點時）你們何不乾脆各退一步呢？

情境演練！

A **I'm sorry, Kristen, but I'm right in the middle of something.**
我很抱歉，Kristen，可是我正在忙著處理一些事情。

B **Well, this can't wait.**
這個嘛，這件事等不了。

A **Jamie called me in the middle of the night.**
Jamie 半夜打了電話給我。

B **For what?**
為了什麼？

在工作場合想詢問對方姓名時

(x) What's your name?

(o) May I ask your name?

MP3 **093**

　　美國的咖啡廳店員在接受點餐時會詢問客人的名字，等飲料準備好，就會用名字來取代取餐編號呼叫客人。即使是在咖啡廳這類休閒場所，想要詢問客人姓名時，也不會使用「What's your name?」，而會改用「Can I get your name, please?（可以麻煩告訴我你的名字嗎？）」。「What's your name?」是在氣氛輕鬆的環境之中，想私下打聽對方的個人資訊時才會使用的表達方式，若在工作場合用這種方式詢問客人的名字，一不小心就會變成沒禮貌的人，所以在這種情況下，應該要改用「May I ask your name?（我可以問一下您的名字嗎？）」。比起用 what 冒然詢問對方的名字，使用徵求對方同意告知姓名的 may 會顯得更加有禮貌。特別是在初次見面想要詢問對方姓名的時候，務必要配合當下情境，以恰當的表達方式來詢問，以留下良好的第一印象。

Can I get your name, please?（尤其是咖啡廳店員在接受點餐時）可以麻煩告訴我你的名字嗎？
和個人情感無關，單純為了要接受點餐而詢問客人姓名時，也可用「Can I get a name for your order?」。

May I ask who's calling?（常用的電話英文）可以問一下您是哪位嗎？

1　如果不是非要知道對方的姓名，可以先自我介紹，這樣一來對方也自然會告訴你自己的姓名。

　　Hi, I'm Stephanie Steele. Nice to meet you.
　　嗨，我是 Stephanie Steele。很高興見到你。

2　在沒能聽清楚對方姓名的情況下，請使用下面這句話來表達。

　　I'm sorry. I didn't catch your name. 抱歉。我沒聽清楚您的名字。

情境演練！

A　**May I ask your name, sir?**
　　先生，我可以問一下您的名字嗎？
B　**Christopher Bowden. You can just call me Chris.**
　　我是 Christopher Bowden。你可以叫我 Chris 就好。

英文母語者們常會把比較長的名字縮成比較短的形態，例如 Elizabeth 縮成 Liz，Robert 縮成 Rob，或把 Jennifer 縮成 Jen，且縮減名字的方式會因人而異，沒有固定的規則。

A　**Hi, I'm Stephanie Steele. Nice to meet you.**
　　嗨，我是 Stephanie Steele。很高興認識您。
B　**I'm Keith Pierson. Nice to meet you, too.**
　　我是 Keith Pierson。我也很高興認識您。

129

UNIT 3

想詢問對方住在哪裡時

(△) Where do you live?

(o) Do you live nearby?

MP3 094

　　因為有些人會用一個人住在哪裡來評斷對方，再加上在跟對方拉近距離前，要盡量避免侵犯到對方隱私的美國文化，當想詢問對方住在哪裡時，請使用語氣較委婉的「Do you live nearby?（你住在附近嗎？）」來代替「Where do you live?（你住在哪裡？）」。「Where do you live?」在文法上沒有任何錯誤，但會給人一種必須供出家中住址的感覺，隨著情況不同可能會造成對方的壓力。因此，比起詢問具體位置的「Where do you live?」，最好還是用詢問是否住在附近的「Do you live nearby?」，或詢問是否住在這一區的「Do you live in the neighborhood?」。以這種方式詢問的話，對方不一定要說出詳細的居住地點，而只要單純用 Yes 或 No 來回答自己是否住在附近即可，回答起來自然更無壓力。

1　想表示自己住在附近時，可用 nearby 或 neighborhood 來表達，下面這些語意為「附近」的表達方式也請一併記住。

I live down the street. （想表示就在這條街上時）我住附近。

I live around the corner. （想表示拐個彎就到時）我住附近。

2　想表示自己「因為有事而來到附近，所以順便做某事」時，也常會用「in the neighborhood（在附近）」。

I was in the neighborhood. I thought I'd stop by and say hi.
我剛好有事到這附近。想說順便過來打聲招呼。

3　在工作場合上為了寄件而詢問地址時，請使用下面這個表達方式。

To which address should I send this? 我應該把這個寄到哪個地址呢？
相較於直接詢問住家地址，這個問法能讓對方選擇要提供哪個收件地址，所以聽起來更顯專業。

情境演練！

A　**Do you live nearby?** 你住在附近嗎？

B　**No. I live about 30 minutes from here.**
　　沒有。我家離這裡大概要 30 分鐘。

A　**Can I get your shipping address?**
　　可以給我你的收件地址嗎？

B　**Sure. It's 495 Union Ave, Memphis, TN.**
　　當然可以。田納西州孟菲斯市的 Union 大道 495 號。

想詢問對方的工作地點時

(Δ) Where do you work?

(o) Do you work nearby?

MP3 095

　　「Where do you work?」主要用來詢問對方任職於什麼公司，而非工作的地點。不過隨當下情境的不同，詢問對方在哪間公司工作，也有可能會讓對方覺得你沒禮貌吧？如果雙方都想更了解對方，那就會用「Where do you work?」來詢問對方任職於哪間公司，但若只是想輕鬆聊聊，請改用「Do you work nearby?」來詢問對方是否在附近工作就好。相較於直接詢問具體的工作地點或公司名稱，這種問法可以讓對方選擇用 Yes 或 No 來簡單回答，所以比較不會讓對方覺得有壓力，也不用擔心會因此而冒犯到對方。

Do you work in this area? 你在這一區工作嗎？

Do you work in the neighborhood? 你在這附近工作嗎？

1　如果想知道對方任職於哪間公司時，可使用下面這些表達方式。

Where do you work? 你在哪裡工作？

Which company do you work for? 你在哪間公司上班？

情境演練！

Q **Do you work nearby?**
　你在這附近工作嗎？

可以告知具體的公司名稱時

A **Yes, I work for Bank of Arlington downtown.**
　是的，我在市中心的 Arlington 銀行工作。

A **Yes, I'm a branch manager at Bank of Athens.**
　是的，我是 Athens 銀行的分行經理。

不方便告知具體的公司名稱時

A **Yes, I work downtown.**
　是的，我在市中心工作。

A **No, I work in Atlanta. I'm just here on business.**
　不是，我在亞特蘭大工作。我只是來這裡出差。

A **Yes, I live just around the corner.**
　是的，（轉個彎就到，距離非常近的情況下）我就住這附近而已。

UNIT 5

想詢問對方的職業時

(x) What's your job?

(o) What do you do for a living?

MP3 096

　　就像我們平常如果想要詢問對方的職業，比起直接問「你的職業是什麼？」，多半會採用比較客氣的「您從事的是什麼類型的工作呢？」來詢問，這點在英文也是一樣的，若用「What's your job?」或「What's your occupation?」來詢問的話，聽起來語氣相當生硬，就像是警察在盤查似的。首先，初次見面就貿然詢問對方的職業，可能會相當失禮，所以若只是單純想閒聊一下而詢問的話，請改用「What field are you in?（您在哪個領域工作呢？）」。不過，當你已經跟對方聊開了，因此想進一步了解對方，所以詢問他的具體工作內容時，請使用詢問謀生方式的「What do you do for a living?（您從事什麼工作呢？）」，或是這句話的簡略版「What do you do?」來表達。

1 當對方詢問你的職業時，可回答具體職業，也可以用從事的工作領域來回應。

I'm an engineer. 我是一位工程師。

I'm in advertising. 我在廣告業。

提及領域時，前面要加 in。

2 在對方告知自己從事的工作領域後，可利用下列表達方式來延續對話。

Oh, it's a fascinating field. 噢，那個領域感覺很有趣耶。

That sounds fancy. （開玩笑般）聽起來滿厲害的。

情境演練！

A **What do you do?**
您從事什麼工作呢？

B **I'm an accountant.**
我是一位會計師。

A **What do you do for a living?**
您從事什麼工作呢？

B **I work in artificial intelligence.**
我在做和人工智慧有關的工作。

A **Oh, it's a fascinating field.**
噢，那個領域感覺很有趣耶。

想詢問對方的興趣愛好時

(Δ) What's your hobby?

(o) What do you do in your spare time?

MP3 097

　　如果用 hobby 這個字來詢問對方有什麼興趣愛好的話，聽起來會像是在做採訪，語氣顯得有點生硬，而且對方也可能沒有什麼特別感興趣的愛好。當想要更了解對方而詢問對方的興趣愛好時，若使用單純詢問對方是如何度過閒暇時間的「What do you do in your spare time?」，語氣會更加自然，問句中的 spare time 也可改用 free time 代替，而且 spare/free time（閒暇時間）也可替換成週末等表示一段時間的名詞，來詢問對方是如何度過那段特定時間的。此外，也可替換成 downtime，downtime 的語意是「機器或電腦關機後不使用的那段時間」，用在人身上就是「閒暇／休息時間」。

What do you like to do in your spare time? （詢問嗜好或興趣）你有空的時候喜歡做什麼？

How do you usually spend your weekend? 你週末通常怎麼過的？

What do you do in your downtime? 你在休息時間會做什麼？

1　詢問同事或工作認識的人有沒有工作以外的嗜好，或做志工之類的活動時，常會使用下面這種表達方式。

　　What do you like to do outside of work? 你工作之餘喜歡做什麼？

2　在非正式場合中想更進一步了解對方，所以想知道對方真正的興趣愛好時，請試試看用下面這句話來詢問對方。

　　What do you do for fun?
　　（詢問對方平時會因為喜好而去做什麼）你平時會做什麼娛樂活動？

情境演練！

Q　**What do you do in your spare time?**
　　你有空的時候會做什麼？

A　**Well, I don't have a lot of spare time, but I usually play video games.** 這個嘛，我沒有很多空閒時間，但我通常會打電動。

A　**I usually binge watch something on Netflix.** 我通常會狂看 Netflix。

A　**I try to spend time with my family.** 我會盡量去陪伴我的家人。

UNIT 7

想和對方多聊一點時

(Δ) Did you have a good day?

(o) How was your day?

MP3 098

　　想跟英文母語者再多聊一點時，比起可以用 Yes 或 No 回答的 closed-ended question（封閉式問句），最好還是使用沒有特定答案的 open-ended question（開放式問句）來發問吧！用「Did you have a good day?」來詢問對方是否度過了美好的一天時，對方可以簡單用 Yes 或 No 來回答，而且大部分人都會下意識、或因為感到不耐煩，而直接用 Yes 把話題結束掉。不過，若改用「How was your day?（你今天過得怎樣？）」來發問，對方就會因為無法用 Yes 或 No 簡單回答，而讓話題能夠延續下去。

1 先以在日常生活中經常會用到的 How 疑問句為例。

How was your day/weekend? 今天／週末過得怎麼樣？

How was work/school? 工作／學校怎麼樣？

2 當對方用 How 疑問句提問時，如果只用 Good、Great（很棒）來簡略回答，那麼對話就可能會結束在這裡，所以請試著利用下面這些表達方式來回應對方。

It was a slow day. How was your day?
今天滿悠閒的。（反問對方）你今天呢？
slow day 對上班族而言是「不忙而悠閒的一天」，但如果是做生意的人或做推銷的人說「Business has been slow.」時，則是指「沒什麼客人，生意不好」的負面語意。

It was good. The meeting I was nervous about went well.
還不錯。我之前很緊張的那場會議進行地很順利。

情境演練！

A **How was your day?**
你今天過得怎樣？
B **It was a long day. I am happy to be home.**
今天很累。我很開心回到家了。

A **How was your weekend?**
你週末過得怎麼樣？
B **It was good. I just hung out with my boyfriend.**
還不錯。我有和我男友出去玩。

想幫對方帶路時

(△) Follow me.

(o) Let me show you the way.

MP3 099

　　當對方詢問廁所、電梯等的所在位置時，有時會想直接帶對方過去吧？在這種情況下，用「Let me show you the way.」來代替「Follow me.」的話，聽起來會比較有禮貌。雖然可以用「Follow me.」來表示自己要帶路，但比起這種口語上要對方乖乖跟著走的命令句，改用表示「我想幫忙帶路，麻煩你跟著我走」的「Let me show you the way」，聽起來會更為客氣有禮。這裡的 show，語意不是我們熟知的「展現」，而是「帶路」。在對話過程中想表示自己能夠幫忙帶路到某地點時，請用「to＋地點」來代替「the way」。

Let me show you to the bathroom. 我帶你去廁所吧。

Let me show you to the conference room. 我帶你去會議室吧。

1　「Let me show you to＋地點（我帶你到～）」常用於餐廳、飯店等提供服務的場所。我們在參加旅遊團時經常可以聽到這個表達方式。

　　Let me show you to your table. 我帶您入座吧。

　　「Follow me.」可能比較會在簡餐店裡聽到，而「Let me show you to your table.」則比較可能會在高級餐廳裡聽到。

　　Let me show you to your room. 我帶您到您的房間吧。

情境演練！

A **Excuse me. Do you know where the bathroom is?**
不好意思。你知道廁所在哪裡嗎？

B **Sure. Let me show you the way.**
當然。我帶你去吧。

A **Hi, I have a 1 o'clock reservation under Charlotte Brown.**
嗨，我預約了 1 點的位子，名字是 Charlotte Brown。

B **Sure, Ms. Brown. Let me show you to your table.**
好的，Brown 小姐。我帶您入座吧。

UNIT 9

想描述某人生活富裕時

(△) She's rich.

(o) She's well-off. 或是 She's comfortable.

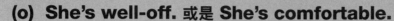

MP3 100

提到「富裕」，第一個會想到的是 rich 這個字吧？當然用 rich 也沒有錯，但其實 rich 只能用來強調「金錢」方面的富裕，而且，就算真的是在金錢方面相當富有，也不會用 rich，而是會用 wealthy 來表達。當輿論媒體想嘲諷那些 wealthy（有錢的）經營者的想法時，就會故意用 rich 這個字來描述對方，由此可知，rich 這個字考量的不是舉止或教育水準，而純粹只是用來描述金錢方面十分充裕。在現實生活之中，我們很難會遇到真正 wealthy 的人，所以想描述某人生活富裕時，請用 well-off 或 comfortable 來代替可能會造成誤解的 rich，傳達出「不只是在金錢方面充裕，而是環境良好、生活過得很愜意舒適」的正面語意。

1 rich 只能用來強調金錢方面的富裕，所以可以用 rich 來描述暴發戶這種短時間暴富的情況。

We won the lottery! We are rich now!
我們中了樂透！（強調金錢）我們現在有錢了！

2 在描述新加坡富豪的電影《瘋狂亞洲富豪》中，出身平凡家庭的女主角問富豪男主角他是不是 rich（有錢人），男主角雖然家財萬貫，但還是謙虛表示「We're comfortable.」。就像上面提到的，well-off 或 comfortable 強調的不是金錢方面的富裕，而是可以衣食無憂、隨心所欲，過得愜意舒適的那種生活型態。

He's pretty well-off. 他的日子過得相當舒服。

Money comes and goes. We're just comfortable.
錢乃身外之物。我們過得還算舒服啦。

情境演練！

A **I don't mean to sound shallow, but she must be rich.**
我不想說這麼膚淺的話，不過她一定很有錢。
B **Well, I think she's comfortable.**
這個嘛，我覺得她過得滿舒服的。

A **I wish I were Rachel.**（心生羨慕）真希望我是 Rachel。
B **What makes you say that? Is it because she comes from money?** 你幹嘛這樣說？是因為她家很有錢嗎？
A **Yeah, she's super rich.** 是啊，她真的超級有錢。

MP3 101

想描述某人遇到財務問題時

(x) She's poor.

(o) She's having some financial difficulties.

　　若用 poor 來描述某人遇到和錢有關的問題，語氣會變得過於強烈，像是在說對方「窮得要命」。在日常對話中，如果是要表示自己遇到了財務問題，那當然可以用 poor 來強調自身狀況，可是若用 poor 來描述他人的情況，一不小心就會傳達出負面意味，而被認為你在瞧不起或嘲諷他人。因此，請改用「She's having some financial difficulties.（她現在碰到了一些財務問題）」這種表達方式，在語氣上會比強調貧窮程度的 poor 更委婉禮貌。

　　順帶一提，採用現在進行式「be＋動詞-ing」來描述的話，可以表達出「這個財務問題並非一直存在，而只是現在這個時間點遇到了而已」的感覺。

Lauren is having some financial difficulties. Lauren 正面臨一些財務問題。
句中的 have 也可用 experience 來替代，寫成「Lauren is experiencing some financial difficulties.」。

1 想開玩笑般跟認識的人說「我很窮」時，雖然也能用 poor 或 broke，但這絕非得體的表達方式。

I'm poor.
（在一般日常對話中）我很窮。

I'm broke from raising two kids.
（跟認識的人開玩笑，誇張的語氣）我養兩個小孩養到破產了。

2 順帶一提，「月光族」的英文表達方式是下面這樣。

Lauren lives paycheck to paycheck.
Lauren 是月光族。

情境演練！

A **Lauren is having some financial difficulties.**
　 Lauren 正面臨一些財務問題。
B **Oh, really? What happened?** 噢，真的嗎？發生什麼事了？
A **She got laid off last month.** 她上個月被解雇了。

A **Let's go out for a drink tonight.**
　 我們今晚一起出去喝一杯吧。
B **I can't. I maxed out my credit card. I'm literally broke now.** 不行，我把卡刷爆了。我現在真的破產了。

UNIT 11

想表示食物很美味時

(△) It's delicious.

(○) It's good.

MP3 102

　　有別於英文母語者，我們真的很喜歡用 delicious 這個字，提到「美味」就一定會想到這個字，但其實英文母語者只有在想要誇張描述時，才會使用 delicious。舉例來說，只有在對方請自己吃非常美味的食物，或在餐廳內想向主廚強調料理真的很美味的情況下，英文母語者才會說「It's delicious.」，如果只是平時跟認識的人一起吃飯，或是自己買了美食的話，多半都是用「It's good.」來表達。

It's delicious. You're such a great cook!
（朋友下廚煮飯給你吃時）好好吃。你真的很會煮！

Everything looks delicious.
（有人請你吃美食，而你正在看菜單時）看起來都好好吃。

1　平時吃到好吃或好喝的，可以說「It's good.」，不過因為英文母語者平時真的很常說這句話，一不小心可能會被誤解成是毫無誠意地隨口一說，所以當下的語氣跟表情就變得很重要。真的覺得好吃時，語氣要稍微興奮一點。

　　It's good! You can't go wrong with their coffee.
　　好喝！他們的咖啡都很棒。
　　「You can't go wrong with ~」的語意為「點什麼都不會踩雷，都很棒」。

2　雖然英文母語者平時在吃到美食時大多會說「It's good.」，但偶爾也會用下面這些表達方式。

　　It's the best pizza I've ever had. 這是我吃過最棒的披薩。

　　It's exquisite.（尤其是在吃精緻又美觀的食物時）這真的很精緻。

　　You should try this. It's delectable/light.
　　你應該試試看這個。很好吃／清淡。

情境演練！

A　**How's your coffee?** 你的咖啡怎麼樣？
B　**Good! It's very smooth. How's yours?**
　　好喝！非常順口。你的呢？

A　**I hope you like it.**
　　（為對方煮好後）希望你會喜歡。
B　**Wow, it's delicious. You're such a great cook!**
　　（吃了一口後）哇，很好吃。你真的很會煮！

想表示自己身體不舒服時

(Δ) I'm sick.

(o) I'm not feeling well.

MP3 103

　　想表示自己的身體狀態不佳，甚至是要請病假時，比起「I'm sick.」，更常會說「I'm not feeling well.」。雖然也可以說「I'm sick.」，但這是已經很嚴重時才會用的表達方式。如果都到公司了，還跟別人說「I'm sick.」，同事們可能會覺得你隨時會吐出來，或認為你得了可能會傳染給別人的重感冒，且他們會覺得你為什麼狀態這麼差還硬要來上班。因此，想表達自己身體不舒服時，請用「I'm not feeling well.（我覺得不太舒服）」來代替「I'm sick.」。

1　身體狀態比平時糟糕時，最常用的是「I'm not feeling well.（我覺得不太舒服）」，但偶爾也會使用下面這些表達方式。

　I'm feeling under the weather. 我覺得不太舒服。
　表示身體狀態就像天氣那樣起伏，feel under the weather 的語意是「覺得身體不舒服」。

　I think I'm coming down with a cold.
　（出現打冷顫等感冒徵兆時）我覺得我快要感冒了。

2　sick 描述的是「重感冒」或「病情嚴重」的狀態。

　I think I'm getting sick. Is it okay if I take a day off?
　我覺得我越來越不舒服了。我今天可以請假嗎？

　He's sick. He has cancer. 他生病了，得了癌症。

情境演練！

A　**I think I'm coming down with a cold.**
　　我覺得我快要感冒了。

B　**Aw, I'm sorry to hear that. Get some rest and feel better, okay?** 噢，我很遺憾聽到發生這種事。去休息一下讓自己好起來，好嗎？

B　**Do you want me to pick up some soup for you?** 你要我去買個湯給你嗎？

在美國，覺得快感冒時常會喝 chicken noodle soup。soup 指的是湯水較多的食物，我們在身體不舒服時常吃的粥，英文是 porridge，燉菜類的食物則是 stew。

B　**You poor thing, I can pick you up some medicine if you want.** 可憐的傢伙，如果你要的話，我可以去幫你買點藥。

為對方感到難過遺憾，表達同情或憐惜時，可以說 you poor thing，主要用來安慰關係親近的朋友或年紀比自己小的人。

UNIT 13

想表達自己不擅長做某事時

(△) I'm bad at it.

(o) It's not my strong suit.

MP3 104

　　我們都只是凡人，沒辦法什麼都會，所以想表達自己不擅長做某事時，不是非得用「I'm bad at it.（我不擅長做這件事）」這種強調 bad 的表達方式。比起說自己做不好某件事，最好改說某件事不是自己的 strong suit（強項、優勢、擅長的領域），這也是在無法坦承自身缺點，或當面指出對方不足之處時，可以委婉表達的陳述方式。這裡的 strong suit 也可以替換成 forte，想表示很擅長做某事時也可用 strong suit 或 forte，這種表達方式特別常用來稱讚他人。

Asking for help is not my strong suit.
尋求幫助不是我的強項。

Cooking is not her forte.
烹飪不是她的強項。

Math is your strong suit.
數學是你的強項。

Computers are my forte.
電腦是我的強項。

1　想強調從來都不擅長做某事時，可以用「~ was never my strong suit」來表達。

Math was never my strong suit.
數學從來就不是我的強項。

Connecting with people was never her strong suit.
與人建立關係從來就不是她的強項。

情境演練！

A　**You should have called me.**
你應該要打電話給我的。

B　**Well, asking for help is not my strong suit.**
這個嘛，尋求幫助不是我的強項。

A　**John, let me ask you this since math is your strong suit.**
John，既然你的強項是數學，這個我就問你吧。

B　**Well, I wouldn't say that is my strong suit, but I'll try my best to help.**
這個嘛，我不會說它是我的強項，但我會盡量幫你。

想拜託對方載自己到某地點時

(Δ) Can you take me to the mall?

(o) Can you drop me off at the mall?

MP3 105

　　大概是因為美國國土非常遼闊，即使是廣為人知的大都市，如亞特蘭大，只要稍微離開市中心，就會陷入沒開車就寸步難行的處境。也正因為如此，我經常拜託認識的人開車載我到特定地點，不過因為 take 帶有強烈的「要求一起同行」的意味，所以此時最好用 drop off。drop off 的語意為「順便載我到某個特定地點」，並傳達出「只要載我去那裡，然後放我下來就好，不用在那裡等我把事情處理完」的意思，這種有考量到對方時間的請求方式，用起來比較不會有太多顧慮。

Can you drop me off at the mall on your way to work?
（只要在門口放我下來就好）你去上班的時候可以順便載我去購物中心嗎？
一提到百貨公司，大部分的人都會想到 department store 吧？但事實上美國的百貨公司大部分都不會只是單獨一家在那裡，而是有好幾間百貨公司都在附近，這些百貨公司再加上夾雜其中的許多商店，整體呈現出了 mall（購物中心）的型態。所以美國人要購物時大多是去 mall，而不是 department store。順帶一提，想具體提到某間百貨公司時，比起 department store，應該直接說 Macy's、Nordstrom 等百貨公司的名稱。

Can you drop me off at work and pick me up at 7?
你可以順便載我去公司，然後 7 點來接我嗎？

1　想要求和對方一起前往特定地點時，請用 take。

Can you take me to the nearest hospital? 你能帶我去最近的醫院嗎？

Can you take me to the mailroom? （不清楚位置時）你能帶我去收發室嗎？

情境演練！

Q **Can you drop me off at the mall?**
你能順便載我去購物中心嗎？

可以順便載對方去時
A **Sure. What time?** 當然可以。什麼時候？
A **Sure. I was going to go there anyway.**
當然可以。反正我本來就要去那裡。
A **I have to run some errands first, but I can drop you off afterwards.** 我得先去處理一些事情，不過我弄完之後可以載你過去。

無法載對方去時
A **I wish I could, but I'm really busy today. Is it okay if I take you tomorrow?** 我也想載你去，可是我今天真的很忙。明天再帶你去可以嗎？

UNIT 15

想正式道歉時

(Δ) I'm sorry.

(o) I sincerely apologize.

MP3 106

　　想在公司或工作場所中正式道歉時，雖然也能用「I'm sorry.」，但改說「I sincerely apologize.（我想致上誠摯的歉意）」的話會更有禮貌。「I'm sorry.」可用於比較不講究禮貌的情境之中，例如走路的時候撞到人，所以想向對方表示歉意的時候。可是當你必須為自己的錯誤誠懇道歉時，這種表達方式的誠意就略顯不足了。因此當想強調自己是真心感到抱歉時，請改用「I sincerely apologize.」，尤其是在工作場合之中。

I apologize for the inconvenience. 我為造成不便感到抱歉。

I apologize for the delay. 我對延誤一事感到抱歉。

I sincerely apologize. 我想致上誠摯的歉意。

1　向認識的人道歉時，最常使用的就是 I'm sorry，但若語氣不對，也可能會讓對方認為你的道歉毫無誠意，所以要特別注意表達時的語氣和表情。也可加上 very 或 really 來強調抱歉的程度。

I'm sorry. I didn't mean to upset you. 抱歉。我不是故意要惹你生氣的。

I'm really sorry about everything. 我真的對一切都覺得很抱歉。

情境演練！

A　**I apologize.** 我很抱歉。

接受對方的道歉時

B　**It's okay. We all make mistakes.**
　　沒關係。每個人都會犯錯的。

B　**Thank you for saying that. I was upset about what you said earlier, but I forgive you.** 謝謝你的道歉。我很不高興你之前說的那些話，不過我原諒你。

難以接受對方的道歉時

B　**Thank you for apologizing, but I need some time and space.**
　　謝謝你的道歉，但我需要一些時間和空間。

B　**I appreciate your apology, but I still need to talk to your manager.**
　　謝謝你的道歉，但我還是得和你們經理談談。

想表示接受道歉時

(△) It's okay.

(o) Apology accepted.

MP3 1 0 7

　　很多人都會用「It's okay.（沒關係）」來表示接受對方的道歉，但這個表達方式，會因為當下的語氣或表情，而讓對方誤解你還在生悶氣。這是因為「It's okay.」也很常用在「口頭上說不介意，其實心裡很在意」的情境之中。如果沒有自信在任何時候都能面帶真誠微笑說「It's okay.」的話，就請改用「Apology accepted.（我接受你的道歉）」。這句話的語氣看似強硬，但反而能緩和僵硬的氣氛，這句和「It's okay.」一樣都是常用的表達方式，但使用時不一定要面帶微笑。

Apology accepted.（＝**I accept your apology.**）我接受你的道歉。

I forgive you. 我原諒你／我接受你的道歉。

1　其實我在接受對方道歉時，也常習慣性脫口說出「It's okay.」。如果已經習慣回答「It's okay.」，請不要只單說這句，後面應該要再補充說明一些內容來表示自己是真的不介意。

　　It's okay.（內心可能尚未釋懷）沒關係。

　　It's okay. It's not your fault. I understand.
　　沒關係。這不是你的錯。我知道的。

2　對方犯了 honest mistake（無心之過）而向你道歉時，若還有心情開玩笑的話，可以用下面這句話來回應。

　　Surprise, you're human!
　　（表示「只要是人都會犯錯」的意思）驚訝吧，你也是人！

情境演練！

A　**I apologize for my tardiness.** 我很抱歉遲到了。

B　**I forgive you, but I hope you don't make a habit of it.**
　　我原諒你，但我希望你不要常常遲到。

「I hope you don't make a habit of it.」的語意為「我希望你不要養成這種習慣」，表達出「這次就算了，但我希望你以後不要一再重蹈覆轍」的意思。

A　**Sorry I'm late. Traffic was a nightmare.**
　　抱歉我遲到了。交通狀況簡直是一場惡夢。

B　**It's okay. I'm glad you're here now.**
　　沒關係。我很高興你來了。

UNIT 17

想堅定要求對方不要拒絕自己的好意時

(△) Don't say no.

(o) I insist.

MP3 108

　　向對方釋出善意，例如表示要請對方吃飯或提供車票時，對方可能會因為覺得不好意思而推辭。但如果是真心想向對方釋出善意的話，請使用能表達出堅定意願、讓對方難以推辭的「I insist.」。尤其是在結帳時，常會使用這個表達方式來表示自己是真的想請客。如果看到 insist 就只想到「主張」的語意，那就很難把這個字運用在日常生活會話之中，但若改以向對方釋出善意的角度來思考，運用起來就容易多了。

Drinks are on me. I insist. 酒我請。（我堅持要這樣做）別拒絕了。

Let me give you a ride. I insist. 讓我送你吧。（我堅持要這樣做）別拒絕了。

It's the least I can do. I insist.
這是我最起碼能做的／讓我盡點力吧。（我堅持要這樣做）別拒絕了。

> 1　在口語上，I insist 的後面可以加上「具體要做的事」。
> **I insist you join us for dinner.**（希望能一起用餐）你一定要和我們一起吃晚餐。
> **I insist you stay for dinner.**（希望對方吃完晚餐再走）你一定要吃完晚餐再走。

情境演練！

A　**My treat.** 我請客。

自己想要請客時

B　**No, lunch's the least I can do. I insist.**
　　不行，至少午餐要讓我請，別拒絕了。

B　**No, your money's no good here.**
　　不行，把錢收回去。
「Your money's no good here.」的語意為「你的錢這裡不收，我來付」，可用來凸顯自己要請客的心意。

B　**No, it's my treat, and I won't take no for an answer.** 不行，是我要請，而且我不接受拒絕。
「I won't take no for an answer.」的語意為「我不接受拒絕這個答案」，表達出「希望對方不要拒絕」的語意。

B　**It's already been taken care of.** 我已經付過了。

同意讓對方請客時

B　**Are you sure?**（欲拒還迎）你真的要請？

B　**Thank you. It was delicious.**
　　謝謝你。真的很好吃。

想把禮物給對方時

(x) Here.

(o) I got something for you.

MP3 109

　　在給出自己為了對方精心準備的禮物時，說「Here.（這給你）」是非常煞風景的，請改說「I got something for you.（我準備了東西要給你）」。這樣的表達方式更能傳達出「自己為了對方精心準備」的感覺，對方聽了也會更開心。不過，若擔心自己會因為害羞而結巴的話，至少也要在遞出禮物時說「For you（為你準備的）」。雖然好像有點肉麻，不過這是送禮時常用的表達方式。

I got something for you. It's nothing fancy.
（表達出「該物是為了對方而準備的」）我準備了東西要給你。不是什麼很貴重的東西就是了。
我們在送禮時，也會為了減輕對方的壓力而說「這不是什麼貴重的東西」吧？英文母語者也是這樣。除此之外，也經常會用更加客氣的「It's a token of my appreciation.（這是我的一點心意）」來表達。

For you. 為你準備的。

1　「I got something for you.」中的動詞 get 強調了「原本沒有，是為了你才準備的」的語意。若使用 have（擁有）的話，後面接的物品，也就是要送給對方的東西，可能是為了對方而特別準備，不過也有可能是原本自己就有的東西。

I have something for you. It's your dad's watch.
（將既有之物拿給對方）我有東西要給你。這是你爸爸的手錶。

I almost forgot. I have something for you from H.R.
我差點忘了。人資有東西要給你。

情境演練！

A　**I got something for you.**
　　我準備了東西要給你。

收下禮物時
B　**You shouldn't have.** 你不用送我禮物的。
說「You shouldn't have.」的口吻非常重要，如果是板著臉說的話，就會感覺像在說「我又不需要這個，你幹嘛要送我」。
B　**Aw, thank you. You made my day.**
　　噢，謝謝你。你讓我今天一整天心情都很好。
B　**I love it! This is so nice.** 我很喜歡！這個好棒。

拒絕收下禮物時
B　**It's too much. I can't accept this.**
　　這太貴重了。我不能收。

UNIT 19

想拒絕令人有壓力的禮物時

(x) That's too expensive.

(o) That's too generous.

MP3 110

　　想拒絕令人有壓力的禮物時，應要注意這是對方的心意，因此在表達上必須盡可能委婉。通常禮物會令人有壓力，是因為價格過於昂貴，因此可能很多人會用「That's too expensive.（這太貴了）」做為拒絕的理由。不過，若以禮物的價格過於 expensive 來拒絕，可能會讓對方誤解你是因為計較禮物價格才會拒收。因此在這種情形下，最好還是改說「That's too generous.」，這裡的 generous 也有著「（給予某物是）超出預期的豐厚」的語意，傳達「雖然很感謝你這麼慷慨，可是這個禮物太貴重了，我不能收」的語意，委婉推辭這件禮物。

That's too generous. 這太貴重了。

1　想強調某物過於貴重而讓人感到有壓力時，也可用 too much（程度上太過頭了）來表達。

I can't accept this. This is too much. 這我不能收。它太貴重了。

2　想拒絕收下禮物時，可以在 generous 前面加上「太（too）」，另一方面，若想收下的話，可以加上「非常、真是（so）」。

That's so generous. 這真是貴重。
You're so generous. （稱讚對方）你真大方／慷慨。

3　generous 常會用來描述慷慨解囊，也就是毫不吝嗇送錢財或物品給別人。

They are generous with portions. 他們的份量給得很大方。
She was very accommodating. I left her a generous tip.
她的服務非常好。我給了她豐厚的小費。
在提供服務的場所，若服務人員對於客人提出的要求，都認真傾聽並努力達成的話，可用 accommodating（樂於助人的；與人方便的）來形容。

情境演練！

A **I got something for you. It's a diamond necklace.**
　我準備了東西要給你，是鑽石項鍊。
B **I can't accept this. This is too much.**
　這我不能收。它太貴重了。

A **My treat.** 我請客。
B **Aw, thank you. You're so generous.**
　噢，謝謝你。你真大方。

難以立刻做出決定而需要時間考慮時

(x) Wait.

(o) Let me think about it.

MP3 111

　　想表達「目前難以做出決定，所以需要時間考慮」時，請說「Let me think about it.（讓我想一下）」，這句話不僅可以在真的需要時間來決定時用，也可在無法當面拒絕對方，所以想逃避的情況下使用。舉例來說，當我不想買太貴的東西，可是店員卻不斷推銷，使我無法斷然拒絕時，就可以說「我想一下」來脫身，因此「Let me think about it.」也可用在這類情境之中。因此，在難以立刻做出決定的情況下，不要說 wait（等一下）或果斷地說 No，請改說「Let me think about it.」。

Let me think about it.（真的需要時間考慮或難以當面果斷拒絕而想逃避）讓我想一下。

1　不過，人活著就難免還是會遇到必須當面果斷拒絕的情況吧？這時可以用下面這些表達方式。

Thanks, but I'm good for now. 謝謝，但我現在不用／不需要。

I'm going to have to say no.（委婉表達自己的堅定）我必須得拒絕。

I'd like to say thank you, but I'm going to have to turn your offer down. 謝謝你，可是我還是得拒絕你的提議。

情境演練！

Q　**Would you like to go ahead and purchase it today?**
您要不要今天直接買了？

不想現在馬上買時

A　**Well, let me think about it.**
這個嘛，讓我想一下。

A　**Not today.** 今天不了。

A　**Honestly, I'm not in a position to make that kind of purchase.**
老實說，我現在沒辦法買這個。

想要現在就買時

A　**Sure, why not?** 好啊，沒什麼好不買的吧？

A　**You know what, I work hard. I think I deserve this.**
你知道嗎？我工作這麼努力，我覺得我可以買。

UNIT 21

想委婉警告對方不要做日後會後悔的事時

(x) Don't do that.

(o) You don't wanna do that.

MP3 112

　　想用比較委婉的語氣說「你這樣做以後會後悔的」來警告對方時，請說「You don't wanna do that.」來代替說「Don't do that.」。因為直接說「Don't do that（不要那樣做）」的話，一不小心就會讓對方覺得你太過強勢。「You don't wanna＋原形動詞」的語意是「你最好不要做～／做～的話之後會後悔」，經常會用來委婉勸告他人。在電影《阿甘正傳》中，Forrest 對單戀了一輩子的 Jenny 說自己會是個好丈夫，希望對方嫁給自己時，Jenny 當時就說「You don't wanna marry me.」，表示「你和我這種人結婚會後悔的」，這種說法比起「Don't marry me.（別跟我結婚）」要來的委婉。如果想表現得更客氣禮貌，只要將句中的 wanna 替換成 want to 就行了。

You don't wanna be late.
（表示最好別遲到）遲到的話你會後悔的。

You don't wanna know.
（表示最好別知道）知道的話你會後悔的。

1　有一個情況特別適合使用「You don't wanna＋原形動詞」，那就是當有人針對就業、結婚、生子等敏感話題對著你大發議論時，就可以用這句話來委婉勸告對方別再談論這個話題，這個說法比「shut up!」要客氣多了。

You don't wanna go there. 你最好別聊這個。

上面這句話裡出現了「go there」，雖然也能把這句話解讀成「最好別去某特定地點」，但也可以用來表達「談論這個主題的話，你之後會後悔」的意思。

情境演練！

A **How much was it?**
這個多少錢？
B **You don't want to know.**
你最好別知道。

A **When are you going to get married and have kids?**
你打算什麼時候要結婚生子？
B **You don't wanna go there.**
你最好別聊這個。

遇到不便回答的問題時

(x) I don't want to answer that.

(o) I'm not comfortable answering that question.

MP3 113

　　遇到詢問宗教、政治傾向等令人不想回答的問題時，比起「I don't want to answer that.（我不想回答這個）」，請改用「I'm not comfortable answering that question.（我不方便回答這個問題）」回應。「I'm not comfortable＋動詞-ing」常用來表達「不方便做某件事」，可以委婉表明自己不願意做某件事的立場。當問題對你來說太敏感時，即使別人已經回答了，你也沒必要一定要回答吧？但為了保持風度，還是用客氣的語氣向對方表明自己的想法吧。

I'm not comfortable going there.
（不想去時）我不方便去那裡。

I'm not comfortable making a decision right now.
（不想現在做決定時）我現在不方便馬上決定。

1　也可改用「I'm not comfortable with＋名詞」來表達。

I'm not comfortable with that question.
（不想回答時）這個問題讓我不太舒服。

I'm not comfortable with this situation.
（想脫離目前發生的情況時）這個狀況讓我不太舒服。

I'm not comfortable with that kind of language.
（對方說出冒犯的話時）那種話讓我不是很舒服。

I'm not very comfortable with this conversation.
（不想繼續討論某話題時）這個對話讓我不是很舒服。
在《冰雪奇緣 2》中，艾莎向阿克（Kristoff）借用他的馴鹿小斯時，阿克則回應「I'm not very comfortable with the idea of that.（這個主意讓我不是很舒服）」，藉此表示自己不想按照艾莎提的主意去做，相較於直接說「I don't like your idea.（我不喜歡你的主意）」，這種表達意願的方式更加委婉。若在 comfortable 前面加上 very、really、entirely、too 等副詞時，語氣就會更委婉。

情境演練！

A　**How much do you make a year?** 你一年賺多少錢？
B　**I'm not too comfortable answering that question.**
　　（不想回答時）我不是很方便回答這個問題。

A　**Be honest. Do you like Amie?** 老實說，你喜歡 Amie 嗎？
B　**I'm not very comfortable with this conversation.**
　　（不想回答時）這個對話讓我不是很舒服。

UNIT 23

想表示自己確實不清楚時

(x) I don't know.

(o) I'm not sure.

MP3 114

　　我在青春期時最常被媽媽罵的一點，就是每次問我事情，我都會不耐煩地回答「我不知道」。「我不知道」這個表達方式，在一些情況下會聽起來毫無誠意，所以當你無法正確回答對方的問題時，不要說「I don't know.（我不知道）」，請改說「I'm not sure.」，表現出自己「因為不確定答案，所以無法隨便回答」的謹慎感，後面若能再表示自己會努力和對方一起找到答案的話會更好。

I'm not sure. Let me ask Elijah. 我不清楚／我不確定。我去問問 Elijah 吧。

I'm not 100% sure. Let me look into that. 我無法 100% 確定。我去調查看看吧。

1　除此之外，也可以加上「I think ~（我認為～）」來提供自己所知的資訊，但因為提供的資訊也有可能是錯的，所以後面請補充說明自己也無法確定提供的資訊是否正確。

I think her last name is Marian, but I'm not 100% sure.
我想她應該是姓 Marian，但我也不是 100% 確定。

I think it's Friday, but don't quote me on that.
我覺得是星期五，但我也不是很確定。
quote 是「引用」的意思，「Don't quote me on that.」的語意是「我也不是很確定我說的對不對，所以不要引用我說的話來告訴其他人」，藉此傳達「不是非常確定」的語意。

I think it's 100 bucks, but I could be wrong.
我覺得是 100 美金，但我也有可能是錯的。
美國人在口語對話中常用 buck 來代替 dollar。順帶一提，1000 美金的單位是 grand 或 k，舉例來說，30,000 美金會說成 30 grand 或 30k，100,000 美金則是 100 grand 或 100k，提到錢時不能有絲毫差錯，請牢記在心。

情境演練！

A　**Do you know when she'll be back?**
　　你知道她什麼時候會回來嗎？
B　**I'm not sure. Let me text her.**
　　我不清楚。我傳簡訊問她吧。

A　**When is the application deadline?**
　　申請截止日是哪一天啊？
B　**I think it's this Friday, but don't quote me on that.**
　　我覺得是這個星期五，但我不確定。

遇到無法立刻回答的難題時

(x) I don't know.

(o) Can I get back to you on that?

MP3 115

　　當客戶或上司提出無法立刻回答的難題時，這時不要慌張地說「I don't know.（我不知道）」，只要改說「Can I get back to you on that?（我可以晚點再回覆您嗎？）」就可以暫時脫身了。這是因為回答「I don't know.」可能會被解讀成「連查答案都不想查」，因此被視為毫無誠意。「get back to＋人」的語意為「之後會為了回覆某件事而再次聯絡某人」，除了純粹不知道答案的情況以外，如果是需要一點思考或調查及理解時間的情況，也可以使用「Can I get back to you on that?」來表達。

I'm not 100% sure. Can I get back to you on that?
我無法 100% 確定。我可以晚點再回覆您嗎？

Is it okay if I get back to you on that? 我可以晚點再回覆您嗎？

1　除此之外，也請一併記住下面這些常用的表達方式。

I'm gonna have to get back to you on that.
我之後一定會回覆您的。

Let me look it up and get back to you on that.
讓我去查一下再回覆您吧。

I can't give you a definite answer right now. Can I get back to you on that? 我現在不能給你一個確定的答案。我可以晚點再回覆您嗎？

情境演練！

Q　Is it okay if I get back to you on that? 我可以晚點再回覆您嗎？

不須立刻回答的情況下

A　Sure. Take your time.
　　當然可以。你慢慢來。

A　When can I expect to hear from you?
　　我什麼時候可以收到你的回覆呢？

必須立刻回答的情況下

A　I'm afraid I need an answer right now.
　　恐怕我現在就必須得到答案。

A　I'm sorry, but this can't wait.
　　我很抱歉，不過這不能等。

UNIT 25

當對方詢問我不清楚的領域時

(x) I don't know.

(o) It's outside of my area of expertise.

MP3 116

　　雖然同樣是英文，但若有人問我如何在英文測驗中取得高分的話，因為這並非我的專業領域，所以我應該會說「It's outside of my area of expertise.（這不是我的專業）」來委婉告訴對方我不太清楚他想知道的內容。這是因為直接斷然用「I don't know.（不知道）」來回答的話，可能會讓提問者覺得有點尷尬。在撰寫履歷或進行面試時，也會常用到 area of expertise（專業領域）這個表達方式。

What is your area of expertise? 你的專業領域是什麼？

My area of expertise is social marketing. 我的專業領域是社群行銷。

1　想請對方做事或要求對方幫忙時，尤其是需要熟悉某專業領域的人提供協助時，請使用下列表達方式來拉攏對方。在這種情況下，只要直截了當地用表示「專業知識或技術」的 expertise 來請求對方幫忙就行了。

　　That's your area of expertise.
　　（表達出「因為你很厲害，所以我才會想向你求助」的意味）那是你的專業嘛。

　　We could really use your financial expertise.
　　我們真的很需要借助您的金融專業知識。

2　從事特定領域已久，非常熟悉或特別擅長的技能稱為 specialty（專業；專長）。

　　Psychiatry is his specialty. 精神病學是他的專長。

　　I made you my specialty, seafood pasta.
　　（表示這是自己做的菜中特別好吃的）我為你做了我拿手的海鮮義大利麵。

　　Lying is not my specialty. 我不擅於說謊。

情境演練！

A　**It's a little outside of my area of expertise.**
　　（表示對某領域不熟悉時）這有點超出了我的專業領域。

B　**Do you, by chance, know whom I can ask for help?**
　　也許你會知道我可以去問誰嗎？

A　**Can you help me with that?** 你可以幫我解決這件事嗎？

B　**I'm sorry. That's in the realm of my interest but outside of my expertise.**
　　抱歉。雖然我對這個領域有興趣，不過它不是我的專業。

realm：（興趣、知識等的）領域，區域；範疇

對方提出無法立刻答應的請求時

(x) I can't answer right now.

(o) I'll see what I can do.

MP3 117

在關係親近的人或生意對象提出了你無法立刻答應的請求時，斷然拒絕的話可能讓對方覺得受傷吧？在這種情況下，請使用語氣較委婉的「I'll see what I can do.（我會看看我能幫上什麼忙）」來回應。從請求者的立場來看，如果對方用「I'll see what I can do.」來回應，就會覺得對方無論如何都會努力去做自己提出的委託或請求，即使對方實際上根本幫不上忙。這句話也是在提供服務的場所中經常會聽到的客套話。除此之外，也可使用更客氣的表達方式，例如徵求對方允許的「Let me see what I can do.」。

I can't promise you anything, but I'll see what I can do.
我不能答應你什麼，但我會看看我能幫上什麼忙。

It's against our policy, but let me see what I can do.
這違反了我們的政策，但讓我看看我能幫你什麼忙吧。

We're on a tight budget, but let me see what I can do.
我們的預算很吃緊，但讓我看看我能幫你什麼忙吧。

1 除此之外，想表達自己會再去打聽或研究一下，看是否能做某特定舉動時，也可用「I'll see if I can＋原形動詞」，常用來向對方表示「雖然不確定，但會試著努力看看」。

I'll see if I can push it through.
（強硬推行）我會看看我能不能把它推動過關。

I'll see if I can pull some strings.
（像操縱風箏線般發揮影響力）我會看看我能不能動用點關係。

情境演練！

A　**Is there any way you could help us out?**
（雖然是不情之請）你有什麼辦法可以幫我們嗎？

B　**I can't promise you anything, but I'll see what I can do.**
我不能保證什麼，但我會看看我能幫上什麼忙。

A　**Let me see what I can do and get back to you as soon as I can.** 讓我先看看我能幫你什麼吧，我會盡快回覆你。

B　**That would be great. You're a lifesaver.**
太好了。你是我的救星。

A　**Well, don't get too excited yet. I can't promise you anything.** 這個嘛，別高興的太早，我無法跟你保證什麼。

UNIT 27

以自己無權決定來拒絕對方的要求時

(x) I can't make that decision.

(o) I'm not in a position to make that decision.

MP3 118

　　如果因自己的立場、地位或處境，而無法接受對方所提出的要求，這時若用「I can't make that decision.（我沒辦法做決定）」來表達，只是單純表達出了拒絕，無法傳達出那種「心有餘而力不足」的感覺，所以最好改說「I'm not in a position to make that decision.（我沒有立場／權力做這個決定）」。即使其實是因為自己不願意才拒絕，也可藉著這句話傳達出「那不是我能決定的，我也很無奈」的感覺來委婉拒絕對方。

I'm not in a position to tell her what to do. 我沒立場告訴她要去做什麼。

1　想讓語氣更委婉的話，可以加上 right now、at this point 等來傳達出「現在這個時間點，我沒立場／權力去做某件事，不過也許日後情況會有變化」的語意。

　　Unfortunately, I'm not in a position to make promises right now.
　　遺憾的是，我現在無法做出什麼保證。

　　At this point, I'm not in a position to comment beyond that.
　　以目前來説，我無法再多作評論了。

2　除此之外，也能用不帶感情的無生物做為主詞，以「~ doesn't allow me to＋原形動詞」來表達是因為不符合規定或合約條款等理由，而必須拒絕。

　　Our policy doesn't allow me to share details.
　　我們的政策不允許我和別人説細節內容。

情境演練！

A　**Why don't you ask Allyson to go?**
　　你要不要請 Allyson 去呢？
B　**I'm not in a position to tell her what to do.**
　　我沒立場告訴她要去做什麼。

A　**I'm not in a position to comment beyond that.**
　　我無法再多作評論了。
B　**Fair enough.** 我可以理解。
fair enough 的直譯是「足夠公平了」，表示「原本沒有很認同，不過在聽了對方的解釋後，能夠理解並接受對方的行為或論點」，也就是「（聽完後）可以接受／理解」。

這是我在學習英文的路上，
感到最後悔的一件事，
請各位不要重蹈覆轍。

　　在學英文的路上，讓我最後悔的一件事，就是「過於執著完美」。我在就讀高中的年紀前往美國，在跟朋友交談時，總會擔心自己用錯冠詞和介系詞，所以想說的話都要先在腦海裡思考過幾遍後才說出口，導致我老是錯失加入話題的時機，就連寫封簡單的電子郵件都要花上幾個小時。

　　不過，因為擔心說錯而沉默的我，在美國高中接觸到了開設給資優生的英文課程——進階先修英文課程（AP English），在第一堂論文（essay）課上，我原本理所當然地認為我無法拿到什麼好分數，老師卻給我了 A-，除了稱讚我的論文內容十分新穎，還讚美我是 excellent writer。比起文法錯誤，老師更重視的是文章的整體內容。我在只有成績好的學生才能上的 AP English 課堂上，取得了比其他美國學生更好的成績，這就是讓我開始建立自信的 turning point。

　　外國人只是說一句「你好」，我們就會稱讚「哇～中文說得真好！」，可是我們卻似乎單單對於自己的英文實力過於嚴苛。其實英文母語者根本不會計較在文法方面的小失誤，就算少加了一個冠詞，也沒有什麼大不了的，重點是要敢說出口。在美國生活到現在，我的朋友或同事從來沒有挑剔過我犯的英文文法錯誤。因為實際在進行溝通的過程中，或與他人互相認識並建立關係時，a、in 之類的小地方，即使出錯也無傷大雅，會將這些錯誤視為大問題的那些人，反倒才是不適合與之來往的怪人。

　　其實，各位會想要選這本書來看，就證明了你們不是初學者，而是英文已經說得夠好的人，所以在開口說英文時，請對自己寬容一點。相較於為了說出完美英文而常常陷入沉默、無法展現個人魅力的人，稍微犯點錯誤、但能勇於表達自己的人，更能獲得他人的好感，自然會交到更多朋友，英文當然也進步得更快。

　　就算犯錯也沒關係！希望追求完美的朋友們能稍微放下自己的執著，相信自己的英文實力已經很棒了。

CHAPTER 2

能提升好感度的
表達方式 2

UNIT 1

想輕鬆地向朋友推薦某人事物時

(△) I recommend it.

(o) You should check it out.

MP3 119

　　想向朋友推薦美食、餐廳或有趣的電影等時，不要只會用 recommend，偶爾也用用看 check out 吧！在日常對話中，英文母語者若想語氣輕鬆地向別人推薦某人事物時，比起 recommend，其實更常使用 check out 表達「嘗試看看、看一下」。

　　其實我們應該都有聽人用過 check it out 這種表達方式，不過卻只知道它是「確認」的意思，沒想過可以用來推薦某人事物。因為 check out 有著「看一下／了解一下某個有趣的事物」的意思，所以往後若想推薦別人什麼時，可以多多利用這種表達方式。另外，前面有提到過，若利用 should 來傳達基於個人想法，所提出的意見或勸告的話，語氣上會更加委婉客氣。

I got hooked on *Suits*. You should check it out sometime. I think you'll like it.
我迷上了《無照律師》。有時間你應該去看看。我覺得你會喜歡。
get hooked on 表示如同「被鉤子（hook）鉤住」般「迷上了」，意思相似的 be obsessed with 在日常對話中也常會用到。

You should check out that Chinese place. They have great dumplings.
你應該去那間中華料理看看。他們的水餃很棒。

1　　其實，當別人向你推薦她／他喜愛的美食、電影、音樂等時，check out 是非常適合用來回應的表達。即使你對他人推薦的東西不感興趣，也可以用 check out 來表示自己會找時間試試，自然地讓這個話題過去。比起面有難色地說「Okay」或「I'm not interested」，這種表達方式更加客氣。不過，英文母語者一般會認為「I'll check it out.」只是客套話，所以如果真的感興趣，請改用下面這種加強語氣的表達方式。

I'll definitely check it out. 我一定會去看看／我一定會去試試。

情境演練！

A **Do you know any good restaurants around here?**
你知道這附近有什麼好吃的餐廳嗎？
B **You should check out the Japanese place across the street. They have great sushi.**
你應該去對街那間日料看看。他們的壽司很棒。

A **Have you been to Chelsea Market?** 你去過 Chelsea 市場嗎？
B **No, not yet, but I heard it's nice there. I'll have to check it out sometime.** 沒有，還沒去過，但我聽說那裡很棒。我一定會找時間過去看看。

想詢問是否免費時

(△) Is it free?

(o) **Is it complimentary?**

MP3 120

就像中文說「免費」和「贈送」聽起來的感覺不同，在英文的表達上也是這樣。如果說 free 是「免費」的話，complimentary 的意思則是「除了已付代價之外，不需額外收費的免費服務」。舉例來說，到餐廳用餐時，餐桌上若出現沒有點過的麵包或飲料，想知道是否需要額外收費時，比起語意相似的「Is it free?（這是免費的嗎？）」，「Is it complimentary?（這是贈送的嗎？）」聽起來會更加客氣。

1 除了上面提到的表達方式，也請一併記住這些時常用在餐廳裡的句子。

Is it complimentary or will there be a charge?
這個是送的嗎？還是要加價？

I don't think we ordered that.
我們好像沒有點這個。

Does it come with a drink?
這個有附飲料嗎？

How much will it be?
（若對方說要加價，想追問金額時）要加多少呢？

2 想確認額外服務是否要收費時，可以用下面這種方式來表達。「be included in～」的語意為「包含在～內」，可以用來詢問某商品是否在特價。

Is that included in the price?
（不需要額外收費的情況下）這個包含在售價裡嗎？

Is this included in the sale?
這個也有特價嗎？

Oh, I thought that was included in the sale.
（結帳時才發現某商品沒有特價的情況下）噢，我以為這個也有特價。

情境演練！

A **Is it complimentary or will there be a charge?**
這個是送的嗎？還是要加價？
B **It's complimentary, sir. Enjoy.**
這是送的，先生。請享用。

A **Is that included in the price?**
這個包含在售價內嗎？
B **Yes, it's included.**
對，包含在裡面了。

UNIT 3

想表示自己不喜歡甜食時

(△) I don't like sweets.

(o) I don't have a sweet tooth.

　　當別人要拿甜甜的巧克力或糖果給你吃時，就算不喜歡吃甜食，如果直接說「I don't like sweets.（我不喜歡甜食）」的話，對方可能會覺得有點尷尬。在這種情況下，請改說「I don't have a sweet tooth.」，雖然語意都是不喜歡甜食，但這句話聽起來比較委婉客氣。此外，常會一起出現在這句話裡的 really，意思是「真的、其實」，常用來緩和否定句的強硬程度。

I don't really have a sweet tooth, but I have to try this.
（遇到似乎真的超級好吃的甜點時）我其實不怎麼愛甜食，不過我一定要試試這個。

1　就算平時愛吃，但總是會有特別不想吃的時候，這時可以用下面這個表達方式回應。

I'll pass on dessert. I don't feel like eating anything sweet tonight.
我就不吃甜點了。我今晚不太想吃甜的東西。

2　不過，也有人會說「我有 sweet tooth」來做為喜歡吃甜食的理由，這種描述方式真的很有趣吧！想表示自己平時就喜歡吃甜食的話，可以用下面這些句子來表達。

I have a sweet tooth. 我喜歡甜食。

I have a huge sweet tooth. 我真的很喜歡甜食。

有些人會誤以為這裡的 sweet tooth 指的是「蛀牙」，但 sweet tooth 其實是「喜歡甜食」的意思，蛀牙的英文則是 cavity。

3　想表示自己想吃甜食時，也可使用下面這個用到 crave（渴望～）這個字的表達方式。

I'm craving some sweets. 我非常想吃一些甜食。

情境演練！

A　**Would you like some chocolate?** 你想吃點巧克力嗎？
B　**I'm good. I don't really have a sweet tooth.**
　　不用了。我其實不怎麼愛吃甜食。

A　**I have a huge sweet tooth.** 我真的很喜歡甜食。
B　**Me too. I could never give up desserts.**
　　我也是。我永遠都戒不掉甜點。

想歡迎初次見面的人時

(△) Welcome!

(o) You must be＋人名.

MP3 **122**

　　想熱情歡迎初次見面的人時，雖然也能用「Welcome」，但當場景是在開會地點或特定場所時，用 welcome 來招呼會有點奇怪，因為若用「Welcome!（歡迎！）」來招呼到餐廳參加午餐會議的對象，比起表達見到對方而感到開心的感覺，聽起來會更像是在招呼來餐廳吃飯的客人，所以在這種情況下，請改說「You must be＋人名」，透過表示「你是～吧！」來傳達出自己慕名已久，所以能夠馬上認出對方的感覺，這種表達方式，用在正式或非正式的場合都很適合。每個人都希望自己是特別的存在，所以不會有人討厭別人認出並熱情迎接自己。

1　「You must be＋人名」會隨著語氣不同，而給人不同的感覺，遇到平時惡名昭彰的對象時，也會用這個表達方式來嘲諷對方，表示「原來你就是～啊！」，所以關鍵在於要用開心的表情及歡欣的語氣來說這句話。若覺得自己可能會緊張到無法露出開心的表情，那麼就多加一句稱讚，或多說一些能讓對方心情變好的話吧！這是能讓對方對你留下正面的第一印象的好方法。

　　You must be Mr. Gorman. It's so nice to meet you in person.
　　您一定就是 Gorman 先生吧。真高興終於見到您本人了。

　　You must be Rachel. Everyone speaks highly of you.
　　妳一定就是 Rachel 吧。大家都對妳評價很好。

2　助動詞 must 除了用來表示熱情迎接，也能用來向對方表示自己深有同感，或是用來安慰對方。must 的語意並不只是「一定是～」，只要了解它的正確使用方法，就會發現它是一個非常有用的助動詞。

　　This must be tough for you.
　　（同理對方正處於艱辛的時刻）這對你來說一定很辛苦吧。

情境演練！

A　**Hi, I'm here to meet Mr. Cooper.**
　　嗨，我是來找 Cooper 先生的。

B　**You must be Ms. Grant. Let me show you to his office.**
　　您一定就是 Grant 小姐了。我帶您去他的辦公室吧。

A　**I heard what happened to your family. It must be hard for you.** 我聽說你家發生的事了。這對你來說一定很辛苦吧。

B　**It is, but I'm trying to hold it together.**
　　的確，但我會努力挺過去的。

161

UNIT 5

想表示某人充滿魅力時

(x) She's pretty.

(o) She's charming.

MP3 **1 2 3**

　　「白馬王子」的英文不是 Prince Handsome，而是 Prince Charming 是有原因的。pretty（漂亮）跟 handsome（帥氣）稱讚的都只是外表，所以當一個人的性格、言行舉止，甚至是態度等各方面都非常突出，擁有像磁鐵般吸引人的魅力時，就會用 charming 來形容。另一方面，用 charming 來形容一個人的話，可表達出「我看的不只是這個人的外表，還有他的內在」。charming 不僅可用來描述人，也可用來描述事物很迷人。

I find him very charming.
我覺得他非常有魅力。

That's a charming idea.
這是一個很吸引人的主意。

It's a charming place.
這是一個很棒的地方。

1　相較於外表，charming 稱讚的更偏向內在，所以想同時稱讚一個人相貌出眾又具有內在時，可以利用下列的表達方式。

She's pretty and charming.
她既漂亮又迷人。

She's beautiful, inside and out.
她的內在與外在都很美麗。

2　當你看不順眼別人的舉動或對眼前情況感到不滿時，也可用 charming 來嘲諷地說「真是迷人啊／真是了不起啊」。

Oh, how charming.
噢，真是迷人啊。

情境演練！

A　**He's handsome and charming.** 他既帥氣又迷人。
B　**Indeed. He's a catch.** 的確，他是一個理想對象。
catch 常被用來描述一個人是「結婚的理想對象」。

A　**It's a charming place, isn't it?**
這地方很棒，不是嗎？
B　**It is. I've never been to a place like this.**
真的。我從沒來過這種地方。

想正面描述遇到的困難時

(Δ) It's difficult.

(o) It's challenging.

MP3 124

　　在電影《當哈利碰上莎莉》中，莎莉一邊啜泣一邊用「I'm difficult.」來形容自己是很難相處的人時，哈利一邊摸著莎莉的頭，一邊用「You're challenging.」來安慰對方，哈利會這樣說是因為，相較於 difficult，challenging 更具有正向積極的意味。我剛踏入職場時，每次遇到困難都只會用 difficult 來形容，但我的同事們卻更常使用 challenging 這個字。

　　challenging 帶有「雖然很困難又辛苦，但值得挑戰」的正面語意。有別於純粹抱怨自己遇到困難，challenging 能夠傳達出「想要透過挑戰艱難任務來測試自己的極限與能力」的感覺。

I find it challenging but doable. 我覺得它具有挑戰性但可行。

如果不知道 find 除了「找到／發現」之外，也有「認為」這個字義的話，在解讀句子時就常常會覺得有點卡，所以也請把這個字義記住吧。

I find parenting challenging but fulfilling.

我覺得為人父母很有挑戰性，但也很有成就感。

Make it more challenging next time.

下次讓它更具挑戰性吧。

1　challenging 常跟 time（時期）一起搭配使用。相較於純粹抱怨情況艱難且感到挫敗，這個搭配詞組合可以傳達出「雖然辛苦但可以克服」的正面語意。

This is a challenging time.

（雖然可以克服，但）這是一個充滿挑戰的時期。

That was the most challenging time of my life.

那是我一生中最具挑戰性的時刻。

情境演練！

A　**So, how was it?** 那麼，那個怎麼樣？
B　**It was challenging but doable.** 它具有挑戰性但可行。

A　**This is a challenging time for all of us.**
　　這對我們所有人來說都是一個充滿挑戰的時期。
B　**I know, but I believe that we can get through this.**
　　我知道，但我相信我們能度過的。

UNIT 7

想委婉表達自己的喜好時

(△) It's my favorite movie.

(o) **It's one of my favorite movies.**

MP3 **125**

　　如果我最喜歡的歌曲、電影、食物都只有一個的話，那麼我當然可以用 my favorite 來表達，可是這個世界上美好的東西不是非常多嗎？所以如果自己在各領域中最喜歡的東西不是只有一個，那就改用「one of my favorite＋複數名詞」來表達吧，也就是「我最喜歡的〜之一」的意思。

　　這種表達方式，除了表達出自己的喜愛之外，也可以稍微降低喜好的強烈程度，所以可以輕易使用在日常生活中，除了音樂、電影、食物之外，也能用來表達喜歡的地點或人。

It's one of my favorite vacation spots. 這是我最喜歡的度假地點之一。

You're one of my favorite people. 你是我最喜歡的人之一。

對關係親近的人常會用到這句話，相較於「You're my favorite person.（你是我最喜歡的人）」，這句話可以用在更多人身上，對方聽到這句話時也不會感覺有壓力。

1　想強調自己真的很喜歡某人事物時，請用 all-time favorite 來表達「一直以來最愛的／這輩子最愛的」。

　　It's my all-time favorite movie. 這是我這輩子最愛的電影。

2　當某一人事物的優秀不會因時間或趨勢而改變時，請用 classic 來描述。即使歲月流逝也深受眾人喜愛的音樂、電影等等，都可以用 classic 來描述。舉例來說，「Korean traditional food」只是「韓國傳統食物」的意思，但「Korean classic」卻能表達出「從以前到現在、即使歲月流逝也會繼續深受喜愛的事物」的意味。

　　It's a Korean classic. 這是韓國的經典食物（或飲料、電影、音樂等等）。

情境演練！

A　**You're one of my favorite people.** 你是我最喜歡的人之一。
B　**So are you.** 你也是。

A　**Have you ever been to Destin, Florida?**
　　你去過佛羅里達州的 Destin 嗎？
　　詢問過去經驗時，加上 ever 可加強語氣，表達「哪怕只有一次，是否曾做過某件事」的意思。
B　**Of course. It's my all-time favorite beach. I go there almost every summer.**
　　當然。那是我一直以來最愛的海灘。我幾乎每年夏天都會去。

想表達自己想做某事時

(x) I want to skip class.

(o) I feel like skipping class today.

MP3 126

　　總是會有想要翹課、什麼都不做地混過一天的時候吧？此時若用 want to（想要做～）來表達，其他人就會感受到你是真心想要逃離課業。但其實若用「feel like ~（依照當下心情而想要～）」來表達，也就是說「I feel like skipping class today.（我今天想翹課）」的話，會更能表現出這種心情。相較於表達強烈想要做某事的 want to，單純描述依照當下心情想做某事的 feel like，所傳達出的個人執行意志較弱，所以更能輕鬆使用於各種情境之下。「feel like ~」可以意譯為「想要做～」，但表達出的執行意志會比 want to 要弱，feel like 的後面要接動名詞（動詞-ing）。

I kind of feel like walking. 我有點想要走路。

I feel like getting a drink. 我想要喝一杯。

1　feel like 常用於疑問句或否定句中。
　　What do you feel like eating? 你想吃什麼？
　　I don't really feel like eating right now.
　　（肚子不餓或沒胃口時）我現在真的不太想吃東西。

2　想表達殷切渴望或需要某事物時，請用「I could use＋對象（某事物）」，它的語意是「真的想要／需要～」，如果不清楚這個表達方式的正確語意，就會很容易解讀錯誤，請一定要好好記住。
　　I could use a drink.（需要／想要喝一杯酒時）我想喝一杯酒。
　　I could really use a cup of coffee.
　　（身體疲倦而需要／想要一杯咖啡時）我真的很想喝一杯咖啡。

情境演練！

A　**Do you want to take a cab?** 你想要搭計程車嗎？
B　**Actually, I feel like walking today.**
　　事實上，我今天想要走路。

A　**There's leftover pizza in the fridge.**
　　冰箱裡有吃剩的披薩。
B　**I don't feel like eating right now, but thank you.**
　　我現在不想吃，但還是謝謝你。

UNIT 9

無法接受對方開的玩笑時

(x) Shut up.

(o) I'm not in the mood for jokes.

MP3 127

　　心情已經不好了，對方還跑過來開玩笑時，比起 shut up，最好還是說「I'm not in the mood for jokes.（我沒心情開玩笑）」。shut up 的語意可解釋為「夠了喔！」，雖然可以對著關係親近的人以開玩笑的語氣來說，但絕對不是什麼有風度或禮貌的表達方式，隨著語氣不同可能會讓對方感到不悅。沒心情欣賞對方開的玩笑或惡作劇時，請用「I'm not in the mood for ～（我沒心情～）」來委婉警告對方「我現在開不起玩笑，少惹我」。

I'm not in the mood for a lecture. 我沒心情聽你説教。

我們熟知的 lecture 是「講座」，不過這個字其實也有「教訓、説教」的意思，因為教訓或説教的最終目的就是想要讓對方理解某件事。

I'm not in the mood for company. （想獨處時）我沒心情陪別人。

company 除了「公司」之外，在日常對話之中也常用作「作伴、陪伴；同伴」等語意，「Do you need company?（你需要人陪你嗎？）」也是常用的表達方式。

1　後面加上 right now（目前）、tonight（今晚）、today（今天）等時間點的話，可讓語氣變得更加委婉。

　　I'm not in the mood for this right now. 我現在沒這個心情。

　　I'm not in the mood for jokes tonight. 我今晚沒心情開玩笑。

情境演練！

A **Is it Jake or is it me?**
是 Jake 還是我呢？

B **Seriously, stop. I'm not in the mood for this.**
説真的，別鬧了。我沒這心情。

A **Do you want to go shopping?**
你想去買東西嗎？

B **I know why you're doing this, but I'm really not in the mood.**
我知道你想要做什麼，但我真的沒有心情。

A **Okay. Let me know if you change your mind.**
好吧。如果你改變心意了就跟我説。

MP3 **128**

想發表自己仔細思考評估後的意見時

(x) I thought you were busy.

(o) I figured you were busy.

　　如果 think 是基於個人意見來思考，那麼 figure 則因為它的名詞語意「數字、數值」，而具有邏輯思考及評估利弊的意味。舉例來說，「I got you a sandwich. I figured you were hungry.」傳達出「我在思考評估過之後，認為你應該餓了，所以準備了三明治給你」的意思。「I figured you might need ～（我想你可能會需要～）」則給人一種「我仔細想過你可能會需要的東西或我能幫忙的地方」的感覺。

I figured you might need some help. 我想你可能需要一些協助。

I figured you might need a ride home. 我想你可能需要有人載你回家。

1　figure out 表示「仔細思考評估（figure）後得出（out）的結果」，因此語意是「（仔細思考評估後）想出；算出；理解到」。下面這個表達方式一定要記住。

Don't worry. We'll figure something out.
別擔心。（雖然還沒有想到解決辦法但）我們會想到辦法的。

2　除了動詞，figure 做為名詞（數字、數值）來用的時候也很重要，特別是下面這些常常用到的表達方式。

Give me a ballpark figure.
（起源於以往棒球場內的觀眾人數是用肉眼推估的）給我一個大概的數字。

He landed a six-figure job.
他找到了一份年薪六位數的工作。（換算成台幣約 300 萬）

情境演練！

A　**Why didn't you call me?** 你為什麼不打電話給我？
B　**I didn't want to bother you. I figured you were busy.**
　　我不想打擾你。我想說你很忙。
A　**I always have time for you. You know that.**
　　對你我永遠有空。你知道吧。
這句話實際上一點也不肉麻，請大方使用，對任何人都可以面帶微笑這麼說。

A　**I figured you might need some help.**
　　我想你可能需要一些協助。
B　**Aw, you're the best.** 噢，你最棒了。
英文母語者在向別人表達謝意時，常常會說「You're the best.」，透過陳述「對方是最棒的人」來表達出自己的感激。

UNIT 11

想幫助非業務往來的人時

(x) Can I help you?
(o) Is there anything I can do?

MP3 129

回想一下，在哪種情況下會用到「Can I help you?（有什麼事嗎？／需要幫忙嗎？）」呢？應該多半都是跟工作業務有關的場合才會用到吧？因此這句話對於關係親近的人而言，是語氣過於生硬的表達方式。想對親朋好友或同事提供協助時，請用「Is there anything I can do?（有什麼我可以做的嗎？）」，聽起來比較不客套，也比較能傳達出真心想要為對方做些什麼的感覺，而且除了親近的友人，這也是可以對同事或上司說的表達方式

Is there anything at all I can do? （強調）有任何我可以做的事嗎？

at all 的語意是「哪怕只有一點／絲毫」，常會出現在疑問句或條件句裡做為強調之用，因此上面這句話可以傳達出真的想為對方做些什麼的心意。

1 在已經提供協助之後，若想問對方還有沒有需要什麼時，請使用下面這種表達方式。

Is there anything else I can do for you?
還有什麼我可以為你做的嗎？

2 客套的表達方式「Can I help you?（有什麼事嗎？／需要幫忙嗎？）」可以運用在下面這些情境之中。順帶一提，「What can I do for you?（我能為你做什麼？）」也是很常用的客套話。

Can I help you? （陌生人在公司內徘徊時）有什麼事嗎？／需要幫忙嗎？

Can I help you? （同事突然走進我的辦公室時）有什麼事嗎？／需要幫忙嗎？

Can I help you? （在商店內對客人）您在找什麼嗎？／需要幫忙嗎？

情境演練！

A **Is there anything else I can do for you?**
還有什麼我可以為你做的嗎？
在電影《穿著 Prada 的惡魔》中，上司對女主角 Andrea 下達了一個荒謬的命令——去找《哈利波特》沒出版的原稿，Andrea 幸運達成任務後，一邊把原稿交給上司、一邊得意地說了這句話。

B **No, that's all.** 沒有，就這樣。

A **Can I help you?** （在商店裡）需要幫忙嗎？

B **No, I'm just looking around.** 不用，我只是看看。

A **Well, let me know if you need anything.**
嗯，有任何需要的話請和我說。

想提醒對方要準時時

(x) Meet me at 3:30 o'clock.

(o) Meet me at 3:30 sharp.

MP3 **130**

　　o'clock 只能陳述「整點」，不能用來表示「分鐘」，所以「3:30 o'clock」是錯誤的表達方式。當有重要會議或約會等行程，所以想提醒對方務必要準時的時候，請用 sharp 來代替 o'clock。在時間點後面加上 sharp 的話，就可以傳達出「就算只遲到一秒鐘也不行，絕對要準時」的感覺。

The meeting starts at 10 a.m. sharp. 那個會議會在早上 10 點準時開始。

I want you to be here at 2 o'clock sharp. 我希望你 2 點準時到這裡。
sharp 可單獨出現在數字後方，但也可接在 o'clock 的後面。

1　不過，如果不需要特意強調準時開始的話，時間點後方的 sharp 請改用 o'clock 或乾脆省略。

　　The party starts at 7 o'clock. Hope to see you there.
　　派對在 7 點開始。希望能看到你來。

　　Let's meet at 11.
　　我們 11 點見吧。

2　順帶一提，on time（準時）不能直接接在時間點之後，只能單獨使用。例如「3:30 on time」就是錯誤的表達方式。

　　It's 7 o'clock. You're right on time.
　　現在 7 點。你時間抓得剛剛好。

3　在口語上想表達「大概、約～」時，常會在字尾加上 -ish，尤其在描述時間、年齡、顏色時常常會用到。

　　How about 11-ish?（時間）11 點左右如何？

　　She's 30-ish.（年齡）她大概 30 歲左右。

　　It's black-ish.（顏色）它算是黑色的。

情境演練！

A　**The bus leaves at 7 p.m. sharp, so please be here on time.** 巴士會在晚上 7 點準時出發，所以請準時到這裡。
B　**Okay. I'll be here.** 好，我會到的。

A　**Do you want to meet at 9?** 你想在 9 點見面嗎？
B　**Well, let's make it 9:30.** 這個嘛，我們約 9 點半好了。

UNIT 13

想稱讚對方做得很好時

(x) You're doing it well.

(o) You're on the right track.

MP3 131

我們好像常會想跟老師、上司等身邊的人確認自己的表現好不好。如果有認真想把英文努力學好的學生問我：「老師，我現在做得是對的嗎？」，我會回答：「You're on the right track.」，透過「為了達成目標，正一步步朝著正確的方向邁進」的語意，來給予對方「只要繼續朝現在的方向努力，就能達成目標」的期待感，這句話除了能用在戒菸、減重、學習英文等個人目標上，也能用在與工作相關的目標上，是可以廣泛運用於各種情境的表達方式。

You're on the right track. 你做得很好／你的方向是對的。

We're on the right track. 我們的方向是對的。

1　相反地，如果想表達「本來做得很好，但中途突然出了差錯」時，請別用 on the wrong track，而是要用 off track 來描述。因為 on the wrong track 強調的是「真的走錯方向」，而 off track 卻能透過「瞬間脫離正軌」的語意來表示對方有著「能重回正軌（做對／走對）」的希望。此外，想表達說話離題或做事脫軌時，也可用 get sidetracked 來描述。

This is a sign that you're on the wrong track.
（強調做事／思考方向是錯的）這表示你做得／想得方向不對。

You're getting off track here.
（常用於在聊天或討論過程中離題的情況之中）你開始離題了。

使用強調變化的 get 再加上現在進行式，能夠以較委婉的方式指出對方正漸漸 off track（脫離正軌）。

We're getting sidetracked. 我們開始離題了。

情境演練！

A　**You're on the right track. I'm so proud of you.**
　　你做得很好。我真以你為榮。

B　**It's all thanks to you, Ms. Morris.**
　　這全都要感謝妳。Morris 女士。

A　**You're getting off track here.** 你開始離題了。

B　**My bad.** 抱歉。

my bad 是以輕鬆的態度來表達歉意，承認自己發生的失誤或造成的錯誤，類似中文的「啊，我錯了，抱歉」，常用於氣氛輕鬆的場合。舉例來說，朋友要我幫忙點焦糖拿鐵，但我卻不小心幫他買了香草拿鐵時，就能用 my bad 來道歉。

想表示自己還在公司工作時

(x) I'm still at company.

(o) I'm still at work.

MP3 132

　　提到「公司」的話，第一個會想到的字是 company 吧？不過美國人在日常對話裡提到公司或工作場所時，其實更常用 work 這個字。英文母語者在日常生活中很少會用正式名稱來說自己工作的公司或組織，通常都是用 work 來指稱每天上下班的工作場所。除了在面試或陳述自己在某間公司上班等的情境之外，其實不需要特別說出公司或組織的名稱，請用 at work 來表示在公司工作或身處於工作場所。

I'm still at work. 我還在上班。

Are you at work? 你在上班／公司嗎？

Something's come up at work. 公司裡／工作上突然有事。

See you at work. 公司見。

1　想正式提及公司或組織時，請用 company。

I've been working for this company for 5 years.
我已經在這家公司工作了 5 年。

Do you all work for the same company?
你們全都在同一間公司工作嗎？

Would this be good for the company in the long run?
這對公司從長遠來看是好的嗎？

情境演練！

A　**Are you on your way home?**
　　你在回家路上了嗎？
B　**No, I'm still at work.**
　　還沒，我還在公司。

A　**What do you do for a living?**
　　你從事什麼工作？
B　**I work for a pharmaceutical company.**
　　我在一間製藥公司工作。

想表達「當我是高中生時」時

(△) When I was a high school student

(o) **When I was in high school**

MP3 133

英文母語者在提起學生時期或學生時期發生的事時，不一定會用到 student 這個字，而會用「When I was in high school（我在高中時）」或「When I was in college（我在大學時）」這種說法，因為此時的談話重點不是學生這個身分，而是某件事發生的「特定時期／時間點」。

My family moved here when I was in high school.
我們家在我念高中時搬到了這裡。

I studied abroad when I was in college.
我在大學時出國念書了。

1　提起高中生或大學生時也不需要特別強調「學生身分」，所以請改用下面這種表達方式。

My youngest daughter is in high school.
我最小的女兒在念高中。

He's in college.
他在念大學。

We met in college.
我們是在大學認識的。

情境演練！

A **When did you move to Memphis?**
你是什麼時候搬到孟菲斯的？
B **My family moved here when I was in high school.**
我們家在我念高中時搬到了這裡。

A **Is your daughter in college?**
你的女兒在念大學嗎？
B **No, she's a junior in high school.**
不是，她在念高二。

美國高中是從 9 年級到 12 年級，總共要念 4 年。我們的國三就相當於美國的 9 年級，所以美國高中的 freshman 是 9 年級，sophomore 是 10 年級，junior 是 11 年級，而 senior 則是 12 年級。美國大學則和我們一樣都是從 1 年級讀到 4 年級。

哽咽想哭時

(Δ) I'm crying.

(o) I'm getting emotional.

MP3 **134**

　　當哽咽而眼眶含淚時，可以說「I'm getting emotional.（我覺得情緒很激動／我要哭了）」。

　　emotional 的語意是「情緒上的；激起感情的」，所以悲傷、感動、傷心等情緒湧上來時，都能用這個單字來表達。在眼眶含淚的情形下可說「I'm tearing up」，真的哭出來的話就可以說「I'm crying.」，而「I'm getting emotional.」的適用情境則更加廣泛，不管是哽咽而眼眶含淚，還是真的哭出來，都可以使用這個表達方式。cry 可用來描述小孩哭泣，但把重點放在情緒激動，而非流淚這個動作本身的「I'm getting emotional.」，會更適合在公開場合使用。即使沒有真的落淚，只有哽咽時，也可用這個表達方式來描述自己的狀態。

I get emotional thinking about it. （每次想起都會哽咽時）我一想到這個就想哭了。

I'm getting emotional just thinking about it.
（強調現在這個時間點因情緒激動而哽咽想哭）我光是想到就想哭了。

1　開心或感動至極時，也請用 get emotional 來描述情緒的激動。
You shouldn't have. I'm getting emotional.
（對方給了讓你非常感動的禮物時）你不用這樣做的。我要哭了。

I got emotional during the speech.
（深受感動時）我在聽這場演說時覺得想哭。

2　因為生氣發怒或感到難過，所以變得情緒化或想感情用事時，也可以用 get emotional 來表達。
I'm sorry that I got emotional. （在生氣或難過時）抱歉我太情緒化了。
Don't get emotional over this.
（勸對方不要生氣或難過）不要對這件事反應這麼大。

　　情境演練！

A　**Don't get emotional. Just do it.** 別感情用事了。就去做吧。
B　**It's easier said than done.** 說起來簡單，做起來很難啊。

A　**What do you think of Marie?**
　　（詢問別人對 Marie 的看法時）你覺得 Marie 怎麼樣？
B　**I think she's too emotional.**
　　（在 Marie 動不動就哭或發火的情況下）我覺得她太情緒化了。

想表示自己正在找工作時

(x) I'm a job seeker.

(o) I'm looking for a job.

MP3 135

　　很多人在想表達「自己正在找工作」時，都會說自己是 job seeker，但其實 job seeker 這個表達方式，只會出現在統計資料裡，或是在聊起其他人時才會用到，很少會用來描述自己。想跟別人說自己現在待業中時，請用「I'm looking for a job.」，無論找的是第一份工作，還是在找需要工作經歷的職位，都可以用這個表達方式。除了用來陳述自己的狀態之外，這種表達方式當然也能用在正在找工作的其他人身上。

She's been looking for a job since July. 她從 7 月開始就一直在找工作。
想強調某特定行為從過去一直持續到現在時，請用「have/has been＋動詞-ing」的現在完成進行式來表達。

1 　正在尋找的工作領域或工作地點的前面請加上 in。
　 I'm looking for an entry level job in finance.
　 我正在找金融領域的基層工作。

2 　在日常對話中提到正在找工作的人時，也大多會用 look for a job 來描述。job seeker 很少會用來描述認識的人（也就是單一的個體），而是會用來統稱求職者這一個群體。
　 The government should provide better unemployment benefits for job seekers. 政府應為求職者提供更好的失業救濟金。
　 If you are a job seeker, you might find this information helpful.
　 若您是求職者，這些資訊或許會對您有所幫助。

情境演練！

A **Are you in college?** 你在念大學嗎？
B **No, I graduated in May, and now, I'm looking for a job.**
　 沒有，我 5 月畢業了，現在正在找工作。

A **What was the meeting about?** 那次開會講了什麼？
B **It was about unemployment benefits for job seekers.**
　 They covered the basics. 講了和求職者的失業救濟金有關的事。會上提到了基本的相關資訊。
提及在課堂或會議上討論到的特定範疇內容時，常會用 cover 來描述。除此之外，也常會用意義相近的 go over 來描述，不過兩者略有差異。以「We have a lot to go over today.」為例，go over 帶有更強烈的「逐項仔細檢討」意味，請牢記在心。

MP3 136

想表示自己待業中時

(x) I have no job.

(o) I'm between jobs.

　　想描述自己正處於換工作的空檔期時，請改說「I'm between jobs.」來代替「I have no job.」的說法，以表示自己正處於換工作的空檔期，後面如果加上 at the moment（目前、當下），變成「I'm between jobs at the moment.」的話，可表達出「現在正在找工作，不過馬上就能找到」的感覺。這個表達方式只能用在已有工作經驗的人身上，如果是第一次找工作的人，則不能說「be between jobs」。此外，意思相似的 be in between jobs 也很常用。

I used to work on Wall Street, but I'm between jobs at the moment.
我之前在華爾街工作，不過我現在待業中。

She's in between jobs at the moment. 她目前待業中。

1　順帶一提，有時也會遇到要跟公司請長假來休息的情況吧！例如其中最具代表性的「產假」，英文是「maternity leave」，它的前面和休病假（on sick leave）或休長假（on vacation）一樣都是用介係詞 on，例如「She's on maternity leave right now.（她現在正在休產假）」。爸爸們請的陪產假則是 paternity leave。

Jen is on maternity leave right now. Is there anything I can help you with? Jen 現在正在休產假。有什麼我可以幫你的嗎？

I have a lot of work to catch up on coming back from paternity leave. （男性發言者）我一休完陪產假回來就有很多工作要補。

情境演練！

A **What does your daughter do for a living?**
你的女兒在做什麼工作呢？

B **She used to work for an airline, but now she's in between jobs at the moment.**
她之前在一間航空公司工作，不過她現在待業中。

A **Kelly went on maternity leave last month, and she had her baby yesterday.** 上個月 Kelly 去休產假了，她昨天生了。

B **Do you by chance know when she's coming back?**
你知不知道她什麼時候回來呢？

A **She's supposed to be back in July, but I'm not sure. Well, is there anything I can help you with?** 她預定是在 7 月回來，不過我不確定。嗯，有什麼我可以幫你的嗎？

UNIT 19

想強調首次時

(x) at the most beginning

(o) at the very beginning

MP3 137

　　very 做為形容詞時，意思是「正是；完全的」，常被用來強調地點或時間點，所以想強調「最先／首先」時可以說「at the very beginning」，想強調「最後／最終」時則說「at the very end」。大家應該都知道形容詞 very 可以用來強調吧！大家應該都聽過知名的聖誕歌曲《Last Christmas》中的一句歌詞——「Last Christmas, I gave you my heart. But the very next day, you gave it away.（去年的聖誕節，我把我的心給了你。但就在隔天，你就把它拋棄了）」吧！這裡的「very next day」意思是「就在隔天」，very 被用來強調「next day」。

Let's start at the very beginning. 我們就從頭開始吧！
這也是 Julie Andrews 在電影《真善美》中演唱《Do-Re-Mi》時的第一句歌詞。

We'll have a quick Q&A session at the very end.
（在進行簡報時特別常用）我們在最後會進行問答時間。

1　除此之外，very 也常用來強調「不是別的，正是～」。

　　That's the very item I was looking for.
　　那正是我在找的東西。

　　"Shit happens." Those were his very words.
　　「人難免會遇到爛事」這是他的原話。
　　shit 不是絕對負面的用語，在非正式場合也會有人用「Shit happens.（人難免會遇到爛事）」來安慰遇到麻煩的人，請一起記下來吧。

情境演練！

A　**Do we have a Q&A session?** 我們會有問答時間嗎？
B　**Yes, we'll have that at the very end of the presentation.**
　　有，我們會在簡報的最後進行。

A　**Is this the right one?** 這個對嗎？
B　**Yes, that's the very item I was looking for!**
　　對，我在找的就是這個！
look for 和 find 都是「尋找」的意思，但 look for 強調的是找東西的「過程」，find 強調的則是找東西的「結果」。

想拜託同事幫忙看一下資料時

(x) Could you go over this material for me?

(o) Could you look over this material for me?

MP3 138

根據劍橋詞典，go over 的語意為「to examine something in a careful or detailed way（小心／仔細檢查某事物）」，look over 的語意則為「to quickly examine something（快速檢視某事物）」。當你想拜託同事或認識的人幫忙看一下資料時，應該要用 look over，而不是 go over。相較於明知道對方可能在忙，卻要求他仔細檢查的 go over，表達「拜託快速看一下有沒有需要修改之處」的 look over 比較不會帶給對方壓力。而且就算你用的是 look over，本來就會仔細幫忙檢查的人還是會仔細檢查的。

Could you look over this contract for me?
你能幫我看一下這份合約嗎？
英文母語者在拜託別人時，常會在句尾加上「for me（為我／看在我的份上）」。

Could you look over this material to make sure there are no mistakes?
能請你看一下這份資料以免有錯嗎？

1. 相較於 look over，go over 常用來描述「認真且仔細檢查」的情況，尤其是在面對內容須逐一確認的作業，或針對會議的相關重要資料時，更常會用到這個表達方式。

    ### We have a lot to go over today.
    （特別是在課堂或會議開始之前）我們今天有很多東西要討論。

    ### Could we go over the details of the contract?
    我們可以仔細檢討一下合約的細節嗎？

    ### We already went over this. （已經討論過，但對方忘了或搞不清楚狀況，因此感到不耐煩時常用的表達方式）這個我們已經討論過了。

情境演練！

A **Could you look over this contract for me?**
你能幫我看一下這份合約嗎？

B **Sure. Let me take a look.** 當然。我來看看吧。

A **Let's go over the list now.**
我們現在一起檢討一下這份清單吧。

B **I thought we already went over that yesterday.**
我以為我們昨天已經檢討過了。

A **Well, you can never be too thorough.**
這個嘛，仔細一點也不是壞事啊。

「You can never be too ~」表示「再～也不為過／～也不是壞事」。

UNIT 21

想委婉告知有需要修改的部分時

(x) We need to change this part.

(o) We need to tweak this part.

MP3 139

　　當對方用心做的成果之中，有部分需要修改時，若用 change 這個字來陳述的話，感覺會像是要求對方將那部分全部改掉，對方可能會因此誤會你是在否定他心血結晶的價值。在這種情況下，請改用「tweak（稍微調整／修改來改進）」這個字，傳達出「是想要讓成果更好，才要稍微修改內容、設計、系統等」的感覺，表示自己不是想要完全推翻對方的努力成果，只是想在現有的基礎上稍加修改。在認可對方付出的前提之下，以更委婉的表達方式要求修改。

I'd like to tweak the last paragraph, and everything else is good to go.
我想稍微修改一下最後一段，其他部分都沒有問題了。

1 雖然 tweak 的語意已經是「稍微調整／修改來改進」，但若與 just（僅僅、只是）或 a little（稍微）一起使用的話，就可以強調出「真的只要稍微修改或調整一點點就會變得更好」的意思。
   We just need to tweak this part. 我們只需要稍微調整這部分就行了。
   We need to tweak it a little. 我們需要稍微調整一下。

2 tweak 也常做為名詞使用，語意是「（為了改善而進行的）微調」。
   I think it just needs a little tweak. 我認為這只需要微調一下就可以了。
   It just needs a little tweak. 它只是需要一點點微調。

情境演練！

Q **Is it okay if I tweak the last paragraph?**
　我可以稍微修改一下最後一段嗎？

可以修改時

A **Sure. Go ahead.** 當然。請改吧。

A **I was thinking the same thing. The last paragraph sounds a little bit off.**
我剛也在想要改。最後一段聽起來有點奇怪。

不可以修改時

A **Actually, I needed you to sign off on this like yesterday.**（想表示沒時間了，得快點批准才行）其實這個我昨天就需要你簽字批准了。

A **Unfortunately, we can't make any last-minute changes.**
不幸的是，我們沒辦法在最後一刻才改。

MP3 140

想表示自己正在路上時

(x) I'm coming.

(o) I'm on my way.

　　「I'm coming」能用來表達「現在正在移動中」，但也能表達「預定未來會前往」，所以無法保證發話者在當下一定正在路上。舉例來說，當你問朋友「Are you coming to my party tomorrow?（你明天會來我的派對嗎？）」，而朋友回答「Of course, I'm coming.（當然，我會去）」時，就是用來表達「預定未來會前往」的意思。

1　如果仔細觀察英文文章，就會發現 come 有時不解釋成「來」，go 有時也不會解讀成「去」，因此一定要知道該怎麼正確運用這兩個字才行。在發話方與自己相距不遠的情況下，會使用 come。I'm coming 除了能用來表達現在正在移動，也能表達預定未來會前往。

　　I'm coming!（外送員按門鈴時，跟自己的距離很近時）我來了！

　　Are you coming with us?（問同事要不要一起去吃午餐時）你要跟我們一起去嗎？

　　Are you coming to my wedding?
　　（因為自己一定會出現在婚禮上，所以對方到時會和自己離得很近）你會來我的婚禮嗎？

2　go 用於發話方與自己距離較遠的情況下。

　　Are you going to work?
　　（媽媽跟兒子分居兩地，媽媽確認兒子是否要去上班時）你要去工作了嗎？

　　Where are you going for your vacation?
　　（沒有要和對方一起去度假，和對方距離較遠時）你要去哪裡度假？

　　Are you going to Olivia's wedding?
　　（自己不一定會去婚禮，只是單純詢問對方要不要去時）你要去 Olivia 的婚禮嗎？

情境演練！

A　**Are you on your way?**
　　（詢問對方是否正在移動）你在路上了嗎？

B　**Yes, I'll be there in 5 minutes.**
　　對，我 5 分鐘後到。

A　**Dinner's ready.**
　　（媽媽叫小孩）晚餐好了。

B　**I'm coming.**
　　（媽媽和自己相距不遠）我來了。

UNIT 23

想提醒對方重要的日子時

(Δ) Don't forget.

(o) **Just a friendly reminder,**

MP3 **141**

　　擔心對方忘記重要的日期或日子，想預先寫電子郵件提醒對方時，雖然可用「Don't forget.（別忘了）」來表達，但在需要講求禮貌的情境之中，並不適合使用這個非正式的表達方式，而且說不定對方根本還記得，因此在表達時最好盡量客氣一點。當想提醒一下重要的日子或公告的事項時，請改用「Just a friendly reminder,」，以 friendly（友好地）表示這是「善意提醒」，在提醒對方的同時也能表現出自己有禮貌的態度。除此之外，也可用 gentle 代替這裡的 friendly，改用「Just a gentle reminder,」。

Just a friendly reminder, the application deadline is this Friday.
友善提醒一下，申請截止日是這個星期五。

Just a gentle reminder, our office will be closed tomorrow.
友善提醒一下，我們的辦事處明天休息。

1 除此之外，也可用「I just would like to remind you that ~（我只是想提醒您一下，～）」。

I just would like to remind you that we have a mandatory staff meeting at 2. 我只是想提醒您一下，我們在 2 點有一個強制參加的員工會議。
mandatory 表示一定要做的「義務性的；強制性的」，反義字為 optional（選擇性的；非強制的）。舉例來說，想確認是否一定要參加公司內的某會議時，可以說「Is it mandatory or optional?」，詢問「這是強制還是選擇性參加的會議？」。

情境演練！

當英文母語者透過電子郵件友善提醒重要的日子或事項時，可以用下列表達方式來回覆。

Thank you for the reminder.
謝謝你提醒我。

I completely forgot about the deadline. Thank you for letting me know.
我完全忘了截止日期。謝謝你告訴我。

Thank you for the reminder about the staff meeting.
謝謝你提醒我員工會議的事。

Thank you, Andy. What would I do without you?
（雙方關係親近，以誇張方式表達謝意時）謝謝你，Andy。我要是沒有你的話該怎麼辦啊！

想喚起對方的記憶時

(x) I'll repeat.

MP3 **142**

(o) Let me refresh your memory.

　　只要是人，都有可能會不小心忘了什麼。當對方不小心忘了什麼的時候，為了避免尷尬，請用最客氣委婉的語氣說「Let me refresh your memory.」，傳達「我再說一遍來喚起你的記憶」的語意，相較於「I'll repeat.」，這種表示「幫你回復記憶」的語意會更加有禮貌。

　　在講求禮貌的情況下，若用「(Please) allow me to refresh your memory.」，就可以在不讓上司或客戶感到尷尬的同時，提醒對方某個過去發生的特定事項，這時的關鍵在於必須要用親切的語氣來說出這句話。

1　因為自己記憶模糊，而希望對方再說一遍時，請用下列方式表達。
Refresh my memory.（喚起我的記憶）請再說一遍。
Could you refresh my memory?（幫我回復記憶）可以請你再說一遍嗎？

2　記得自己見過對方，但想不起來對方的名字，所以想要請對方再說一次時，可以使用下面的這些表達方式。下面這些句子都是比較委婉客氣的表達方式，但若是在非正式場合，也可以說「What was your name again?」。
I'm so sorry. I remember meeting you, but I just can't remember your name.
我真的很抱歉。我記得我見過你，可是我就是想不起來你的名字。
I'm sorry. I'm really bad with names. Could you tell me your name again?
我很抱歉。我實在很不擅長記名字。可以請你再告訴我一次你的名字嗎？

情境演練！

A　**Did I really say that?** 我真的那麼說了嗎？
B　**Yes, let me refresh your memory.**
　　對，（為了回復對方的記憶）我來告訴你當時發生了什麼事。

A　**You're Chloe's sister, right? I'm sorry. I remember meeting you, but I just can't remember your name.**
　　妳是 Chloe 的妹妹，對吧？我很抱歉。我記得我見過妳，可是我就是想不起來妳的名字。
B　**It's Emma. I just started working here.**
　　我是 Emma。我剛開始在這裡工作。

UNIT 25

想客氣拜託對方協助處理緊急事項時

(x) URGENT!!!

(o) This is time-sensitive.

MP3 143

想客氣拜託同事幫忙協助處理急事時，若用「URGENT!」的話，對方會覺得很驚慌，這是因為 urgent 會傳達出「必須拋下手邊工作，立刻優先處理」的危急感。然而，這件事其實是我們自己的急事，不是同事的急事，站在拜託別人的立場來看，使用 urgent 可能會讓人覺得你既沒禮貌又厚臉皮。在這種情況下，請改用 time-sensitive，藉著這個字「時間緊張的／有時效性的」的語意，來客氣拜託對方盡快處理，或鄭重強調這件事真的很急。time-sensitive 這個字一出現，就能充分傳達出這件事的急迫性。

I really need your help. It's time-sensitive.
我真的很需要你的幫忙。這件事很急。

This issue is time-sensitive, so hear me out.
這個問題很急迫，所以請你聽我說完。
hear me out 的語意是「不要打斷，讓自己把話說完」。當想要求對方不要在自己還沒發表完主張或意見，就先下評論或亂插話時，常會用到這個表達方式。

1　urgent 只能用來表達應立刻放下手邊所有工作去處理的急事，不適合用在語氣客氣的請求句之中。

This is urgent. I need your answer right away.
這件事很緊急。我需要你立刻回答。

Drop everything you were doing. This is very urgent, and it needs to be handled right away.
把你手邊在做的事全部放下。這件事非常緊急，需要立刻處理。

情境演練！

A　**Sorry to interrupt. It's time-sensitive.**
　　抱歉打擾了。有急事需要快點處理。
B　**Sure. What is it?** 沒問題。是什麼事？

A　**This is very urgent, and it needs to be handled right away.** 這件事非常緊急，需要立刻處理。
B　**Okay. Consider it done.** 好。交給我吧。
consider it done 的語意是「可以直接認為這件事已經處理好了」，在想讓對方放心時就會用到這個表達方式，尤其常在上司或客戶交付工作時用到。

想提議邊吃邊談時

(x) Let's talk about it during lunch time.

(o) Let's talk about it over lunch.

MP3 **144**

　　看到 over 時，只會聯想到某事「結束」──game over（遊戲結束）或在某物「上方」──over the rainbow（在彩虹之上），這兩種語意吧？不過，英文母語者經常會用介系詞 over 來表達「在～期間／一邊～一邊」的意思。所以如果想提議「邊吃午餐邊聊天」，卻用 during lunch time 的話，就會讓人無法分辨是純粹想利用午餐時間聊天，還是想要一起邊吃午餐邊聊天。因此在這種情況下，就可以利用「over lunch」來強調是要在吃午餐的同時做出某個特定舉動。

I'll tell you everything over lunch.
我會邊吃午餐邊告訴你一切。

Why don't we continue this conversation over lunch?
（委婉提議）我們要不要一邊吃午餐一邊繼續聊呢？

I reviewed it over lunch.
我在吃午餐的時候看過它了。

1　不僅午餐，這個表達的運用範圍十分廣泛。

Let's discuss it over coffee.
我們邊喝咖啡邊討論吧！
discuss 本身的語意就是「（對於～）進行討論」，所以後面不需要加 about（對於～），若說 discuss about 的話，意思會變成「對於（對於～）進行討論」，請一定要小心。

Why don't we discuss it over a drink?
（委婉提議）我們要不要邊喝邊聊呢？

Do I have to do it in person, or can I do it over the phone?
（強調在通話過程中完成某特定舉動）我一定要親自去辦理，還是我可以用電話辦理呢？

情境演練！

A　**We should talk about it over dinner. What time do you get off work?**
我們應該邊吃晚餐邊討論這件事。你幾點下班？

B　**I get off at 6. How about you?**
我 6 點下班。你呢？

A　**Can I make a reservation over the phone?**
我可以用電話預約嗎？

B　**I'm sorry, but we don't take reservations.**
我很抱歉，但我們不接受預約。

UNIT 27

想祝對方順利或好運時

(△) Good luck.

(o) Good luck, not that you need it.

MP3 145

當某人即將進行重要的面試或簡報等活動，而你想祝福對方順利或好運時，最先會想到是 Good luck 吧？不過，其實隨著表達的語氣或情況不同，Good luck 也會變成一種客套話，讓對方懷疑自己的努力是否真能獲得相對應的回報。當你想傳達「平時這麼努力，表現一定會很好」的意思時，請改用「Good luck, not that you need it.」，這句話的語意是「雖然我說 Good luck，但其實不用我祝你好運你也會表現得很好」，而這也是一種可以巧妙稱讚對方的表達方式。不過，這句話並不適用於平時不努力的人身上。

Good luck with everything, not that you need it.
祝你一切順利，不過就算沒我祝福你也會順利的。

1 平時想祝福對方一切順利時，可使用下面這些表達方式。

Good luck on your project.
祝你的專案順利。

Good luck on your interview. Just relax and be yourself. I'm sure you'll do great.
祝你面試順利。只要放輕鬆，然後保持平常心就好。你一定會表現得很好的。

Fingers crossed. 祝你成功／好運。

事實上，邊說「Fingers crossed.」邊將食指與中指交叉是和 Good luck 常用程度差不多的表達方式。

2 當自己面臨重要考試或面試等活動時，可以使用下面這種表達方式。

I'm so nervous, but wish me luck.
我真的好緊張，但祝我好運吧。

情境演練！

A **Good luck, not that you need it.**
祝你一切順利，不過就算沒我祝福你也會順利的。
B **Aw, thank you.**
噢，謝謝你。

A **Good luck on your date.**
祝你約會順利。
B **Thanks. I hope she likes me.**
謝謝。希望她會喜歡我。

向對方表達感謝時

(Δ) You're the best. = 你是最棒的。

MP3 146

(o) **You're the best! =（感激到覺得對方最棒）真的很謝謝你！**

　　我在某年盛夏去了一間咖啡廳，點餐時一時失手點成了熱咖啡，當時我一邊接過熱咖啡一邊懊惱說：「唉呀，點成熱的了！」，咖啡師立刻問我：「要幫您換成冰的嗎？」，當時我對他說了「Aw, you're the best!」這句話，那麼這是否意味著「這位咖啡師是我這輩子遇到的人之中最棒的」呢？其實，在表達感激之情時，英文母語者經常會說「You're the best.」，直譯就是「你是最棒的」，我們可能會覺得說這句話好像會造成別人的壓力，所以不能隨便亂講，但這句話其實是「我非常感謝你，感激到我覺得你是最棒的人了」的意思。因此，當有人對你說「You're the best.」時，不用想的太嚴重。另一方面，以後想表達謝意時，不要只會用「Thank you.」，偶爾也用一下「You're the best.」吧！

Thanks, guys. You're the best! 謝謝大家。（感激到我覺得你們最棒）真的很謝謝你們！

1　想強調對方真的是「你曾遇過的人之中最棒的」時，請使用下面這些表達方式。

You're the best, dad. 爸爸，你是最棒的。

You're the best husband ever.（強調）你是最棒的老公。

2　此外，想強調對方是「所有人都會渴望遇到的那種最棒的人」時，可以像下面這樣表達。

You are the best boss anyone could ever ask for.
你是所有人都會想要的那種最棒的老闆。

I have the best group of friends anyone could ever ask for.
我有一群所有人都會想要的那種最棒的朋友。

情境演練！

A　**I can help you with that.**
　　我可以幫你處理那件事。
B　**Really? You're the best!**
　　真的嗎？（感激到覺得對方最棒）真的很謝謝你！

A　**You're the best friend anyone could ever ask for.**
　　你是所有人都會想要的那種最棒的朋友。
B　**I feel the same way about you.**
　　我也覺得你是最棒的朋友。

UNIT 29

想感謝對方讓事情一切順利時

(x) You helped me very much.

(o) I couldn't have done it without you.

MP3 147

　　我在美國的公司工作時曾得過獎，當直屬上司跟我道賀時，我不自覺地回應：「I couldn't have done it without you.」，我是真心認為上司是我工作上的良師，才會說出了這句話。當對方幫了大忙，且讓我們因此取得好成果時，請說「I couldn't have done it without you.」，藉著這句話的語意「沒有你的話我辦不到」，來表達「多虧有你才會有好結果」的意思。這個表達方式不僅能表現出你謙虛的一面，也會讓人覺得你是個懂得感恩的人，而且在面對同事或朋友時也一樣能說這句話。對了，如果不小心將 couldn't 說成 could，語意就會變成「I could have done it without you.（沒有你我也做得到啊）」，所以千萬別記錯了。

We couldn't have done it without you. Thank you for everything.
多虧有你我們才能做到。謝謝你所做的一切。

1　在口語上表達多虧有對方的幫助才得以順利進行或完成某事時，可以用下面這個表達方式。

I couldn't have done it without your help.
（表示「沒有你的協助，我就做不到了」）如果不是你幫忙，我一定做不到。

2　相反地，在缺乏對方幫忙之下難以做到，所以拜託對方務必要伸出援手時，也可以利用這種表達方式。

I really need your help. I can't do it without you.
我真的需要你的幫忙。沒有你我辦不到這件事。

情境演練！

A　**Congratulations on your promotion. You worked day and night. No one deserves it more than you.** 恭喜你升職了。你工作得沒日沒夜的。沒人比你更有資格升職了。

B　**Thank you. I couldn't have done it without you.**
謝謝你。如果沒有你，我一定辦不到的。

A　**I really need your help. I can't do it without you, and the last thing I want to do is mess anything up.**
我真的需要你的幫忙。沒有你我辦不到這件事，而且我最不希望的就是把事情搞砸。

「the last thing I want」指的是把自己想要的事物依序排列，排在最後面、也就是最不想要的那項。「The last thing I need」則是將自己所需的人事物依序排列，排在最後面、也就是最不需要的那項。

B　**Okay, but you owe me one.** 好吧，但你欠我一次。☺

MP3 148

想致上最高謝意時

(x) I'm very very grateful.

(o) I'm beyond grateful.

　　想對別人致上最高謝意時，比起「I'm very very grateful.」，最好還是用「I'm beyond grateful.」吧！只要用上表示「超出～限度／範圍」的 beyond，就能夠傳達出強烈的感激之情。除了道謝，beyond 也能應用在各種情境之中，達到強調的效果，所以想強調時不要只會用 very 或 so，偶爾也用用看 beyond 吧！可以表達出更加強烈的情緒或程度喔。

I am beyond grateful.（強調）我感激不盡。

I am beyond grateful for everything.（強調）我對一切都感激不盡。

I'm grateful beyond words. 我對你的感激溢於言表。

1　除了表達謝意，當你想強調某種情緒或程度時，也可用 beyond（超出～限度／範圍）來表達。

　　I am beyond excited.
　　（強調）我真的興奮到不行。

　　I passed out on the couch. I was beyond tired.
　　（強調）我昏死在沙發上。我真的累癱了。
　　pass out 的語意是「昏倒」，但也可以用來描述喝醉酒或疲累到癱倒而不省人事。

2　beyond 也能用來表達「（超過／超出～）而無法～」的否定語意。

　　That's beyond my comprehension.
　　（這超出了我的理解能力）那個我無法理解。

　　It's beyond my control.
　　（這超出了我能控制的範圍）這不是我能控制的。

情境演練！

A　**I am grateful beyond words.**
　　我對你的感激溢於言表。
B　**Aw, it's the least I can do.**
　　噢，這是我至少能做的。

A　**I am beyond excited to see you!**
　　能見到你我興奮到不行！
B　**Likewise! We're going to have a great time.**
　　我也是！我們會玩得非常開心的。

UNIT 31

想為對方說的話或舉動表示感謝時

(x) Thank you for meaningful saying.

(o) That means a lot to me.

MP3 149

在對方說出或做出對你來說特別有意義的話或舉動後，若想表示感謝，請說「That means a lot to me.」，這樣就能傳達出這些話或舉動，對自己來說相當重要且別具意義，所以讓自己非常感激。這個表達方式經常會在對方為自己說好話，或做出特別體貼的舉動時用到。英文母語者平時就會用這句話來感謝別人對自己的鼓勵，但對我們來說，這個說法卻會令人覺得有點難為情，所以從今天開始試著用用看吧！出現在句尾的 to me（對我來說）也可省略不說。

Thank you for coming. It means a lot to me.
謝謝你來。這對我來說意義重大。

1 想具體描述對自己而言意義重大的是什麼時，可以使用下面這些表達方式。
Your friendship means a lot to me. 你的友誼對我來說意義重大。
This job means a lot to me. 這份工作對我來說意義重大。

2 想強調對於自己而言，某人事物重要到如同自己的一切時，也可使用下面這些表達方式。
Family means the world to me.
家庭對我來說就是一切。
Your encouragement means the world to me.
你的鼓勵對我來說就是一切。

情境演練！

A **Thank you for doing this for me. It means a lot.**
謝謝你為我做這件事。這對我來說意義重大。
B **You're welcome. I'm always here for you.**
不客氣。我永遠支持你。
美國影集《六人行》的主題曲中有一句歌詞是 I'll be there for you，這句話的語意是「當你遇到困難時，我永遠會在那裡（there）陪你」，也就是「我永遠支持你」的意思。不過，當認識的人遇到困難時，應該要說「I am here for you.」，這是在想向對方表達「我是為了你而來，盡管依靠我吧（我永遠待在你身邊支持你）」時，經常使用的表達方式。

A **Your friendship means the world to me.**
你的友誼對我來說就是一切。
B **Likewise.** 你的友誼對我來說也是。

MP3 150

想表示對方讓自己心情很好時

(x) You make me very happy.

(o) You made my day.

當有人稱讚自己或送自己小禮物時，請用「You made my day.」來回應對方，藉著說「你成就了我的一天」來表示「你讓我今天一整天都心情很好」的意思。英文母語者常用這句話來感謝別人的貼心舉止。除此之外，當對方告訴你好消息時，也能用這句話來謝謝對方給自己帶來好消息。這裡的動詞不用 make，而是用 made，這是因為如果採用意味著「反覆出現的情況或舉動」的現在式動詞，語意就會變成「你總是讓我心情很好」。這種過於誇張的表達方式，反而會讓對方感到有壓力，所以請用「You made my day.」來表達「因為對方的特定言論或舉動而讓自己心情變好」的情況，這個表達方式可以在日常生活中放心使用。

Thank you. You made my day.
謝謝你。你讓我今天心情很好。

You made everybody's day.
你讓大家今天的心情都很好。

1 可以使用 you 以外的主詞。

This made my day.
這個讓我今天的心情很好。

The things you just said really made my day.
你剛才說的話真的讓我今天的心情很好。

情境演練！

A **I got you a soy latte.**
我買了一杯豆漿拿鐵給你。

B **It's actually my go-to drink. You made my day!**
這其實是我平常一定會買來喝的飲料。你讓我今天的心情很好！

A **Michelle and I have decided to give you a 5 percent raise.**
Michelle 和我已經決定要幫你加薪 5% 了。

B **This really made my day. I promise, I won't let you down.**
這消息真讓我開心。我保證我不會讓你們失望的。

A **I know you won't.**
我知道你不會的。

UNIT 33

想感謝對方快速完成委託事項時

(x) Thank you for doing it very fast.

(o) Thank you for the quick turnaround.

MP3 151

　　當對方提前完成你交付的工作，而你想要對此表達謝意時，請用「Thank you for the quick turnaround.」。turnaround (time) 表示「完成一項任務所需的時間」，也就是從你將工作委託給對方，到對方將成果交回到你手上，這整個過程所耗費的時間。舉例來說，如果原本要花三天才能完成的印刷作業，對方只花了一天就印完交給你，這時就可以向對方說「Thank you for the quick turnaround.（謝謝你這麼快就做完（我委託的事））」。向快速完成委託事項的人表達謝意，這樣下次他在做事的時候才會有動力維持效率。

Thank you for the quick turnaround.
謝謝你這麼快就完成了／感謝你的迅速處理。

That was a really quick turnaround. Thank you.
真的好快就處理好／完成了。謝謝你。

1　turnaround time（完成一項任務所需的時間）的使用方法就像下面這樣。（補充說明一下，對話主題和時間相關時，就算把「time」這個字省略，對方也能完全理解句子的內容。）

What's the average turnaround time? 平均作業流程要多久？

We offer a turnaround of two business days. 我們需要兩個工作天來完成。

That's a tight turnaround.
（很難在對方要求的時間內完成時）這個作業時間很趕。

情境演練！

A　**I need it ASAP.** 我需要盡快拿到它。
B　**I'm sorry, but ASAP is a tight turnaround.**
　　我很抱歉，但盡快的話作業時間會很趕。

A　**We offer a turnaround of one business day.**
　　我們的作業時間是一個工作天。
B　**Wow, that's convenient.**
　　哇，真快。

convenient 指的是節省時間、金錢、心力等所得到的「便利」，comfortable 則是指身體方面的舒適感。舉例來說，用手機應用程式輕鬆購物是一種便利，所以要用 convenient，躺在床上滾來滾去則是身體方面的舒適，所以要用 comfortable。

在職場或日常生活中常會用到的重要慣用表達

　　idiom 指的是利用兩個以上的單字，組合成具有全新意義的慣用表達，我們當然沒必要知道這世界上所有的慣用表達，但如果無法正確解讀常用的慣用表達，那麼溝通上可能會有問題，所以我幫大家整理出了 8 個英文母語者在日常生活中最常用到的重要慣用表達。

1 **roll up one's sleeves**：（捲起袖子）準備好去做某事；積極去做某事

特別是想在公司裡互相打氣、一起努力去做某事時，經常會用到這個表達方式。在徵才廣告中，也常會出現「roll-up-your-sleeves attitude（積極的態度）」這種徵才條件。

We need to roll up our sleeves. 我們必須準備好去做這件事。

2 **top notch**：第一流的、頂尖的

notch 表示品質或成就高低的等級，所以 top notch 是「最高等級」的意思，經常用來描述某對象具有頂尖的品質或水準。另一個常用的類似表達方式是 second to none，語意可以理解為「排名在前面的一個也沒有、不比其他人次等、首屈一指」，常用來強調水準是最好的。

You're getting a top-notch education here.
你會在這裡得到第一流的教育。

3 **up in the air**：懸而未決的、尚未確定的

什麼都沒有決定、就像懸在半空中般，一切都尚無定數的狀態，可用 up in the air 來描述。

Everything is a little up in the air.
一切都還有點不確定。

4 **24/7**：（一天 24 小時、一星期 7 天的縮寫）一直、全年無休

You work 24/7. You practically live here.
你無時無刻都在工作。你簡直就是住在這裡了啊。

They are open 24/7.
那間店全年無休。

5 elephant in the room：顯而易見卻難以啟齒／不願多談的話題或問題

房子裡若有一頭巨大的大象，不管是誰都應該會發現吧！雖然牠的體型大到令人無法忽視，可是因為所有人都不想、或是懶得處理，所以就對大象的存在視而不見。這樣一想，應該就能輕易理解 elephant in the room 的語意了。我的前公司曾發生過更換經營團隊的情況，大家當時都心知肚明現任總編輯會被換掉，但卻都避而不談此事，一直到了某一天老闆把現任總編輯解僱，並對大家說「It's time to talk about the elephant in the room.（是時候聊一下這個沒人想談的話題了）」，才開始向大家說明公司的現況。

We need to talk about the elephant in the room.
我們必須談談那個沒人想談的話題了。

6 Your wish is my command.：遵命、全聽你的

可以解讀成「我會滿足你的所有希望，把你的希望當成對我的命令」。

When it comes to the wedding, your wish is my command.
在講到婚禮的時候，我都聽你的。

7 crystal clear：（強調 clear）清澈透明的、一清二楚的

It's crystal clear. 這個東西清澈透明。／（事情非常清楚）我完全懂了。

A: **Is this clear?** 這樣清楚了嗎？
B: **Crystal.** 非常清楚。

這個表達方式的使用頻率很高，就算只回答 crystal，對方也會立刻知道你的意思是 crystal clear，表示「顯而易見的、一清二楚的、明確的」的意思。

8 get the hang of it：掌握到訣竅、進入狀態、熟悉某物的用法

這個表達的語意是「即使很陌生，只要持續堅持（hang）多練習，最後就能掌握到訣竅」，尤其常被用來鼓勵剛開始接觸某事物而無法進入狀態的人。

It might take some time, but I know you'll get the hang of it.
這可能會花一些時間，不過我相信你會掌握到訣竅的。

PART 2

能讓人脫穎而出
的表達方式

CHAPTER 3 最高段的
得體英文表達方式

UNIT 1

想詢問年齡、結婚與否等可能會失禮的問題時

(Δ) Are you married?

(o) If you don't mind me asking, are you married?

MP3 152

在開口詢問年齡、結婚與否等等可能會失禮的問題前，請先說「If you don't mind me asking（如果你不介意的話，我想問～）」。假如有人沒頭沒腦就問你「Are you married?（你結婚了嗎？）」，你一定會覺得對方很沒禮貌，此時若改用「If you don't mind me asking, are you married?（如果你不介意的話，我想問一下你結婚了嗎？）」，語氣就會變得比較禮貌客氣。當然，可以的話最好還是盡量避免過問年齡、結婚與否、宗教、居住地點等等有失禮疑慮的個人資訊，但如果雙方已經熟悉到了某個程度，而想進一步了解對方，所以必須提問時，請利用下面這種表達方式小心發問。

If you don't mind me asking, how old are you? 如果你不介意的話，我想問一下你幾歲了？
我們在生日的時候，常會看到蛋糕上插著代表年紀的蠟燭，一般來說不會過於忌諱公開自己年齡的這件事，但在美國的話，生日蛋糕上的蠟燭數量和年紀無關，而只是隨意插個 5 或 10 根，因為生日的重點不是又多了一歲，而是和對方一起慶祝誕生的日子，而且在公眾場合公開他人年紀，會被視為不尊重個人隱私的舉動，所以除非是年紀相仿或關係親近，否則隨意過問年紀是有可能會冒犯到別人的舉動。

1　除了個人隱私，詢問可能會讓對方感到不自在的問題時，也可用下面這些表達方式來詢問。

If you don't mind me asking, why did you and your wife split up?
如果你不介意的話，我想問一下你為什麼和你太太分開了？

If you don't mind me asking, what brings you here?
如果你不介意的話，我想問一下你怎麼會來這裡呢？
「What brings you here?」經常被用來詢問對方的造訪原因或理由，口語上解讀就是「你來這裡幹嘛？」。

If you don't mind me asking, where do you stand on that?
（想詢問對方對於敏感議題的看法時）如果你不介意的話，我想問一下你對這件事的立場是什麼？

情境演練！

A　**If you don't mind me asking, how old are you?**
　　如果你不介意的話，我想問一下你幾歲了？
B　**I'm 42.** 我 42 歲。

A　**If you don't mind me asking, where do you stand on that?**
　　如果你不介意的話，我想問一下你對這件事的立場是什麼？
B　**Honestly, I'm not comfortable answering that question.**
　　老實說，我不想回答這個問題。

使用過去進行式會顯得更客氣

(△) I wonder if you'd like to join me for dinner tonight.

(○) I was wondering if you'd like to join me for dinner tonight.

MP3 153

　　想客氣地發問時，英文母語者經常會用「I wonder if～（我納悶／想知道～）」，而客氣的程度會因使用的時態不同而異。現在式的「I wonder if～」，表達的是「現在這一瞬間想知道，立刻開口詢問」，是最不正式的說法。現在進行式的「I am wondering if～」則可傳達出「非常渴望知道」的感覺。過去進行式的「I was wondering if～」，則帶有「從以前就一直想知道，想到現在才小心發問」的意味，是最客氣的說法。尤其常用於商務場合，這是提出請求或委託時使用的基本句型，請務必牢記在心。

I was wondering if you'd like to join me for dinner tonight.
我在想你今晚願不願意和我一起吃晚餐呢？

I was wondering if you were free for lunch today.
我在想你今天會不會有時間跟我一起吃午餐呢？
即使不是在必須講究禮貌的場合，想小心客氣地向朋友發問或提出要求時，也能使用這種表達方式。

I was wondering if you were available this evening. 我在想你今晚有沒有空呢？

1　想詢問對方是否同意自己去做某事時，也請用「I was wondering if I～」來表達。
　　I was wondering if I could ask you a few questions.
　　我在想我能不能問您一些問題呢？

　　I was wondering if I could leave my luggage at the hotel after checking out. 我在想我能不能在退房後將我的行李寄放飯店裡呢？
　　入住前的英文是「before checking in」，退房後的英文則是「after checking out」，可用來詢問是否能在入住前或退房後寄放行李的事。

情境演練！

Q **I was wondering if you could walk me through the process.**
（表達「拉著某人的手，一步步帶他了解某個流程」）我在想你能不能帶我走一遍流程呢？

A **Sure, I'd be happy to walk you through this.** 當然，我很樂意帶你走一次。

A **Didn't I already walk you through this? I don't have time to keep doing that.**
這個我不是已經帶過你一次了嗎？我沒時間老是這樣做。

A **Well, I think Nick might be a better person to do that.**
這個嘛，我覺得 Nick 來帶會比較好吧。

UNIT 3

想慎重表達自己的堅持時

(Δ) I have to say no.

(o) I am going to have to say no.

MP3 154

　　想慎重表達自己的堅持時，請使用「I am going to have to＋原形動詞（我恐怕必須要～）」這個句型，在口語上則多半會簡略成「I'm gonna have to＋原形動詞」來用。相較於「I have to say no.（我必須拒絕）」或「I'm going to say no（我打算要拒絕）」，這種說法比較客氣且慎重，卻能充分表達出自己的堅持。

I am going to have to turn your offer down.
我恐怕必須要拒絕你的提議。

I am going to have to pass.
我恐怕這次得先跳過。
想拒絕對方的提議時，不要直接說 No，請改說可以柔性拒絕並將提議帶過的 pass。和相約把要做的事情延後、之後再做的「I am going to have to take a rain check.（我恐怕得之後再跟你約了）」不同，pass 並不保證之後真的會去做。

I'm sorry. I'm gonna have to call you back.
抱歉，我恐怕現在沒辦法講電話（只得在之後回對方電話）。

I'm gonna have to take a rain check on beer.
我恐怕得改天再來喝啤酒了。

情境演練！

Q **Why don't you stay for another drink?**
你要不要留下來再喝一杯？

可以再喝一杯時
A **Sure. Next round's on me.** 好啊。下一輪我請。
A **Sounds good. I'll go get us another beer.**
好啊。我去幫我們再拿一杯啤酒。

不能再喝時
A **I wish I could, but I'm gonna have to take a rain check.**
我希望我還能喝，不過我恐怕得改天再喝了。
A **Well, it's getting late. Let's do this another night.** 這個嘛，時間不早了。我們改天再喝吧。
A **I'd love to, but I have to get going. My daughter has called me like 10 times.**
我很樂意，但我得走了。我女兒已經給我打了可能有 10 通的電話。

MP3 **155**

想禮貌取得允許時

(△) Can I go to the restroom?

(o) May I go to the restroom?

　　我在念高中時，曾在上課時用「Can I go to the restroom?（我能去廁所嗎？）」來問老師能否讓我去上廁所，當時老師是這樣回答我的：「Yes, you can, but you may not.（當然，妳有能力去，可是我不許妳去）」，這當然只是開玩笑，最後我還是去了廁所。在日常對話中，英文母語者也常會在應該用「May I ~?（我可以做～嗎？）」的情況下用了「Can I ~?（我能夠做～嗎？）」，但準確來說，「Can I ~?」問的是可能性或能力，當想鄭重徵求許可或同意時，應該要用「May I ~?」才對。

May I use your phone? 我可以用你的電話嗎？

May I continue? 我可以繼續嗎？

1　在日常對話中，想徵求同意時要用「May I ~?」，但就像上面所說的「Can I go to the restroom?」那樣，用「Can I ~?」來問的話也可以。

　　Can I help you? 需要幫忙嗎？
　　徵求對方同意的「May I help you?（我可以幫你嗎？）」聽起來會更客氣。

　　Can I borrow a pen? 可以借我一支筆嗎？
　　請不要以為 borrow 只能用來「借物」，在想「尋求某人幫助」時，常會說「Can I borrow you for a second?（可以過來幫我一下嗎？）」。

情境演練！

Q　**May I borrow $100?**
　　我可以跟你借 100 美金嗎？

可以借給對方時

A　**Sure. Just think of it as a small gift.**
　　當然。這筆錢你就當成是一個小禮物好了。

A　**Yes, as long as you pay me back by next week.** 可以，只要你能在下週以前還我。

無法借給對方時

A　**I'm not really in a position to lend you money.** 我現在真的沒辦法借你錢。

A　**I really don't feel comfortable doing that. They say friends and money don't mix.**
　　我真的不想。大家都說朋友之間不要扯到錢。

「They say」直譯是「他們說」，但想表示「大家都這樣說」時，也可以用「They say」來表達。

UNIT 5

想用比 Can you ~? 更禮貌的問法時

(Δ) Can you help me?

(o) Could you help me?

想拜託某人時常會說「Can you ~?（可以幫我～）」吧！不過，想更客氣地提出請求時，請改說「Could you ~?」，雖然兩者的語意相同，但帶給英文母語者的感受卻截然不同，因為相較於 Can，語氣帶有不確定性的 Could 能給人一種客氣的感覺。除了商務場合，在日常對話中也常會用「Could you ~?」來提出請求。透過這個表達方式，可以表達出「我不確定你會不會願意為我做這件事，所以我小心地詢問你是否有可能為我做這件事」的意味。

Could you give this to Jenny? 可以請你把這個給 Jenny 嗎？

Could you elaborate? 可以請你說得更詳細一點嗎？
當你聽不懂對方的說明，所以想要拜託對方說得稍微再詳細一點，或進一步補充說明時，請用 elaborate 這個單字。

Could you fill me in on the last meeting?
（因為沒參加會議而錯過部分資訊時）可以請你告訴我上次開會的內容嗎？
「fill＋人＋in＋on」是「某人因為沒參與（或較晚才參與）某事，而錯過部分資訊時，告訴他所錯過的資訊」的意思。

1　即使是在不是問句的一般陳述句中，can 與 could 的意思依然不同。舉例來說，「You can ~」表示「你可以～」，語氣十分確定，「You could ~」則表示「你可能可以～」，語氣帶有不確定性。

You can get promoted.（十分肯定）你可以拿到升職的機會。

You could get promoted.（不確定）你有可能可以拿到升職的機會。

情境演練！

A **Could you help me with something? I really don't know what to do.**
你能幫我一件事嗎？我真的不知道該怎麼辦。

B **Sure. What is it?**
當然。要做什麼？

A **Could you walk me through this?**
（表達「拉著某人的手耐心地一步步帶著他去做」的意思）你能帶我做一次嗎？

B **Happy to.**
我很樂意。

MP3 **157**

想用比 Could you ~? 更客氣的方式尋求協助或允許時

(Δ) Could you help me?

(o) Would it be possible for you to help me?

在日常生活中，用「Could you ~?（可以幫我～嗎？）」來提出請求就已經夠客氣了，但若還想要用更小心客氣一點的表達方式來尋求協助或允許的話，則多半會用「Would it be possible ~?（有沒有可能可以～？／可不可以～？）」。舉例來說，想尋求協助時可以說「Could you help me?」，但若想表現得更加客氣，就要用「Would it be possible for you to help me?（有沒有可能可以請你幫我？）」來表達，這句話可以傳達出「雖然心知肚明有可能會被拒絕，但仍小心翼翼地詢問是否有答應的可能性」的客氣語意。

Would it be possible for me to speak to Ms. Brown?
可不可以請你幫我轉 Brown 小姐呢？

Would it be possible for me to get a refund?
我有沒有可能可以退費呢？

1 「Would it be possible ~」後面可以接「for＋人」來明確提及某對象，但在不會造成誤會的情況下也可省略。

Would it be possible to reschedule? 有沒有可能可以重新安排時間呢？

Would it be possible to push the deadline?
有沒有可能可以延後截止日期呢？

情境演練！

A **Would it be possible for me to speak to Ms. Brown?**
可不可以請你幫我轉 Brown 小姐呢？

B **Sure. Please hold.** 當然可以。請稍等。

在講電話時，若單純想請對方稍候，可以說「Please hold.」，但若是因為要幫忙轉接，而要請對方稍等一下時，則要說「I'll put you through.（我為您轉接）」。不過，若無法馬上幫忙轉接，對方因此需要多等一段時間的話，則要說「Sorry to keep you waiting.（抱歉讓您久等了）」。這個句子不只會在講電話時用到，也是一句很基本的日常客套話，當別人在相約地點等你，即使對方只等了一分鐘，也一定要記得說這句話。

A **Would it be possible to reschedule?**
有沒有可能可以重新安排時間呢？

B **Well, the next available date is 3 weeks from today.**
嗯，下一個可以的日期是 3 週後。

小心翼翼試著提出不情之請時

(△) Could you help me?

(o) Is there any way you could help me?

MP3 **158**

　　明明心裡很清楚某件事本來就行不通或不太可行，但仍然想問問看是否有成功的辦法時，如果用「Could you ~?（可以請你～嗎？）」來表達，有點無法傳達出這種感覺，所以在這種情況下，請改說「Is there any way ~?（（雖然知道這個要求有困難，不過）有沒有什麼辦法可以～？）」來詢問對方是否有辦法達成自己的要求。舉例來說，平時說「Could you help me?（可以請你幫我嗎？）」就已經足夠禮貌了，但若是在明知對方有困難、甚至是無法提供協助的情況下，仍想懇切拜託對方時，使用「Is there any way you could help me?」來表達「（雖然是不情之請，不過）有沒有什麼辦法可以～？」會更為恰當。

Is there any way you could squeeze me in?
（雖然知道時間很滿，很難預約）您有沒有什麼辦法可以把我安插進去呢？
squeeze＋人＋in：（雖然行程非常緊湊或有困難，但仍）把某人安插進時間表之中

Is there any way you could expedite the process?
（明知是不情之請，但）您有沒有什麼辦法可以加快這個流程呢？
expedite：加快／加速處理

1　「Is there any way I could＋原形動詞 ~?」的語意為「（雖然知道很困難，但）有沒有什麼辦法我可以～？」，適用於明明知道要做某件事本來就會有難度，但還是想要試著詢問是否有方法可以讓自己去做時。

Is there any way I could start over?
（雖然知道很困難）有什麼辦法可以讓我重新開始嗎？

Is there any way I could make things better?
（雖然知道很困難）我有什麼辦法可以讓情況好轉嗎？

情境演練！

A **Is there any way you could squeeze me in?**
（很難預約到時）您有沒有什麼辦法可以把我安插進去呢？

B **I'm sorry, sir. We're completely booked this Saturday.**
我很抱歉，先生。我們這週六的訂位已經全滿了。

A **Is there any way I could start over?**
（雖然知道有困難）有辦法讓我從頭再做一次嗎？

B **Sure. Go ahead.**
當然。請做吧。

想委婉提出建議時

(Δ) Let's get tacos for lunch.

(o) Why don't we get tacos for lunch?

MP3 159

「Let's」是「Let us」的縮寫，表示「讓我們～」，但想委婉提出建議時卻比較常會用「Why don't we ~?（我們要不要～？）」。舉個例子，「Let's get tacos for lunch.（我們午餐吃墨西哥捲餅吧）」是單純主動提議要去做某事，而「Why don't we get tacos for lunch?（我們午餐要不要吃墨西哥捲餅？）」則是委婉向對方提議一起去做某個動作，聽起來更客氣，且會給人一種有考慮到對方想法的感覺。

Why don't we wrap it up? 我們要不要總結一下？

Why don't we call it a day? 我們要不要今天就到此為止？

wrap up 只表示結束某個動作，不代表一定要回家。舉例來說，上司在開會時說「wrap up」的話，是「會開到這裡結束，大家各自回去繼續工作」的意思。call it a day 則是「今天工作到此告一段落」，也就帶有「我們回家吧！」的意味。

1 想委婉向對方提議做某事時，請用「Why don't you ~?（你要不要～？）」。

Why don't you get some rest? 你要不要休息一下？

Why don't you join us for dinner? 你要不要跟我們一起吃晚餐？

情境演練！

Q **Why don't we call it a day?**
我們要不要今天就到此為止？

同意到此為止時

A **Sounds good. Let's pick this up tomorrow.**
好啊。我們明天再繼續吧。

pick up 的語意為「（某事／情況／討論中斷後）再繼續」，常在公司或學校內用來表達「今天到此為止，之後再繼續」。

A **Yeah, I'm exhausted. Let's get out of here.**
好啊，我已經筋疲力盡了。我們離開這裡吧。

要做的工作還堆積如山時

A **I wish we could, but we still have a lot of work to do.**
我也希望能這樣，可是我們還有很多工作要做。

A **Are you out of your mind? This is like a life-or death situation for the company.**
你瘋了嗎？公司是生是死就看這次了。

UNIT 9

想說出肺腑之言時

(△) Thank you.

(o) I wanted to say thank you.

　　想真誠說出從以前開始就很想說的話時，請用「I wanted to say ~（我（以前就）想說~）」來表達。舉例來說，單說「Thank you」無法反映謝意的深淺，但若使用「I wanted to say thank you.（我之前就想謝謝你了）」，聽起來就會更像是發自內心所說的話。當你想說「從以前開始就很想說的話」時，請在想說的事情前加上「I wanted to say ~」。

I wanted to say thank you for everything.
我（以前就）想謝謝你所做的一切。

I wanted to say thank you for doing this for me.
我（以前就）想謝謝你為我所做的這件事。

1 即使想說的話是與不久前才發生的事有關的內容，也可用這個方式來表達。

I wanted to say sorry about earlier.
我想為先前那件事道歉。

I wanted to say sorry for yelling at you.
我想為吼了你道歉。

I wanted to say sorry for taking it out on you.
我想為遷怒了你道歉。

2 用現在式動詞 want 來替代 wanted，以「I want to say ~」來開頭的話，可表達現在這瞬間想說的話，適用於非正式的場合。

I want to say you're the best.
（表達謝意時）我真的非常謝謝你。

情境演練！

A **I just wanted to say thank you for everything.**
我只是想謝謝你所做的一切。。

B **You're very welcome.**
別這麼客氣。

A **I want to say thank you for understanding.**
我想謝謝你的諒解。

B **Of course.**
這沒什麼。

想客氣指出對方的錯誤時

(Δ) You're in my seat.

(o) I think you're in my seat.

MP3 161

搭飛機時，若發現有人坐到了自己的位子，然後就說「You're in my seat.（你坐到我的位子了）」，那麼傳達出來的會是「100% 肯定對方坐錯了」的感覺，不過，就我個人的經驗而言，我有好幾次都是一說完就發現是自己搞錯了。因此，如果想比較客氣而慎重地指出對方的錯誤時，請在句子前面加上「I think ~（我覺得好像～）」。如果不打算直接指出對方的錯誤，那麼就請改用「I think you're in my seat.（我覺得你好像坐到我的位子了）」，聽起來會比較委婉有禮貌。

I think you're in my seat. 我覺得你好像坐到我的位子了。

I think there's a problem with my laptop. 我覺得我的筆電好像有問題。

I think there's a typo. 我覺得好像有字打錯了。

相較於以「You」做為主詞的「You made a typo.」這種，以「你打錯字了」來直接批評對方的表達方式，最好還是用「there's a typo」這種單純指出「有字打錯了」的說法會較為委婉。每個人都會犯錯，所以沒有必要直接批評做錯事的人。除此之外，當某人的衣服或臉上沾到東西時，雖然也能用「You」開頭來提醒對方，但最好還是用「I think there's something on your shirt.（我覺得你的襯衫上好像沾到東西了）」或「What's that on your shirt？（你襯衫上那是什麼？）」來讓語氣更為客氣有禮。

1 想小心客氣地提出建議時，在句子之前多加「I think ~（我覺得～）」也能讓語氣變得較為委婉。

I think you should be more considerate.
我覺得你應該要更體貼一點。

I think we should get back to work.
我覺得我們該回去工作了。

I think we should go with option A.
我覺得我們應該要選擇 A 選項。

情境演練！

A **Excuse me. I think you're in my seat.**
（在機艙或電影院裡）不好意思。我覺得你好像坐到我的位子了
B **Oh, my bad.** 噢，對不起。

A **Let's go get some coffee.** 我們去喝杯咖啡吧。
B **Well, I think we should get back to work.**
這個嘛，我覺得我們該回去工作了。

UNIT 11

在說出負面內容之前

(△) I think the Wi-Fi isn't working.

(o) I don't think the Wi-Fi is working.

MP3 162

　　來到咖啡廳後，如果發現連不上店內的 Wi-Fi，想去跟店員反應時，建議最好不要用「The Wi-Fi doesn't work.（Wi-Fi 壞掉了）」這種肯定的說法，因為也有可能純粹是你把密碼打錯了，或是手機本身的問題。就像前面提到的那樣，如果在句子前面多加上「I think（我覺得／我認為～）」的話，聽起來就會更加委婉有禮貌。英文母語者比較喜歡用拐彎抹角的方式來表達負面內容，雖然也可說「I think the Wi-Fi isn't working.」，不過若用「I don't think the Wi-Fi is working.」來表達的話會更自然。

I don't think the A/C is working. 我覺得冷氣好像壞了。

I don't think the sound is working. 我覺得音響好像壞了。

1　除此之外，當想用比較委婉客氣的態度發言時，都能用「I don't think」來開頭。舉例來說，當你不相信某個人所說的話時，相較於直接用「That's not true.（那不是真的）」來打斷對方，用比較迂迴的方式來表達會讓語氣更加委婉。

　　I don't think we should do this.
　　我覺得我們好像不該做這件事。

　　I don't think this is for me.
　　我覺得這個好像不適合我。

　　I don't think that's possible.
　　我覺得這好像不太可能。

情境演練！

A　**Excuse me. I don't think the Wi-Fi is working.**
　　不好意思。我覺得 Wi-Fi 好像壞掉了。

B　**Oh, really? Let me check.**
　　噢，真的嗎？讓我確認一下。

A　**I don't think we should do this.**
　　我覺得我們好像不該做這件事。

B　**Why? I think it's a good investment opportunity.**
　　為什麼？我覺得這是個很好的投資機會。

想要說出對方不想聽的話時

(△) You can't come with us.

(o) With all due respect, you can't come with us.

MP3 163

在開口批評或反對他人的看法時，請先說一句「With all due respect（請恕我直言）」，藉著這句話先聲明，自己並非是因為瞧不起或想要冒犯對方，才會說出接下來要說的內容。一說出 With all due respect，縱使已可預知後面要說的會是對方覺得不中聽的言論，但至少聽起來也會稍微禮貌一點。舉例來說，相較於「You can't come with us.（你不能跟我們一起去）」，「With all due respect, you can't come with us.（恕我直言，您不能跟我們一起去）」的表達方式，雖然仍會讓對方覺得不高興，但至少聽起來客氣許多。

With all due respect, this isn't fair.
恕我直言，這並不公平。

With all due respect, it could have been worse.
（認為目前情況還算不錯的情境下）恕我直言，情況原本可能會更糟的。

With all due respect, I got this.
恕我直言，這件事我自己可以。

1 在不用特別講究禮貌的日常非正式情境中，也會使用下面這些表達方式，來努力降低自己接下來要講的那些不中聽的話所帶來的負面感，即使對方仍然會因為你的話而覺得不開心，但也還是能感受到你的那份心意。

No offense, but your taste is a little feminine for me.
無意冒犯，不過你的品味對我來說有點太女性化了。

I hate to say this, but this is impossible.
我不想說這種話，不過這是不可能的。

情境演練！

A **With all due respect, this isn't fair.** 恕我直言，這並不公平。
B **Why would you say that?** 你為什麼會這樣說？

A **No offense, but you deserve to get fired.**
無意冒犯，不過你活該被開除。
B **Take that back!**
把這句話收回去喔！

當對方說出傷人的話，英文母語者常會用一句可愛的話來回應，那就是要對方把說出口的話重新收回去的「Take that back.（把這句話收回去）」。

207

UNIT 13

要轉達會讓對方失望的消息時

(Δ) We have no choice.

(o) **I'm afraid we have no choice.**

MP3 164

　　我們熟知的 afraid 是「害怕」的意思，不過當我們要傳達會讓對方感到失望的消息時，其實也常會用這個字來說客套話。在傳達會讓對方失望的消息時，若在句子之前加上「I'm afraid ～」的話，就可以藉著「雖然很抱歉，但～／恐怕～」的語意，向對方表示自己是認真覺得遺憾、不是說說而已。這個表達方式不只常見於日常對話，在為客人提供服務的場合中也常會用到。

I'm afraid we have no choice. 恐怕我們別無選擇。

I'm afraid we're fully booked. 恐怕我們的預約已經全滿了。

I'm afraid I can't help you with that. 恐怕我沒辦法在這件事上幫你。

I'm afraid you have to do it on your own. 恐怕你得自己去做這件事。
on your own 表示「在沒有其他人的幫助之下獨力完成」，和孤單感強烈的 alone 意思不一樣。

1　在日常生活之中「I'm afraid ～」也可以像下面這樣用，但若沒搞清楚它們是什麼意思，那就可能會解讀錯誤，所以請確實理解。

I'm afraid not.
（反對）恐怕不行／恐怕不是。

I'm afraid so.
（同意）恐怕是這樣沒錯／恐怕是的。

情境演練！

A **Can you help me with my paper?**
你能幫助我做報告嗎？
B **I'm afraid you have to do it on your own.**
恐怕你得自己寫。

A **Can it wait till tomorrow?**
這不能等到明天嗎？
B **I'm afraid not.**
恐怕不行。

A **Dad, do you really have to work late on my birthday?**
爸爸，你真的一定要在我生日那天加班嗎？
B **I'm afraid so.**
恐怕是的。

想讓發言聽起來更可信時

(△) You can do it.

(o) I know you can do it.

　　想為對方打氣時，可以用「You can do it!（你做得到的！）」。不過，如果平常過於濫用「I can do it、You can do it.」的話，可能一不小心就會讓人覺得你很煩。在這種情況下，如果能在「You can do it!」的前面加上「I know」，改說「I know you can do it.（我知道你做得到的）」的話，聽起來會更有可信度。在確信對方一定做得到的情況下為對方打氣，更能給人一種有意義的感覺。

I know you can do it. I believe in you.
我知道你做得到的。我相信你。
「I believe you.」是「相信對方的言論或舉止」，而「I believe in you.」則是「相信對方的潛力」。

I know you can handle this.
我知道你能處理這件事的。

1　除了為對方打氣，也可用來表達相信自己或其他人的潛力。

I know we can fix this.
我知道我們可以解決這件事。

I know she can do better than that. She's just not trying hard enough.
我知道她可以做得更好。她只是不夠努力。

2　收到別人、尤其是來自上司的加油打氣時，可以用下面這種表達方式來回應。

Thank you for the pep talk. 謝謝你的鼓勵。

情境演練！

A **I hope I can make it.**
希望我能做到。
B **I know you can. No doubt about that.**
我知道你可以。毫無疑問。
非常肯定某件事、沒有一絲一毫的懷疑時，請用「No doubt about that」，可讓人感受到你對自己所說的話充滿信心。

A **Do you think we can do it?**
你認為我們能做得到嗎？
B **I know we can.**
我知道我們可以。

UNIT 15

想讓對方不要有壓力地去做某事時

(x) Ask me any questions freely.

(o) Feel free to ask me if you have any questions.

MP3 166

  想讓對方不要有壓力、放輕鬆地發問時，可以說「Feel free to ask me if you have any questions.」。事實上，這個表達方式真的很常出現在商務對話之中，「feel free to＋原形動詞」的語意為「歡迎～／請隨意～／請盡情～」，可在各式各樣的情境中使用，但若不清楚其語意，可能會錯誤解讀成「感受自由去～」，所以一定要記住這個表達方式的正確含義。若在前面加上 please，聽起來就會更加客氣。

Feel free to look around.
歡迎到處看看。

Please feel free to stop by my office anytime.
有空歡迎隨時來我辦公室。

Please feel free to stop me at any point if you have questions.
如果有任何問題，請隨時打斷我沒關係。
這個表達方式經常會被用來要大家有問題就盡情發問，尤其常用在做簡報的場合。

1 另一個類似的常用表達方式是「I'm open to＋名詞」，常用來向同事或下屬表示自己會敞開心胸聽取建議，所以不需要有太多顧忌，可以暢所欲言。在進行腦力激盪（brainstorming）時常會用到這個句型，請牢記在心。

  I'm open to suggestions.
  （表示自己會敞開心胸去聆聽和採納）歡迎提出建議。

  I'm open to ideas.
  歡迎提出想法。

情境演練！

A **Feel free to call me if you have any questions.**
  如果你有任何問題，歡迎打電話給我。
B **I'll. Thanks for your help.**
  我會的。謝謝你的協助。

A **We have to do something.**
  我們必須做點什麼。
B **I know. I'm open to suggestions.**
  我知道。歡迎提出建議。
如果想讓語氣更強烈一點，可以說 I'm open to any and all suggestions.
（有任何建議都歡迎提出）。

想禮貌地自我介紹時

(△) Let me introduce myself.

(o) **Allow me to introduce myself.**

MP3 167

　　在日常生活中遇到需要自我介紹的情況時，多半只要直接講出自己的姓名就可以了，實際上會需要說出「讓我自我介紹一下」這種話的機會並不多，但如果是在非常講究禮貌的場合呢？這時若用語氣比較客氣禮貌的「Allow me to introduce myself.」來表達會更恰當。我們在這種情況下多半會選擇使用「Let me＋原形動詞」的句型，但英文母語者其實更常用「Allow me to＋原形動詞」來表達，甚至連迪士尼《公主與青蛙》中的青蛙王子，在自我介紹時也是說「Allow me to introduce myself.」，英文母語者從小聽到大的就是這種表達方式。

Allow me to introduce myself.
請讓我介紹一下自己。

Allow me to explain.
請讓我解釋一下。

1 　想向人提供協助，尤其是對上司或年長者時，經常會用「(Please) allow me to ＋原形動詞」來表達「請讓我向你提供協助」的語意，透過這種小心禮貌的提議方式，盡可能讓對方在沒有壓力的情況下接受幫助。

　　(Please) allow me to assist you.
　　請讓我協助您。

　　(Please) allow me to introduce John Moore.
　　（在正式場合上介紹其他人時）請讓我介紹一下 John Moore。

情境演練！

A **Allow me to introduce myself. My name is Leslie Anderson.** 請讓我介紹一下自己。我的名字是 Leslie Anderson。
B **It's a pleasure to make your acquaintance, Ms. Anderson.** 很高興認識妳，Anderson 小姐。

A **Allow me to offer you a ride home.** 請讓我送你回家。
B **Are you sure? I don't want to impose.**
你確定嗎？我不想造成你的麻煩。
面對別人的好意或善意提議，出於禮貌想再確認一次時，常會說 Are you sure?（你確定嗎？／你是認真的嗎？），或者也可以說「Are you sure it's not an imposition?（你確定這樣不會給你添麻煩嗎？）」。
A **Oh, no imposition at all!** 噢，一點也不麻煩啦！

UNIT 17

無法用言語表達程度時

(x) I can't explain how sorry I am with words.

(o) Words can't express how sorry I am.

MP3 **168**

　　偶爾會出現難以用言語來表達對別人的感激或歉意的情況吧？在這種情況下，可以用「Words can't express ～（言語無法形容～／無法用言語表達～）」來說。舉例來說，覺得非常抱歉時，相較於純粹致歉的「I am sorry.」，改說「Words can't express how sorry I am（無法用言語表達我有多麼抱歉）」的話，更能表達出你的真心誠意。

Words can't express how grateful I am.
我無法用言語表達我有多麼感激。
也可以說「I am grateful beyond words.（我的感激溢於言表）」。

Words can't express what this means to me.
言語無法形容這對我來說有多麼重大的意義。

1　這個表達方式的後面也可以只接名詞。

　　Words can't express my gratitude. 我的感激之情言語無法表達。

　　Words can't express our grief. 我們的悲痛言語無法表達。

2　想要更強調某種情緒的程度時，也可用「Words can't possibly express ～（言語實在無法表達～）」。can't 後面加上 possibly 的話，語意為「真的不能、實在無法」，請把這個表達方式一起記住。

　　Words can't possibly express how thoughtful you've been.
　　言語實在無法表達您有多麼為人著想。

　　Words can't possibly express how much I hate this place.
　　言語實在無法表達我有多麼討厭這個地方。

情境演練！

A　**Words can't express how sorry I am.**
　　無法用言語表達我有多麼抱歉。
B　**It's okay. Everyone makes mistakes.**
　　沒關係。每個人都會犯錯。

A　**Words can't possibly express my gratitude.**
　　言語實在無法表達我的感激之情。
B　**Well, friends are supposed to help each other.**
　　這個嘛，朋友之間本來就應該互相幫忙嘛。

想強調「再～也不為過」時

(x) This is very very important.

(o) I can't stress this enough.

MP3 169

英文母語者的情感表達方式相當豐富，而且還喜歡一邊說一邊利用肢體語言來加強表達的力度。不過，我們在用英文表達時，似乎只會用「very、so、really」這三劍士來強調程度。當你想強調某對象的重要性時，相較於「This is very very important.」，最好還是改說「I can't stress this enough.（這點再怎麼強調都不為過）」。stress 是「強調」的意思，所以這句話的語意是「這個真的非常重要，所以再怎麼強調都不夠」，無論在學校或公司，都常會用這句話來強調重要性。善加利用「I can't＋動詞＋enough」的話，就能讓你的情感表達方式變得更加豐富。

I can't emphasize this enough.
（因為真的很重要）再怎麼強調也不為過。

I can't stress enough the importance of exercise.
（因為真的很重要）運動的重要性再怎麼強調也不為過。

1 「I can't＋動詞＋enough」也常用於日常對話之中。

I can't thank you enough.
（因為非常感激）再怎麼感謝你都不為過。

I can't apologize enough.
（因為非常抱歉）再怎麼道歉都不為過。

I can't speak highly enough of her.
（因為非常優秀）再怎麼稱讚她也不為過。

I can't get enough of it.
（因為太喜歡，所以怎樣都不會覺得足夠）做／吃再多也不會膩。

情境演練！

A **I can't stress enough the importance of eating healthy.**
健康飲食的重要性再怎麼強調也不為過。
B **I couldn't agree with you more.** 我完全同意。
「I couldn't agree with you more.」直譯是「我無法更同意你的言論了」，也就是「完全同意」的意思。

A **I can't thank you enough for coming.**
我對你的到來再怎麼感謝都不為過。
B **Oh, we had a lovely time. Thank you for organizing everything.** 噢，我們玩得很開心。謝謝你安排的一切。

UNIT 19

雖然是既定計畫，但仍有更改的可能性時

(x) I am going to meet my friends.

(o) I am supposed to meet my friends.

MP3 170

　　想描述某項計畫雖然預定近期執行，但仍有變動或調整的可能性時，「be supposed to＋原形動詞」是非常好用的表達句型。舉例來說，媽媽問我週末有什麼規劃時，我會說「I am supposed to meet my friends.（我應該是會去和朋友見面）」。有別於「I am going to meet my friends.（我打算去和朋友見面）」這種沒有變動或調整可能性的說法，用 be supposed to 的句型可以表達出「雖然計畫是要去和朋友見面，不過如果妳需要我，我也可以更改計畫」的意味，這種回答方式，不僅能巧妙留有餘地、也不會失禮。be supposed to 的語意為「原本該／理應做某件事～」或「本該／理應是～」，請記得這個表達方式帶有「原本應該／理應」的意味，也就是「雖然感覺上有義務去做某件事，但不保證一定會遵守這個義務而去做這件事」的意思。

I am supposed to hang out with Ben after work.
我下班後應該是會和 Ben 一起出去。（但仍有變動的可能性）

It's supposed to rain today. 今天應該是會下雨。（但不能 100% 保證會下雨）

You're not supposed to smoke in here. 你不應該在這裡抽菸的。

1　另一方面，「be going to」則適用於自己希望能實踐、而且實踐可能性很高的情況。

　　I am going to hang out with Ben after work.
　　我下班後打算和 Ben 一起出去。

　　I am going to go prep for the meeting tomorrow.
　　我打算去為明天的會議做準備。
　　prep 為 prepare 的口語說法，常用來表示「做好準備」。

情境演練！

A　**Do you have any plans after work?** 你下班後有什麼計畫嗎？
B　**Well, I am supposed to hang out with Ben after work, but I am tired.**
　　這個嘛，我下班後應該是會和 Ben 一起出去，不過我現在很累。

A　**You're not supposed to smoke in here.**
　　你不應該在這裡抽菸的。
B　**Oh, I'm sorry. I didn't know that.** 噢，對不起。我不知道。

想提出個人建議或勸告時

(x) You call her and apologize.

(o) You should call her and apologize.

　　如果以為 should 具有濃重「應該做～」意味的話，那麼這個字平時就無法輕易使用了，不過，should 其實是個語氣溫和又委婉的表達用字，所以英文母語者在基於個人意見，想向他人提出建議或勸告時，常會用「You should～（你應該要～）」來表達。舉例來說，「You should call her and apologize.」的語氣並不強烈，而是以溫和的語氣建議對方「你應該打電話跟她道歉」。如果把這句話裡的 should 拿掉，反倒會變成帶有「你絕對要打給她道歉，不打你就完了」意味的強烈命令句。

You should check out that restaurant.
（語氣溫和地推薦）你應該去試試看那家餐廳。

You should give it a shot.
（抱持「這樣的話好像不錯」的想法）你應該給它一個機會看看。
「give it a shot」與「give it a try」相同，都是「嘗試或挑戰一次看看」的意思。除了用來描述巨大的挑戰，生活中的小嘗試或小挑戰也能用，例如想要推薦平常只喝咖啡的朋友改喝喝看綠茶時，這個表達方式就能派上用場。

1　想以更溫和或委婉的方式提出建議或勸告時，請說「I think you should～」。

I think you should call her and apologize.
我覺得你應該打電話跟她道歉。

I think you should listen to your mother.
我覺得你應該要聽媽媽的話。

I think you should get some rest.
我覺得你應該要休息一下。

情境演練！

A　**You should give it a shot.**
　　你應該給它一個機會看看。
B　**I'll. It's better late than never.**
　　我會的。遲做總比不做好。

A　**What do you think I should do?**
　　你覺得我該做什麼呢？
B　**I think you should call her and apologize before it's too late. If not, you might regret it later.**
　　我覺得你應該要趁還來得及的時候打電話跟她道歉。如果不打的話，你可能以後會後悔。

UNIT 21

想委婉指出缺點或弱點時

(x) She is blunt.

(o) She tends to be blunt.

MP3 172

　　blunt 這個字是形容一個人「不顧慮他人感受，心裡想什麼就說什麼，太過直白又遲鈍」。其實我剛到美國時，並不懂得拐彎抹角的說話藝術，總是有話直說，所以朋友們經常會用這個字來形容我。「She is blunt.」是指「她說話很直白」，但我的朋友跟其他人提起我時卻是說「She tends to be blunt.（她說話比較直白）」，藉著「她說話有時比較直白，不過不總是如此」的句意來減少這句話所帶有的負面意味。就像前面提到的那樣，tend to 或 have a tendency to 表示「傾向於～／易於～」，可以用來較溫和委婉地指出弱點或缺點。相較於 have a tendency to，在日常對話中更常用 tend to，除了用來指出弱點或缺點，也可以用來弱化表達的強度。

My parents tend to be conservative. 我的父母偏向保守。

She tends to be a perfectionist. 她比較完美主義。

I tend to be a bit of a workaholic. 我有一點工作狂

1　tend to 除了適合用來弱化表達的強度或委婉指出缺點或弱點，也能用來表達正面語意。

　　I tend to be positive. 我滿正面的。

　　He tends to be a planner. 他比較偏向當個計畫者。

情境演練！

A　**I tend to be blunt.**
　　我說話比較直白。
B　**Well, it can be good and bad.**
　　嗯，這可能是好事也可能是壞事。

A　**She tends to be positive.**
　　她滿正面的。
B　**Yes, I like that about her. I like her can-do attitude.**
　　是啊，我很喜歡她的這一點。我喜歡她那種積極樂觀的態度。
can-do attitude 指的是那種「對自己的能力有自信，認為只要積極去做就一定能成功」的態度。

想讓請求的語氣變得更加誠懇時

(x) Can you do this?

(o) Can you do this for me?

MP3 173

　　英文母語者在拜託別人，尤其對方是認識的人時，常會在句尾加上「for me（為我／看在我的份上）」。這個表達方式雖然很簡單，但加了 for me，整句話的感覺就會變得截然不同。舉例來說，相較於「Can you do this?（你能做這件事嗎？）」，「Can you do this for me?（你能為我做這件事嗎？）」更能傳達出那種拜託對方幫自己忙的誠懇感。這句話如果對初次見面的陌生人用，可能會有點尷尬不對勁，所以請在對認識的人提出請求時再使用這個表達方式。

Could you do something for me?
你能為我做件事嗎？

Could you do that for me?
你能為我做那件事嗎？

1　不一定要是什麼重大的要求或請託才能用這種表達方式，即使想拜託的是日常生活中的小事，也能派上用場。

　　### Could you hold this for me for a second?
　　你能幫我拿一下這個嗎？

　　### Could you write that down for me?
　　你能幫我把它寫下來嗎？
　　特別常用來拜託別人幫忙將忘記或搞混的內容寫在紙上。

　　### Could you get Ian for me?
　　你能幫我叫一下 Ian 嗎？

情境演練！

A　**Could you do something for me?**
　　你能為我做件事嗎？
B　**Well, it depends. What is it?**
　　嗯，這要看情形。是什麼事？

A　**I know it's a big favor to ask, but could you do that for me just once?**
　　我知道這個要求很過分，可是你能幫我這次就好嗎？
B　**Okay. You owe me one.** 好吧。你欠我一次。
答應別人的請求時，經常會開玩笑似地說「You owe me one.（你欠我一次（人情）」。

217

UNIT 23

想說自己很忙但又不想顯得不近人情時

(x) I am busy.

(o) I am busy at the moment.

MP3 **174**

當你問別人問題時,若對方因為太忙就斷然以「I'm busy.(我很忙)」來回應的話,你也會覺得心裡不舒服吧?如果想說自己很忙,但又不想讓對方覺得你不近人情的話,請在句尾加上「at the moment(目前、現在這個時間點)」,藉由「雖然現在很忙,但晚點我有空就會幫你」的語意來委婉拒絕對方的要求。busy、tied up、unavailable 等都能用來表達「忙碌」,但記得後面要再加上 at the moment 才能讓語氣變得委婉。

I'm busy at the moment. 我現在很忙。

I'm tied up at the moment.(忙到像雙手都被綁住,無力處理更多事情)我現在抽不開身。

1 這個表達方式也能用來描述其他人「現在很忙或不在座位上,因此無法立即提供協助」的情況。

He's busy at the moment. Is there anything I can help you with?
他現在很忙。有什麼我可以幫你的嗎?

He's in a meeting at the moment. Would you like to leave a message? 他現在正在開會。你想要留言嗎?

She's unavailable at the moment. 她現在有事情。

She's not in the office at the moment. She'll be back in an hour.
她現在不在辦公室。她一個小時後會回來。

情境演練!

A **Could you help me with something?**
能請你幫我做件事嗎?

B **Well, I'm tied up at the moment. Why don't you ask Katie?** 這個嘛,我現在抽不開身。你要不要問問看 Katie?

A **Can I speak to Diane, please?**
可以請你幫我轉 Diane 嗎?

B **She's in a meeting at the moment. Would you like to leave a message?**
她現在正在開會。你想要留言嗎?

A **I'll just call back in a few hours. Thanks.**
我過幾個小時再打。謝謝。

想和對方簡單聊聊時

(Δ) Can I talk to you?

(o) **Can I talk to you for a second?**

MP3 175

　　無論是認識的人還是上司對你說「稍微聊一下吧？」，你都會覺得有點緊張吧？因為這句話聽起來，就像是要談論某個非常嚴肅或嚴重的話題，因此會讓聽到這句話的人猜想自己是不是有哪裡做錯了，所以如果你不是想要談論什麼嚴肅的話題，只是想稍微跟對方聊個天的話，就請在句尾加上 for a second（一下子）吧！「Can I talk to you for a second?（我可以和你聊一下嗎？）」就是藉著「這次聊天只會占用你如一秒鐘般的極短時間」的語意來減輕對方的壓力。

Can I talk to you for a second? 我可以和你聊一下嗎？

Can I see you for a second? 我可以和你見面聊一下嗎？

Can I sit down for a second? （詢問是否能坐下聊）我可以坐一下嗎？

1 如果對話所需的時間較長，請改在句尾加上 for a minute（一會兒）來暗示這次對話會比 for a second 再多花一點時間，相較於句尾什麼都不加，這種說法比較能降低對方的緊張感，表達出「這次對話只需要花幾分鐘就能講完，不是什麼嚴重的事情」。

Can I talk to you for a minute? 我可以和你聊一會嗎？

Can I see you for a minute? 我可以和你見面聊一會嗎？

Can I sit down for a minute? （詢問是否能坐下聊）我可以坐下聊一會嗎？

情境演練！

A **Claire, can I see you for a second?**
Claire，我可以和妳見面聊一下嗎？

B **Sure. Did I do something wrong?**
當然可以。我做錯什麼事了嗎？

美國人在遇到上司突然說要跟自己聊一下時，經常會半開玩笑地說「Did I do something wrong?」或「Am I in trouble?」，詢問對方自己是否做錯了什麼事，就算是美國人，突然聽到上司說要聊一下也是會覺得緊張的。

A **Can I sit down for a minute?**
我可以坐下聊一會嗎？

B **Sure. What's up?**
當然。怎麼了嗎？

UNIT 25

和認識的人打招呼時

(x) Nice to meet you again.

(o) Nice to see you again.

MP3 176

　　不管遇到陌生人還是認識的人，都一律使用「Nice to meet you.（很高興認識你）」來打招呼的話是行不通的。因為「Nice to meet you.」只能用在初次見面的人身上，而且因為只能在初次見面時使用，所以句尾絕對不能加上 again（又、再次）。在不是初次見面的情況下，請改說「Nice to see you again.（很高興再見到你）」，這裡的 again 也可以省略。

(It's) nice to meet you.＝(I'm) glad to meet you.＝(It's a) pleasure to meet you.
很高興認識你。

It's a pleasure to make your acquaintance.（在講求禮貌的場合中）很高興認識您。

It's nice to finally meet you in person. 很高興終於見到你本人了。

1　如果想對不是初次見面的人表達自己見到他的開心感，請改用 see 這個字。

(It's) nice to see you.＝(I'm) glad to see you.
＝(It's a) pleasure to see you. 很高興見到你。
句尾加上 again 的「Good to see you again.」的語意是「很高興再次見到你」。

2　分別時可以使用下面這些和 bye 一樣常用的道別表達方式。

(It was) nice meeting you.
（初次見面的情況下）很高興認識了您。

(It was) nice seeing you.
（非初次見面的情況下）很高興再次見到了你。

情境演練！

A　**Nice to meet you.** 很高興認識你。
B　**Nice to meet you, too.** 我也很高興認識你。

A　**I've gotta run, but it was nice seeing you, Erin.**
　　我得先離開了，很高興見到妳，Erin。
B　**It was nice seeing you, too. Let's get together sometime.**
　　我也很高興見到你。我們之後找個時間再聚一下吧！
「I've gotta run.」是「I have got to run.」的簡略說法，語意是「我必須要走了」，相較於 go，使用 run 更能傳達出急著離開的感覺。

緊急需要插話時

(Δ) （開門見山）Someone's here to see you.

(o) Sorry to interrupt, but someone's here to see you.

MP3 177

　　因為有重要客人造訪、或發生緊急事項而需要插話時，請別直接一開口就進入正題。情況就算再緊急，當對方正在跟別人說話的時候，冒然插話打斷是非常失禮的舉動。在這種情況下，請說「Sorry to interrupt（抱歉打擾／抱歉打斷你們）」來做為開場白。舉例來說，當有重要客人來訪，現在正在跟其他人說話的對方必須立刻去見他時，請說「Sorry to interrupt, but someone's here to see you.（抱歉打擾，但您有一位訪客）」來告知對方，這種表達方式更能表現出你有顧慮到正在對話雙方的感受。

Sorry to interrupt, but you have a visitor.
抱歉打擾，但您有一位訪客。

Sorry to interrupt, but there's an urgent phone call for you.
抱歉打擾，但您有一通緊急電話。

1　除此之外，當對方正在專心做某件事，但你必須跟對方搭話時，也請說「Sorry to interrupt（抱歉打擾）」。

Sorry to interrupt, but can I ask you a quick question?
抱歉打擾，但我可以簡單問您一個問題嗎？

Sorry to interrupt, but I think we have a situation here.
抱歉打擾，但我想我們這裡碰到了問題。
have a situation 常用來描述發生了不好的情況或問題。舉例來說，「I have a situation here.」的語意是「我這裡遇到了問題」。

情境演練！

A　**Sorry to interrupt, but someone's here to see you.**
　　抱歉打擾，但您有一位訪客。
B　**Oh, thank you for letting me know.**
　　噢，謝謝你告訴我。

A　**Sorry to interrupt, but can I ask you a quick question?**
　　抱歉打擾，但我可以簡單問您一個問題嗎？
B　**Sure. Go ahead.**
　　當然可以。說吧。

Ku Seul 老師推薦的英文學習法

　　我從國小開始就以自己在英文口說競賽中獲獎無數為傲。自信滿滿地到了美國，結果完全交不到朋友，每天一下課就回家，整天都在看動畫。雖然聽不太懂動畫的內容，但因為實在閒著沒事做，所以就用畫面和那些中間偶爾聽得懂的單字來推測劇情內容。就這樣過了一段時間，我開始漸漸聽懂了那些反覆出現的表達方式。其實我會這樣看一整天沒有字幕的動畫，實在是因為我除了這件事之外也沒什麼好做的，而且影片也沒有字幕可以選。不過，能有條件像我這樣做的人並不多，所以我在這裡想和大家推薦我在國內學英文時，覺得最實用的美國影集學習法。

　　首先，最重要的是學習的素材，請選擇自己有興趣的影片，而不是照著別人的推薦來選擇。因為若無法勾起興趣，那麼就算再怎麼適合學習，也不是好的學習素材。對了，會出現喪屍或毒品的影片雖然很好看，但從中學到的英文卻很難實際運用在生活之中，所以請盡量選擇內容有趣，且題材貼近現實生活的影片。

　　下面就是我推薦的美國影集學習法。

1　先一邊看字幕一邊看影片

　　首先，所選美劇或電影的片長會決定學習時間的長短，短則幾天，長則要花上數個月的時間，所以如果無法看懂整體內容的話，可能連繼續看的興趣都沒有，所以請放鬆心情地把字幕打開，試著挑選出能實際運用在自己日常生活之中的片段。舉例來說，想專注在商務英文上的人，就必須特別留意發生在會議場景之下的英文對話，想學習日常英文的人，則要特別留意發生在餐廳等地點的英文對話。順帶一提，就算只是短短 30 秒的影片，如果要徹底學習，也得花上 2 個小時，所以就算從整部影片中節錄出來的片段只有 1 分鐘也無所謂。

2　請將節錄片段的英文台詞列印出來

　　用 google 搜尋「script for＋美劇／電影的片名」的話，大多能輕鬆找到它的英文台詞。

3 重播之前節錄出來的片段，一邊看影片、一邊看英文台詞，以整個句子為單位來聆聽並學習

　　遇到自己不認識的單字或表達方式時，請查查看它的意思並加以整理，如果其中有不斷出現的表達方式，那麼它的出現頻率也就是英文母語者的常用喜好度。英文母語者會用在日常生活中的表達方式是有限的，所以一定要把這些反覆出現的表達方式記下來。

4 把字幕關掉，仔細聆聽句子

　　如果還有餘力的話，請同時進行「shadowing（跟讀）」。順帶一提，介系詞、be 動詞、助動詞等虛詞，聽不太清楚是很正常的。英文母語者習慣把重音放在實詞（也就是本身具有實際意義的詞彙）上，其他部分則相對放輕，請不要為了聽清楚虛詞而把自己弄得太累。

5 把字幕關掉，仔細聆聽節錄片段的內容

　　也有人會只選出一部電影或美劇來學，徹底把它的內容學到滾瓜爛熟。不過老實說，並沒有必要這樣做。因為如果一個表達方式真的很重要，那麼它肯定也會出現在下一部影片裡，所以在學得差不多之後，就直接換下一部來看吧！能夠一直持續且興致高昂地學習，才是最重要的事。

　　在不去美國的情況下，最能窺見英文母語者生活的方法，就是觀看美劇或電影，透過美劇來學英文無疑是一個絕妙的好方法。

　　選擇自己感興趣的學習素材、挑選自己需要的內容，像這樣以自身為出發點，採用符合自己狀況的的學習步調，就能堅持不懈且充滿興趣地學習英文。

　　即使這個方法不是學英文的「正確答案」，也會是能夠快樂學英文的最佳方法。

PART 3

讓自己越發耀眼的
得體表達方式
與轉折用語

CHAPTER 1

想要更有禮貌也很難的
英文表達方式

想請客人多吃一點時

(x) Please eat a lot.

(o) Please help yourself.

MP3 178

　　就像我們在招呼來訪的客人時會說「多吃一點」，英文母語者也是如此。典型的美式家庭聚餐時，會將各式料理擺在桌子上，讓每個人自行拿取想吃的份量，這時常會說「Please help yourself.」來表示「別客氣，想吃多少就自己拿」的意思。除了招呼客人用餐，在會議或研討會上想請大家盡情享用茶點，或隨意取用免費提供的贈品時，也常會用這個表達方式。help yourself 準確來說是「to take something without permission（未經許可的情況下拿取某物）」，可以用在「不是由某人統一分配，而是能夠自行取用想要的份量」的情境之中。在講究禮貌的場合中，請說「Please help yourself.」

Help yourself to anything in the fridge.
（對來家裡玩的朋友）冰箱裡的東西都可以自己拿。

Please help yourself.
（招呼來訪的客人吃東西時）請自行取用。

Please help yourself to some refreshments.
（在會議或研討會上）請自己拿些茶點吃。

Thank you for coming. Please help yourself to cookies and coffee on your way out.
（在活動場合）感謝你們來。離開時請自行取用餅乾和咖啡。

Please help yourself to some postcards.
（在活動場合）請自己拿一些明信片來用。

額外補充一下，如果想告訴對方不需要覺得拘束或害羞、可以隨意取用時，也常會說「Don't be shy.」，這是一個略有調侃意味的勸說方式。

情境演練！

A　**Help yourself to anything in the fridge.**
　　冰箱裡的東西都可以自己拿。
B　**I will. Thank you.**
　　我會的。謝謝你。

A　**Please help yourself to some refreshments.**
　　請自己拿些茶點吃。
B　**Thank you.**
　　謝謝你。

在車上有人坐到你正後方時

(x) 不發一語就出發

(o) Is there enough room?

MP3 179

　　坐在副駕或駕駛座時，若有人坐到自己正後方的座位時，都會禮貌性問一下對方「座位會不會太擠？」，因為如果後面的人坐得不舒服，我們就可以把自己的座椅往前調，讓他的空間可以大一點。比較禮貌的英文表達方式是「Is there enough room?（位子夠大嗎？）」。這是當有人坐到自己正後方的座位時，一邊往後看、一邊要說的基本禮貌表達，一定要好好記住。這句話中的 room 指的不是房間，而是「空間；餘地」。

Is there enough room?
（想問坐在後面的人會不會太擠時）位子夠大嗎？

Is there enough room for everything?
（一邊把東西放進車裡、一邊確認是否還有空間時）東西能放得下嗎？

Is there room for one more?
還有位子再多坐一個人嗎？

1　除此之外，表示「空間；餘地」的 room 也能夠用在下面這些情境之中。

Save room for dessert. 留點胃給甜點。

Hope you saved room for dessert.
（飯後甜點上桌時）希望大家都有留點胃來吃甜點。
我們飯後習慣會吃點水果，不過美國人的飯後甜點多半是派或冰淇淋。順帶一提，美國人在吃蘋果或水梨時，不會像我們一樣切得漂漂亮亮的，而是直接整顆拿來啃。對於已經習慣這種吃法的我來說，到現在都覺得整顆拿來啃更好吃。

I always have room for your pie.
（想表達對方做的派真的很好吃時）我永遠都吃得下你做的派。

情境演練！

A　**Is there enough room?**
　　位子夠大嗎？
B　**Yeap! There's plenty of room.**
　　夠！位子很大。

A　**Save room for pie.**
　　留點胃吃派啊。
B　**But I'm already getting full. I'll have some later.**
　　但我已經差不多飽了耶。我晚點再吃吧。

UNIT 3

要讓來訪的人放鬆時

(x) 不發一語

(o) Make yourself at home.

MP3 180

　　就像有認識的人來家裡玩時，我們會說「別客氣，就當是自己家吧」，英文母語者也是這樣。當朋友或認識的人來家裡玩時，就說「Make yourself at home」來招呼對方吧。這句話的意思是「就當是在自己家一樣放鬆隨意吧」，可以讓客人放鬆下來。我們平常說話時常會夾雜一些外來語，美國人在日常生活中也常會用到西班牙語或法語，所以有時也會用「Make yourself at home.」的西班牙文版「Mi casa es su casa（＝My house is your house）」來表達「我家就是你家，所以就像在自己家般隨意就好」，這也是一種常用的表達方式，務必牢記在心。

Please make yourself at home.
（講究禮貌的場合）別客氣，就當是自己家吧。

Mi casa es su casa.
我家就是你家，別客氣。

1 當認識的人來自己辦公室時，可以使用下列表達方式來招呼對方。

Go ahead and have a seat. Make yourself comfortable.
找個位子坐吧。不用客氣。

Feel free to have some snacks and make yourself comfortable. I'll be right back.
（要暫時離開時）可以自己拿些零食吃，不用客氣。我馬上就回來。

2 除此之外，如果想要表達對方可以盡情使用自己的東西、不用客氣的話，可以用下面這種表達方式。

What's mine is yours. 我的就是你的，別客氣。

情境演練！

A **Thank you for having us.** 謝謝你邀請我們。
B **Thank you for coming. Please make yourself at home.**
謝謝你們來。別客氣，就當是自己家吧。

A **Wow, it's a nice office. I like the view of Central Park.**
哇，這辦公室真不錯。我喜歡從這裡看出去的中央公園景色。
B **Thank you. Make yourself comfortable. Would you like something to drink?**
謝謝你。別客氣。你想要喝些什麼嗎？

想淡化聖誕假期的宗教色彩時

(Δ) Merry Christmas!

(o) Happy Holidays!

MP3 **181**

　　對大多數美國人而言，聖誕節是一年中最盛大的節日，也因為是充滿意義的日子，所以在年末問候時用 Merry Christmas 準沒錯，但近年來也有些人會比較喜歡用 Happy Holidays 來表達。這是因為即使多數美國人都會慶祝聖誕節，但也有人過的是猶太教的光明節，所以基於尊重各種宗教的理由，也會有人認為 Happy Holidays 這個表達方式更為政治正確（politically correct）。雖然很難說清這兩種說法何者才是對的，但對我自己來說，當確定對方會慶祝聖誕節時，我會用「Merry Christmas」，而不確定對方是否有過聖誕節、或在商務信件中表達年末祝福時，則會盡量淡化宗教色彩，使用「Happy Holidays」。

1　除了 Merry Christmas，年末問候語還有許多說法，請看看下面這些表達方式。

Merry Christmas!
（有過聖誕節的人最常用的）聖誕快樂！

Happy Holidays!
（淡化宗教色彩的）假期愉快！

Season's Greetings!
佳節愉快！

Happy New Year!
新年快樂！
順帶一提，農曆新年的英文說法是 Lunar New Year，但對英文母語者來說，更熟悉的「農曆新年」說法是 Chinese New Year。

情境演練！

A **Happy Holidays!**
假期愉快！
B **Happy Holidays!**
假期愉快！

A **Merry Christmas! I got something for you. It's nothing fancy.**
聖誕快樂！我準備了些東西給你。不是什麼貴重的東西就是了。
B **Aw, you shouldn't have.**
噢，你不必這麼做的。

UNIT 5

當對方要求回覆能否出席（RSVP）時
(X) 如果不出席，就應該不用回覆吧
(O) 無論出席與否都要告知對方

MP3 182

除了婚禮、派對之外，就連內部活動也都會被要求「RSVP」。「RSVP」是法文「Répondez s'il vous plaît」的縮寫，語意是「敬請回覆是否出席」。邀請函上若要求 RSVP 的話，無論出席與否都要告知邀請方，這樣對方才能按照出席人數來籌備食物或飲料等必需用品。如果因為不好意思拒絕，而不回覆對方，反而是一種不考慮邀請方感受的失禮行為，所以請用「I wish I could be there, but I already have plans that night.（真希望我能去，但我那天晚上已經有約了）」這種內容簡單、卻能慎重表示自己無法出席的句子來回覆對方。

1　相較於紙本邀請函，非正式聚會更常使用電子郵件來送出邀請，只要簡單點選 Yes 或 No 就能回覆。當無法出席，尤其是由認識的人所舉辦的聚會或活動時，請用下列表達方式來婉拒，即使沒有詳述理由，也足以表現出自己的誠懇，且若所有回覆都長篇大論，邀請方反倒會覺得困擾。
　　I'd love to go, but I already have plans at that exact time.
　　我很想去，可是我在那個時間已經有約了。
　　I'd love to be there, but my husband and I will be out of town that weekend. I'm really sad, but when we get back, I will be the first to visit you and find out everything about the party!
　　我很想去，但我先生和我在那個週末不在城裡。我真的很難過，不過等我們回來，我就會先去找你，聊聊派對上發生了什麼事！

2　在回覆中也可加上下列的句子。
　　Thank you for thinking of me. 謝謝你想到要邀我。
　　Please keep me in mind for the next party.
　　（要對方下次也邀請自己）下次有派對的話也請記得要找我。
　　I hope you have a great time! 希望你們玩得開心！

3　如果能出席或參加的話，就可以用下面這些表達方式來簡單回覆。
　　That sounds great! I'll be there. 聽起來很棒！我會去的。
　　Thank you for the invitation. I wouldn't miss it for the world.
　　謝謝你的邀請。我一定會去的。
　　「I wouldn't miss it for the world.」表示「不管發生任何事都不會錯過」，可以在聚會進行之前向邀請方表達「一定會出席／參加」的強烈意願。當邀請方在聚會當天或聚會結束時說「Thank you for coming.（謝謝你來）」時，若想用這句話來回應對方，則要改用完成式「I wouldn't have missed it for the world.（我一定要來的）」。

在電話接通後

(x) 直接進入正題

(o) Is this a good time?

MP3 183

　　我們在打電話給認識的人或講工作電話時，在接通後常會禮貌問一句「現在方便講電話嗎？」。當然，如果是打給家人或戀人，那就沒有必要這麼客套。英文母語者在打電話給別人時，也會詢問對方現在是否方便講電話，這時可以說「Is this a good time?」。事實上，這個句子可以說是基本的電話英文禮貌用句，因此當對方接起電話時，請試著先確認對方是否方便通話，不要直接就進入正題。

　　另一個常用的類似表達方式是「Did I catch you a bad time?（我打擾到你了嗎？）」。在覺得對方似乎非常忙碌時，就特別會用到這個表達方式。

Is this a good time? 現在方便講電話嗎？

Did I catch you at a bad time?（當對方聽起來像是跑著來接時）我打擾到你了嗎？

1 　「Is this a good time?」也可以像下面這樣用。

Is this a good time?（向對方提問或搭話）現在方便嗎？

Is this a good time to talk? 現在方便講話嗎？

Is this a good time to buy a house? 現在是買房子的好時機嗎？

情境演練！

Q **Is this a good time?** 現在方便嗎？

方便通電話或說話時

A **You bet. What's up?** 沒問題。怎麼了嗎？
「You bet」表示確定可以放心下注，是「當然、沒問題」的意思。

A **Sure. What's going on?** 當然。發生什麼事了嗎？

不方便通電話或說話時

A **Actually, I'm in the middle of something. Can I call you back in 5 minutes?** 其實我現在正在忙。我可以 5 分鐘之後回電給你嗎？

A **Actually, I'm driving. Can we talk about this over dinner?** 其實我正在開車。我們可以邊吃晚餐邊聊這個嗎？

A **Ben, this is not a good time. I have company.** Ben，我現在不方便。我有客人。

UNIT 7

時間很晚打電話給對方時

(x) 直接進入正題

(o) **I'm sorry to call you so late.**

MP3 184

　　不管是在非上班時間要打電話給工作夥伴或客戶，還是時間已經不早，卻還要打電話給認識的人時，在電話接通時都應該要先禮貌說一句「I'm sorry to call you so late.（抱歉這麼晚還打電話給你）」，不要直接劈頭就講正事。這種我們平時多半能做到的基本電話禮貌，換成用英文講時，好像常常就會不小心忘記。除了打電話，半夜如果要傳訊息給別人時，也應該要有禮貌地先說一句「I'm sorry to text you so late.（抱歉這麼晚還傳訊息給你）」。

I'm sorry to call you so late, but I couldn't wait till the morning.
抱歉這麼晚還打電話給你，但我等不到早上了。

Sorry to bother you this late, but I really need your help.
抱歉這麼晚還打擾你，但我真的很需要你的幫忙。
副詞 that 的語意為「那麼、這麼」。

1　如果是時間很早就打電話給對方，可以使用下面這些句子。如果對象是工作夥伴或客戶，那麼早於上班時間的 9 點就算很早了。

I'm sorry to bother you this early. I hope I didn't wake you.
抱歉這麼早就打擾你。希望我沒有吵醒你。

I'm sorry. I know it's early, but there's an urgent situation.
抱歉。我知道現在還很早，但發生了很緊急的狀況。

情境演練！

A　**I'm sorry to call you so late. I hope you weren't asleep.**
　　抱歉這麼晚還打電話給你。希望你還沒睡。
B　**It's okay. I was just watching TV. What's going on?**
　　沒關係。我只是在看電視而已。發生什麼事了？

A　**I'm sorry to bother you this early, but I really need your help.**
　　抱歉這麼早就打擾你，但我真的很需要你的幫忙。
B　**Sure. I hope it's nothing serious.**
　　沒關係。希望不是什麼嚴重的事情。

同時提到自己與其他人時

(x) Me and my wife like it here.

(o) My wife and I like it here.

　　同時提到自己跟其他人時，常見的說話禮貌是要「先提其他人再提自己」，這種表達方式能表現出「優先考慮到其他人」的感覺。舉例來說，當句子的主詞是「我和我太太」時，應該要用「My wife and I」，而且句中的「我」是主詞，所以要用 I，而不是用 me。就文法層面來看，「I and my wife」沒有任何錯誤，但在講究禮貌的場合之中，先提起其他人再提自己才是常見的禮貌表達方式。

My wife and I like it here.
我跟我太太都很喜歡這裡。

Janet and I are about to go to the gym.
我跟 Janet 正要去健身房。
「be about to」的語意為「正要／正準備做～」。

My friends and I saw that movie last weekend.
我和朋友上週末看了那部電影。

1　換作是受詞，常見的說話禮貌也是「先提其他人再提自己」。
　　This is a picture of my husband and me. 這是我和我老公的合照。
　　She gave it to Greg and me. 她把它給了我和 Greg。

情境演練！

A **What are you up to?**
　你們打算要做什麼？

B **Janet and I are fixing to go to the store. Do you need anything?**
　我和 Janet 正打算去超市。你需要什麼嗎？
「be fixing to」的語意是「正要／正準備做某事」。超市或雜貨店的英文是 grocery store，但也可簡單稱為 store。剛到美國時，聽到朋友找我一起去 store 時，我誤以為是要去街角的小店，後來才知道朋友要去的是超市或雜貨店。對話中提到商店時，也可直接用 Walmart、Target、Whole Foods 等商店名稱。

A **If you can pick up some milk, that would be great.**
　如果你們能幫我買些牛奶就太好了。

A **This is a picture of my husband and me.**
　這是我和我老公的合照。

B **You look great together.**
　你們看起來好相配喔。

UNIT 9

想提前告知對方自己會遲到時

(x) I am going to be late.

(o) Sorry. I don't mean to be late, but I'm stuck in traffic.

MP3 186

因為遇到塞車等突發狀況，造成自己覺得會遲到時，應該要事先聯絡對方。遲到時最常用的理由就是「路上塞車」，所以請好好練習相關的表達方式。赴約途中遇到塞車時，請用「Sorry. I don't mean to be late, but I'm stuck in traffic.（抱歉。我不是故意要遲到的，但我被塞在車陣裡了）」來表達，相較於只用「I am going to be late」告訴對方自己會遲到，「I don't mean to＋原形動詞」可表達出「我不是故意要～」的意思。尤其常會在做出特定舉動前，用這個表達方式向別人解釋自己不是故意的。

I don't mean to be rude, but I need to get going.
（突然終止對話，對方可能會覺得你不禮貌）我不是故意要失禮的，但我得要走了。

I don't mean to put pressure on you, but I need you to decide now.
（開口說出會造成壓力的話之前）我不是故意要給你壓力，但我需要你現在做出決定。

I don't mean to complain, but how much longer is it going to take?
（開口抱怨前）我不是想抱怨，不過還要花多久時間啊？

1　在事情發生後，如果想解釋自己不是故意的，請用「I didn't mean to＋原形動詞」來表達。

    I didn't mean to be late, but I was stuck at work.
    （約定時間已過）我不是故意要遲到的，可是我被工作卡住了。

    I'm sorry. I didn't mean to upset you.
    （讓對方感到難受後）抱歉，我不是故意要讓你難過的。

情境演練！

A **I don't mean to be late, but I am stuck in traffic.**
    （約定時間未到）我不是故意要遲到的，但我被塞在車陣裡了。
B **Thank you for the heads-up. Drive safely.**
    謝謝你先跟我說。開車小心。

A **I didn't mean to be late, but I was stuck in traffic.**
    （約定時間已過）我不是故意要遲到的，但我剛剛被塞在車陣裡了。
B **Well, you could have at least called.**
    這個嘛，你至少可以打通電話吧。

MP3 187

寫信給好友時使用的結尾問候語

(x) Sincerely,

(o) Always,

　　英文母語者在寫電子郵件時，會根據雙方的親近程度來使用各種不同的結尾問候語，因此可以透過電子郵件的結尾問候語，來推測寄件者與收件者之間的關係。不過，如果收件者是親朋好友，卻像在寫商務信件那樣，使用 Sincerely 或 Respectfully 這種結尾問候語的話，口吻會顯得過於生硬，因此請改用 Always 或 With love 這類可以表現出親近感的問候語吧。此外，很多人在寫商務信件時似乎只會用 Sincerely，但其實英文母語者也常會使用 Sincerely 以外的各種表達方式，下面這些結尾問候語全都能用在講究禮貌的場合之中，請一起記下來吧。

Best regards,

Warm regards, 或 **Warmest regards,**
（也可根據不同公司文化，而採用口吻較溫柔的表達方式）

Cordially,

1　直接用表達謝意的「Thank you」或更親密一點的「Many thanks」做為結尾問候語也行。當對方要求你提供資料時，可以直接用「Hope this helps,（希望這有幫助）」來當作結尾問候語。

2　寫信給關係親近的人時，請使用較親密的結尾問候語。

Always,	**Take care,**	**Thinking of you,**
Missing you,	**Love, / With love,** （關係非常要好的情況下）	

雖然不推薦使用，但補充説明一下 XOXO 代表的是 kisses and hugs。

情境演練！

在講究禮貌的商務信件中
Best regards,
Amie Stein
Amie Stein 敬上

寫信給關係十分親近的人時
With love,
Amie
愛你的 Amie

UNIT 11

不分學長姐稱呼全體的人時

(x) I'm hanging out with my seniors.

(o) I'm hanging out with my friends.

MP3 188

　　我們在當學生的時候都會有學長姐，但美國沒有，無論年級高低都會像朋友般相處。因此，若用「I'm hanging out with my seniors.」來表示「自己和學長姐出去玩」的話，聽起來會十分不對勁。因為對英文母語者而言，看到 senior 這個字，會聯想到的是「老人」或「高三生／大四生」，而不是學長姐，所以請不要管年級高低，而是直接說跟朋友一起出去玩，改用「I'm hanging out with my friends.」來表達會更自然。

1　在對話中出現的 senior，意思不會是「前輩、學長姐」，而是其他的意思，請看看下面的句子。

We offer a senior discount.（年長者的）我們提供敬老優惠。

My daughter is a senior in high school.（高中三年級）我女兒是高三生。

I'm a senior in college.（大學四年級）我是大四生。

We're looking to hire a senior engineer.（資深的）我們正在招聘資深工程師。

2　因為不存在學長姐這種制度，所以直接用名字稱呼對方就可以了。

This is my friend, Erika. 這是我朋友，Erika。

Hey, Thomas, do you still have your notes from English 101? I was wondering if I could borrow your notes.
嘿，Thomas，你英文入門的筆記還在嗎？我想說我能不能跟你借筆記。
課堂名稱之前加上 101 的話，就是「～入門、～概論」的意思。

情境演練！

A　Sorry I missed your call. I was hanging out with some friends.
抱歉我沒接到你的電話。我那時跟一些朋友在一起。
B　Oh, it's okay.
噢，沒關係。

A　How was your weekend? 週末過得怎麼樣？
B　It was good. I just hung out with my friends.
還不錯。我只有和朋友出去而已。
請注意「hang out（出去玩；消磨時間）」的過去式是 hung out，而不是 hanged out。

I'm
hanging out
with
my friends.

能打破沉默化解尷尬的閒聊 7 大祕訣！

在美國生活的那段期間，最令我覺得困難的，就是要如何自然和別人寒暄閒聊（small talk）。當不熟的人跟自己搭話，只要簡單聊個幾句就能結束對話，可若是跟同事或客戶一起搭電梯或坐車，我總是會因為音樂也無法掩蓋的尷尬而陷入自我掙扎。為了讓各位下次跟同事或上司一起搭電梯時，不會因為尷尬而覺得今天電梯的速度格外緩慢，我特別整理了下面這些表達方式，希望能讓各位在和別人寒暄閒聊時更加順利。

1 對方向你問好時，用長一點的句子來回答

Q: **How are you?** 你好嗎？

A: **Busy. I've been running around all morning. How's your day going?**
很忙。我整個早上都在跑來跑去。你今天過得怎麼樣？

A: **Tired. It's been a long day today. It's only Tuesday, and I'm already ready for the weekend. How's your day going?**
很累。今天好漫長。現在才星期二，結果我已經在想週末了。你今天過得怎麼樣？

2 天氣

It's pouring out there, isn't it? 外面真是傾盆大雨啊，不是嗎？

It's a beautiful day today. 今天的天氣真好。
結束閒聊時不一定要用「Have a good day」，可以根據當下天氣狀況用「Stay dry.（小心不要淋到雨）」、「Stay hydrated.（天氣很熱，多喝點水）」等各種問候語來收尾。

3 時間點

I can't believe it's already Christmas.
我真不敢相信現在已經聖誕節了。

I can't believe it's already March. 我真不敢相信現在已經 3 月了。

Spring is in the air. 春天快到了。

可以加上這一句：
Time flies. 真是時光飛逝啊。

4 簡單的稱讚

I like your shirt. It looks good on you.
我喜歡你的襯衫。你穿起來真好看。

I heard you just got promoted. Congratulations.
我聽說你剛剛升職了。恭喜。

5 聊起故鄉

Are you originally from Atlanta?
你是亞特蘭大人嗎？

Did you go to school here?
你有在這裡念過書嗎？

可以加上這一句：
Do you miss Atlanta?
你想念亞特蘭大嗎？

6 聊起共同認識的人

Do you still talk to Brooke?
你還有跟 Brooke 聯絡嗎？

I heard April just had a baby.
我聽說 April 剛生了小孩。

7 聊起公司

How long have you been working here?
你在這裡工作多久了？

　　「閒聊」顧名思義就是漫無主題地隨意聊聊，所以能聊的話題十分廣泛，但如果真的不知道要聊什麼，就先用上面這些表達方式來開啟話題吧！

PART 3

讓自己越發耀眼的
得體表達方式
與轉折用語

I lied. 的隱藏含意？

MP3 189

(X) 我說謊了。

(O) （不小心給出了錯誤資訊，立刻道歉）我說錯了。

　　因為誤解或失誤，不小心提供了錯誤資訊，所以想向對方道歉時，常會用「I lied」來表達。相較於「因為說謊而飽受良心譴責、深受愧疚感折磨」的感覺，這句話聽起來更像是那種，突然發現自己說錯而脫口而出「哎呀，不好意思，我說錯了！」的感覺。舉例來說，發現自己不小心搞錯而告訴了同事錯誤的日期時，可以先說「I lied（哎呀，不好意思，我說錯了！）」，再提供對方正確的資訊。這是平時就常常會用到的表達方式，所以在聽到英文母語者說「I lied」時，不能一律解讀成對方是在向你坦承自己說了謊。

It's Tuesday. Oh, I lied. It's actually Wednesday.
是星期二。噢，不好意思，我說錯了。其實是星期三。

I lied. I said that was the last item. I actually have one more to talk about.
（在開會或簡報時，誤以為剛剛說的內容是最後一個要討論的主題，結果其實不是時）哎呀，不好意思，我說錯了。我剛說這是最後一項。但其實還有一個要討論的。

1　這個表達方式當然也可以用來向對方坦承自己說了謊。

Yes, I lied. What are you going to do about it?
對，我說謊了。所以你想怎樣？

I'm sorry that I lied.
抱歉我說謊了。

情境演練！

A **What day is it today?**
今天星期幾？

B **It's Tuesday. Oh, I lied. It's actually Wednesday.**
是星期二。噢，不好意思，我說錯了。其實是星期三。

A **I'm sorry that I lied.**
抱歉我說謊了。

B **Honestly, I'm a little disappointed in you.**
老實說，我對你有點失望。

聽到 You're silly 也不用生氣嗎?

(X) 你很蠢。

(O) 你好呆喔,真拿你沒辦法／別傻了。

MP3 190

　　當朋友對你說「You're silly.」時請不要急著發火,因為對方有很高機率不是想說「你很蠢」來找你麻煩,而只是想開玩笑地說「你好呆喔」,來表示他覺得你的舉動或發言有點傻氣而已。

　　很多人聽到英文母語者開玩笑似地說「You're silly.」時,會誤以為對方是在說自己很蠢,因而感到非常難過。其實,當我聽到某人對我開玩笑地說「You're silly」時,反倒會因為想到「我們兩個已經這麼熟啦」而覺得開心。有別於形容腦袋真的很蠢的 stupid,用 silly 來形容說了蠢話或做了蠢事的某人時,傳達出來的其實是「哎呀～真是個小笨蛋～」這種意思。因此,當某人開玩笑似地對你說「You're silly」時,請不要真的生氣。不過,若對方對你說「You're stupid.」時,當然要火大地回他「Excuse me?(你說什麼?)」。使用 silly 這個字時,重點是要用開玩笑的口吻來柔聲表達。就像是看到可愛的小孩子正在扭屁股跳舞,這種傻氣的舉動令你覺得可愛又不知道該說什麼,這時就可以用 silly 來表達。

Oh, you're silly. (當對方做出傻氣的言行舉止時)噢,你很呆耶,真拿你沒辦法。

Don't be silly. (當對方說出傻話時)別傻了。

Don't be silly. (當對方對自己的好意表示虧欠時)別說這種傻話了。

1　想採用更溫柔的口吻時,請用「You're being silly.」來代替「You're silly.」。「You're silly.」意味著對方一直都傻傻的,但「You're being silly.」則意味著對方只有在特定情況下,才會做出傻裡傻氣的言行舉止。

You're being silly. (不是蠢,只是在特定情況下做出了傻氣的舉動)你呆呆的。

I'm just being silly. 我剛只是犯傻了。

情境演練!

A **Look! I made up a new dance move!**
　 你看!我編了一個新舞步!

B **You're so silly.** (覺得對方看起來很可愛,邊笑邊說)你好呆喔。

A **What if you change your mind?**
　 (還沒發生就先擔心)如果你改變心意怎麼辦?

B **You're being silly. I'm not going to change my mind. I promise.** (安撫對方)你呆呆的。我不會改變心意的。我保證。

UNIT 3

用 Of course 來回應 Thank you？

(X) （傲慢）你當然要感謝我。

(O) （謙虛）我當然會幫你。

MP3 **191**

　　英文母語者常用「Of course」來回覆別人說的「Thank you」，此時若不知道 Of course 的正確語意，可能會解讀成「你當然要感謝我！」這種意思，誤會對方是個傲慢的人。其實，of course 所傳達的意思恰好和傲慢相反，反倒是一種謙虛的表達方式，表達的是「幫你是應該的」這種意思。這種表達方式稍有不慎就會造成誤會，所以請記住正確的語意是什麼。這是日常對話及商務場合之中都十分常用的表達方式。

1 of course 後面也可以多加一句話，讓語意表達更完整。

Of course. It's the least I can do.
我當然會幫你。這是我至少能做的。

Of course. Anytime.
我當然會幫你。無論何時。

2 除此之外，想用 of course 來表示理應向某人表達謝意時，可以用用看下面這些表達方式。

Of course, I'd like to thank you all for your support.
當然，我想感謝你們大家的支持。
英文母語者常用「Thank you for your support.」，來感謝對方無論情況好壞都站在自己這一邊、支持著自己。

Of course, thank you both, for being with us today.
當然，感謝你們兩位今天加入我們。

情境演練！

A **Thank you for coming.**
謝謝你來。
B **Of course. I wouldn't have missed it for the world.**
當然要來。我絕對不會錯過的。

A **Thank you for your help.**
謝謝你的幫忙。
B **Of course. Anytime.**
我當然會幫你。無論何時。

令人吃驚的 This place is sick!

(X) 這裡真讓人不舒服！

(O) 這裡超酷！

MP3 192

　　我自己不太喜歡只有一部分人會用的流行語，不過這個感覺跟中文「超酷！」有點像的 sick，使用的人卻比想像中更多，所以如果沒搞清楚正確的意思，那溝通可能就會出問題，所以希望大家能了解一下這個流行語的意思。

　　「This place is sick!（這裡超酷！）」的語意跟病痛無關，而是用來稱讚這個地點。另一個常用的類似表達方式是「This place is neat!（這裡好酷！）」，相較於「整齊」，neat 更常用來描述某物件「很棒、很酷」。

This music is sick, bro. 老兄，這音樂超棒。

It may be neat, but it's also very expensive. 這可能很酷，不過它也非常昂貴。

1　想描述某對象十分優秀、精彩或很棒時，我自己會推薦使用下面這些表達方式，而且這些句子也都能在商務場合中運用喔。

This is impressive.
（棒到發人深省或令人印象深刻時）這真的很棒。

This is incredible.
（棒到令人難以置信時）這真的很驚人。

This is mind-blowing.
（因為具衝擊性而讓人覺得興奮或震撼時）這真的很厲害。

This is remarkable.
（令人矚目）這真的很了不起。

情境演練！

A　**Dude, this car is sick.** 老兄，這台車超酷。

B　**Yeap. It cost me a fortune, but it's worth it.**
　　沒錯。它花了我一大筆錢，但很值得。

fortune 是「錢財、財富」的意思，以公司營業額來排名的美國企業前 500 名就被稱為 Fortune 500，所以「It cost me a fortune」意味著投入了一大筆錢，用來描述某個物件非常昂貴。另一個意思相似的「It cost me an arm and a leg.（它（花掉我一隻手臂和一條腿般）十分昂貴」也很常用到。

A　**How was the show?** 那場表演怎麼樣？

B　**It was literally mind-blowing.**
　　（因為具衝擊性而讓人覺得興奮或震撼時）真的很厲害。

UNIT 5

語意隨情境不同而改變的 Speak English!

(X) 對不擅英語者的歧視言論

(O) 說我聽得懂的話

MP3 193

　　聽到別人說「Speak English」時，不能一律解讀成是對不擅英語者的歧視言論。當然，這句話也可能會被用在令人不悅的情況下，但如果是對方在解說某件事情時，使用了各種技術、醫學等特定領域的專業術語，導致你聽不太懂，或無法理解時，也可以用「Speak English」來向對方表示「說得白話一點／用我聽得懂的話說」，也可簡略用「English!」來說，這是英文母語者之間常用的表達方式，請記住它的真正語意。

1 在電影《復仇者聯盟》中，鋼鐵人用了很多技術性詞彙來說明某件事，讓所有人都一臉茫然，而在浩克（Dr. Banner）表示自己有聽懂鋼鐵人在說什麼時，鋼鐵人就說了下面這句話。
Finally, someone who speaks English. It's good to meet you, Dr. Banner. 終於有人會說英文了。很高興見到你，Banner 博士。

2 在特定情況下，「Speak English」也能用來要求對方說英文。尤其是在學校裡，當留學生們聚在一起的時候，就常會用其他人都聽不懂的母語聊天，這時老師就會說「Speak English!（要說英文！）」，在這種情境之中，老師說這句話並非歧視，而是為了要讓學生們能夠提升英文能力，才會這麼要求。不過，如果有陌生人因為歧視而突然走過來跟你說「Speak English!」時，就應該要用「Excuse me?（你說什麼？）」或「What did you say?（你剛說什麼？）」來表達自己的不悅。

情境演練！

A **Speak English.**
（因為說明內容過於艱深而聽不懂時）用我聽得懂的話說。

B **What I'm trying to say is, we don't have much time.**
我想說的是，我們的時間不多了。

A **Speak English!**
（老師在學校裡看到留學生集體用母語聊天時）要說英文！

B **Okay. Sorry.**
好的，抱歉。

表達讚美的 You're on fire!

(X) 你的臉像著火似的紅通通！

(O) 你的狀態（火力全開般）很好！

MP3 194

　　英文母語者常會用「You're on fire!」來稱讚某人的狀態或表現絕佳，如同火力全開般停都停不下來。尤其是在學校或公司之中，看到有人投入熱情在努力做某事，所以想要鼓勵對方時，就很適合用「You're on fire.」來表達讚美。不知道這句話什麼意思的話，可能會誤解成是在說臉色很紅，所以務必要記住正確的語意。順帶一提，想描述對方臉紅時，不能用「You're on fire.」，應該要用「You're blushing.（你臉紅了）」或「You're turning red.（你的臉紅了）」。

You're on fire!（表示現在做得很好）你的狀態絕佳啊！

I'm on fire!（投入熱情在努力做某事）我現在狀態絕佳啊！

1　另一個意義相似的常用表達方式是「be on a roll」，可以表現出對方運勢正旺、大有可為、一帆風順的那種狀態，透過「任何事物都無法阻擋其繼續滾動前進」的語意來表達「進行地極為順利」。

　　You're on a roll!（好運接二連三、一帆風順時）你現在正旺啊！

2　當對方稱讚自己狀態絕佳、勢如破竹時，可以用下面這些表達方式來回覆。

　　Thank you. I couldn't have done it without your help.
　　謝謝你。沒你幫忙的話我一定做不到。

　　Oh, I just got lucky, but thank you.
　　噢，我運氣好而已啦，不過還是謝謝你。

　　I still have a long way to go, but thank you.
　　我還有很長的路要走，不過還是謝謝你。

情境演練！

A　**You're on fire!**
　　（表示現在做得很好）你的狀態絕佳啊！

B　**Aw, thank you.**
　　噢，謝謝你。

A　**You're on a roll. I'm so proud of you.**
　　你現在正旺。我真為你感到驕傲。

B　**Oh, I still have a long way to go, but thank you.**
　　噢，我還有很長的路要走，不過還是謝謝你。

UNIT 7

用 mean 來形容食物時

(X) 卑鄙的

(O) 超美味的

MP3 195

　　形容詞 mean 常被用來描述某人的性格卑劣或行事卑鄙，但若用來形容食物的話，則表示味道極為出色，特別常被用來稱讚某人的廚藝，所以務必要把正確的意思記下來。

Brian makes a mean curry.
Brian 煮了超好吃的咖哩。

My mom makes a mean kimchi stew.
我媽媽煮的泡菜湯超好吃。

This place up here makes a mean burger.
上面那家的漢堡超好吃

1　除此之外，也可以用下面的句子來稱讚某人的廚藝。

You are a great cook!
（尤其是在某人做菜給自己吃時）你真會做菜！

She made this from scratch.
她從零開始做出了這道菜。
make from scratch 表示「從什麼都沒有的狀態開始做起」，特別常用來描述餐廳或廚藝高超的人，按照獨門食譜親自準備所有食材，然後從零開始做出一道料理。除了料理之外，這個表達方式也常會被用來強調某人自己從零開始做出某個物件，例如編織或刺繡等。

情境演練！

A　**Do you want to come over for dinner tonight? I'm making kimchi stew.**
你今晚想要過來一起吃晚餐嗎？我在做泡菜湯。

B　**I'd love to! You make a mean kimchi stew. It's my absolute favorite.**
好啊！你煮的泡菜湯超好吃。它絕對是我的最愛。
favorite 做為形容詞時是「最喜歡的」，當名詞時則是「最喜愛的人事物」。

A　**Wow, this is delicious! You're a great cook!**
（某人做菜給自己吃時）哇，這個好吃！你真會做菜！

B　**Oh, I just followed the recipe.**
噢，我只是照著食譜做啦。

MP3 **196**

freak 還有另一個之前都不知道的意思

(X) 怪咖

(O) 對某件事狂熱的人（～迷）

　　freak 可用來表示「如畸形般的怪咖」，但更常被用來描述「對某件事狂熱的人」。舉例來說，我從小就是喜歡吃健康食品、沉迷於養生之道的 health freak，這裡的 health freak 指的是「對養生特別狂熱的人」，而不是「健康怪咖」的意思。當然這個說法也有可能帶有負面意味，指的是「過度沉迷於養生之道的人」，不過，因為同時也能用來表示「過著健康生活的人」這種正面意義，所以請不要認為 freak 這個字一定是不好的意思。

neat freak（正面）特別愛乾淨的人、特別喜歡把東西整理整齊的人
　　　　　　（負面）過於執著整潔而讓人覺得有潔癖的人

control freak（負面）控制狂

1　freak 也常做為動詞使用。做為動詞時後面要接 out，以 freak out 來表示「嚇死了、嚇壞了」的意思，形容像是看到怪咖（freak）出現（out），而嚇到不知所措的樣子。

　　I think I lost my passport. I'm freaking out!
　　我覺得我把護照弄丟了。我（因為嚇壞而）要瘋了！

　　Don't freak out until you're 100 percent sure.
　　在 100% 確定之前先別嚇壞你自己。

情境演練！

A　**Did you take your vitamins? Also it's hot out there, so make sure to stay hydrated.**
　　你吃維他命了嗎？還有外面很熱，所以你一定要多喝水。
B　**You're such a health freak.**
　　你真的有夠養生的。

A　**I think I lost my ID. I'm freaking out!**
　　我覺得我把證件弄丟了。我要瘋了！
B　**Emma, just breathe. Don't freak out until you're 100 percent sure.**
　　Emma，先深呼吸。在 100% 確定之前先別嚇壞妳自己。

UNIT 9

令人吃驚的 have an attitude

(X) 有態度

(O) 好鬥而有敵意的態度

MP3 197

　　attitude 有時單純只是「態度」或「心態」的意思，但有時也會用來表示「好鬥而有敵意的態度」，所以「have an attitude」表示的是那種「咄咄逼人、想找對方吵架」的態度，請務必記住 attitude 這個單字有這個隱含的意思。

She has an attitude. 她一副想找人吵架的樣子。

I don't have an attitude. 我沒有想找人吵架。

1　attitude 也可單純表示態度或心態。

I don't like your attitude.
（尤其是對別人的傲慢感到不滿時）我不喜歡你的態度。

That's the right attitude!
這態度才正確！

2　當對方做出無禮的舉動，所以不得不勸告對方時，可以使用下面這些表達方式。

I know you're going through a lot, but that doesn't excuse your poor attitude.
我知道你最近遇到了很多事，但這不能做為你態度不好的藉口。

You always have something negative to say.
你總是有壞話能說欸。

Enough. This conversation is over now.
夠了。我現在不想再講這件事了。

情境演練！

A　**She has an attitude.** 她一副想找人吵架的樣子。
B　**Really? She seemed nice to me.**
　　是嗎？我覺得她看起來很友善啊。

A　**I'm going to give it another shot.**
　　（雖然沒有達成想要的結果，但）我要再試一次看看。
B　**Atta girl. That's the right attitude!**
　　真是個好女孩。這態度才正確！
Atta girl 的意思是「好樣地、很好」，常用來鼓勵比自己小的女性。當想鼓勵比自己小的男性時，要說「Atta boy」，這兩種表達方式都只適用在關係親近的人身上，請特別留意。

讓對方先做或先走

(△) You first!

(O) Go ahead! 或 After you!

MP3 **198**

　　想讓別人先做或先走的時候，雖然也可以用「you first」，但這個說法會因語氣的改變而變成另一個意思，也就是透過說「你先啦！」來把彼此都不想去做的事情推給對方。因此，相較於「you first」，使用比較不會造成誤解的「go ahead」或「after you」會更保險。事實上，比起表達「你先做我再做」的 after you，要對方「別再猶豫，按自己想法直接做下去」的 go ahead 的可運用情境更為廣泛。

Go ahead/After you.
（在電梯內按著開門鍵，讓對方先出電梯時）您先請。

Go ahead. I need more time to think.
（在咖啡廳點餐櫃檯，排前面的人讓後面的人先點餐）您先點。我還需要再想一下。

Go ahead.
（講電話的雙方同時發言時）您先說。

1　you first 可以像下面這樣用。
　　You first.（親切微笑著說）您先請。
　　You first.（把彼此都不想做的事情推給對方）你先。

2　go ahead 的另一用法是「go ahead and＋原形動詞」，用來勸對方「不要考慮那麼多，按自己想法去行動或進行」。就算不特別說 go ahead，單用原形動詞也能表達出這種語意，所以這個表達方式用起來會比想像的還要容易。
　　I'm running late, so go ahead and start without me.
　　我應該會遲到，所以直接開始吧，不要等我了。
　　It's already 5:30. Let's go ahead and call it a day.
　　已經 5 點半了。我們（不要考慮那麼多了）今天就到此為止吧。

情境演練！

A　**Go ahead.**
　　（在電梯內按著開門鍵，讓對方先出電梯時）您先請。
B　**Thank you.** 謝謝你。

A　**You first!**（把彼此都不想做的事情推給對方）你先啦！
B　**No, you first!** 不要，你先！

UNIT 11

I'm happy for you 的正確含意

(△) 我為你高興。

(O) （對方有好消息時）真是太好了！

MP3 199

　　因為別人有好消息而感到高興，在想要恭喜對方時，雖然能用「Good for you」這句話，但這個表達方式只要語氣不對，就會變成另一種用來嘲諷對方的「怎麼這麼厲害」語意。雖然不管什麼表達方式，語意都會深受語氣的影響，不過這種一不小心就會傷害到對方的表達方式，使用上必須格外小心，所以最好改說比較不容易造成誤解的「I'm happy for you.」。直譯「I'm happy for you.」的話，可能會解讀成「我為你高興」的意思，但其實這句話正確來說是「真是太好了」，常在有好消息時用來恭喜對方。

1　當對方有好消息，所以想要恭喜對方時，也很常會用下面這些表達方式。

Congratulations on your promotion! I'm very happy for you.
恭喜升職！真是太好了。

You deserve it. 這是你應得的／實至名歸。

No one deserves this more than you.
（因為你做得最好，所以應當如此）沒有人比你更有資格了。

Congrats. Your hard work finally paid off.
恭喜。你的努力終於得到回報了。

Congratulations on a new chapter in your life. This calls for celebrating! （想恭喜對方的人生邁入了新階段，如就業、結婚、生小孩等時）恭喜你翻開了人生的新篇章。這一定要慶祝一下！

I know it wasn't the easiest decision to make, but congrats on your new beginning. 我知道這不是什麼簡單的決定，但恭喜你有了新的開始。

情境演練！

A **Hope you're thrilled about your new job. I couldn't be happier for you.**
希望你對你的新工作感到期待。真是太好了。

B **Thank you. I couldn't have done it without you.**
謝謝你。沒有你的話我一定做不到的。

A **I just bought another Lamborghini.**
（熱愛炫富的朋友）我剛又買了一台藍寶堅尼。

B **Good for you.** （嘲諷）怎麼這麼厲害。

interesting 只有正面的意思嗎？

(△) 有趣的

(O)（勾起好奇心而）令人感興趣的；古怪的；與眾不同的

MP3 200

　　很多人都認為 interesting 只有「能引起人興趣的、有趣的」的意思，但其實並非如此。有別於表示「有趣的」的 fun，interesting 除了「（勾起好奇心而）令人感興趣的」之外，也常會被用來描述「古怪的；與眾不同的」。用來形容食物的話，除了可以表示「平時吃不到的獨特風味」，也可單純表示「味道古怪」。用來形容人時，雖然可表示這個人「與眾不同」，不過也能用來表達這人是個「怪人、異類」，所以隨著不同情境，interesting 這個字有可能會帶有負面意味。

　　如果擔心 interesting 的這種雙重語意會造成誤解，因而不知道要怎麼運用在生活之中的話，當你想描述「令人感興趣的」時，可以乾脆改用語氣更強烈的 fascinating（令人非常感興趣的、吸引人的），這是一個非常適合用來傳達「有趣到令人著迷」的字。

It's interesting to see the difference. 了解不同之處很有趣。

That's an interesting question.（雖然也有可能是指這個問題勾起了回答者的好奇心、使他覺得有趣，不過這句話多半是用來委婉表示對方提出的問題很奇怪）這個問題很有趣。

It has an interesting texture.
（吃到了平時吃不到的口感時）它的口感滿有趣的。

David is an interesting character.
（表示是和一般人不同的怪人）David 的個性與眾不同。

I find it very interesting.
我覺得這個非常有趣。

情境演練！

A **How was the seminar?**
研討會怎麼樣？
B **It was very interesting.**
真的非常有趣。

A **Why is a tennis ball fuzzy?**
網球為什麼毛絨絨的？
B **That's an interesting question.**
這個問題很有趣。

UNIT 13

擁有雙重語意的 I wish you the best.

MP3 201

(△) 祝你一切順利。

(O)（可能是真心，也可能是客套）祝你一切順利。

　　我在念大四時，美國在歷經金融危機後尚未完全復甦，所以當時真的很難找到願意幫我取得工作簽證的公司。即使投了很多間公司，最終也只收到了用「We wish you the best.（祝你一切順利）」結尾的電子郵件。我也是在這種情況下，才真正領悟了「wish＋名詞」的雙重語意。

　　「wish＋名詞」有兩種意思，一種是如聖誕歌曲《We wish you a merry Christmas》那種，發自內心祝福對方一切順利，另一種則是在兩人往後不會再有交集的情況下，用來告別的客套話，就像情侶在分手時，或是在向往後很長一段時間都不會再遇到的人告別時，會說的「祝你一切順利」或「祝你找到自己的幸福」。請記得「wish＋名詞」也能用來說客套話。

I wish you all the best. I really do.
（跟戀人分手時）祝你一切順利。我真心這麼希望。

I wish you the very best of luck. Thank you.
（在演講結束後，真心祝福聽眾們一切順利，但也有可能只是在說客套話）祝大家一切順利。謝謝你們。

1　「wish＋名詞」也能用來表達發自內心的期盼。

　　I called to wish you luck at the conference.
　　我打來是想祝你開會順利。

　　I wish you and James all the best.
　　（對結婚的朋友）祝你跟 James 一切順利。

情境演練！

A　**I wish you all the best. I really do.**
　　（跟戀人分手時）祝你一切順利。我真心這麼希望。
B　**Good-bye, Harvey.**
　　再見，Harvey。

A　**I called to wish you luck at the conference.**
　　我打來是想祝你開會順利。
B　**Aw, you're so sweet. Thank you.**
　　噢，你真體貼，謝謝你。

台灣廣廈 國際出版集團
Taiwan Mansion International Group

國家圖書館出版品預行編目（CIP）資料

英文精準表現/Ku Seul著；許竹瑩譯. -- 初版. -- 新北市：語研
學院出版社, 2021.11
　面；　公分
ISBN 978-986-99644-7-0（平裝）

1. 英語 2. 會話

805.188　　　　　　　　　　　　　　　　110017069

LA PRESS 語研學院 Language Academy Press

英文精準表現

學會藏在細節裡的英文使用規則！避免誤解、不得罪人，情境、用字遣詞、語氣全都恰到好處！

作　　　者／Ku Seul	編輯中心編輯長／伍峻宏・**編輯**／徐淳輔
譯　　　者／許竹瑩	封面設計／張家綺・**內頁排版**／菩薩蠻數位文化有限公司
	製版・印刷・裝訂／東豪・紘億・秉成

行企研發中心總監／陳冠蒨　　媒體公關組／陳柔彣
　　　　　　　　　　　　　　綜合業務組／何欣穎

發　行　人／江媛珍
法 律 顧 問／第一國際法律事務所 余淑杏律師・北辰著作權事務所 蕭雄淋律師
出　　　版／語研學院
發　　　行／台灣廣廈有聲圖書有限公司
　　　　　　地址：新北市235中和區中山路二段359巷7號2樓
　　　　　　電話：（886）2-2225-5777・傳真：（886）2-2225-8052
讀者服務信箱／cs@booknews.com.tw

代理印務・全球總經銷／知遠文化事業有限公司
　　　　　　地址：新北市222深坑區北深路三段155巷25號5樓
　　　　　　電話：（886）2-2664-8800・傳真：（886）2-2664-8801
郵 政 劃 撥／劃撥帳號：18836722
　　　　　　劃撥戶名：知遠文化事業有限公司（※單次購書金額未滿1000元需另付郵資70元。）

■出版日期：2021年11月　　ISBN：978-986-99644-7-0
　　　　　　2024年6月5刷　　版權所有，未經同意不得重製、轉載、翻印。